Simon Konttas

Trautes Heim

Roman

Edition Sonnberg Wien

Das Umschlagbild zeigt einen Lehnstuhl, der 1936 von Harald Claußentworfen wurde.

Der Autor dankt Alina Mazurkiewicz für die Durchsicht des Manuskripts.

Die Personen und die Handlung dieses Romans sind frei erfunden. Ähnlichkeiten mit tatsächlichen Begebenheiten oder lebenden oder verstorbenen Personen sind zufällig und vom Autor nicht beabsichtigt.

Bundesministerium
Kunst, Kultur,
öffentlicher Dienst und Sport

ISBN 978-3-9504320-6-0

Edition Sonnberg
Dr. Rainer Clauss, Wien
Druck und Bindung in Olsztyn, Polen

1

Endlich setze ich mich hin und fange mit dem Schreiben an, nachdem ich eine halbe Stunde lang nervös in meinem Zimmer auf und ab gegangen bin. Ich frage mich, ob's meinem Bruder Ferdinand auch so geht. Seitdem ich vor sieben Jahren, dank seiner Ermunterung – „Anna, du bist die Malerin, die Künstlerin in unserer Familie!“ wurde er nicht müde zu wiederholen – meinen Weg zur Kunst gefunden habe, habe ich mich so gut wie gar nicht mit dem Schreiben befasst. Nicht dass ich es vorher je gemacht hätte; aber ich spielte damals sehr wohl mit dem Gedanken, meine Gefühle und Zweifel aufzuschreiben. Ich bin aber niemals über drei, vier Seiten hinausgekommen: der Anfang war immer gut und dann verließ mich die Kraft und die Lust an der Sache. Es ist so, dass man sich dort, wo einen die Kraft nicht verlässt, am heimischsten fühlt; dass dort, wo einem eine bestimmte Beschäftigung Freude macht und Kraft gibt anstatt sie zu rauben, man sich am ehesten zuhause weiß.

Damit wäre ich auch schon beim Thema: bei der Geschichte, die ich mir selber erzählen will, um sie besser zu verstehen. Darum geht's mir nämlich: ich will keinen Roman schreiben, um mich mit meiner Geschichte zu profilieren oder wichtig zu machen, sondern ich möchte nur Schritt für Schritt festhalten, was ich zu einem bestimmten Zeitpunkt meines Lebens erlebt habe; weil ich das Gefühl habe, neulich etwas begriffen zu haben, was ich bis dahin nicht begriffen hatte. Hätte ich vielleicht öfter solche „Erkenntnisse", würde ich mich auch öfter zum Schreiben hinsetzen. Deshalb bewundere ich Ferdinand so sehr; während er mich wiederum meiner Bilder wegen bewundert. Erst vor wenigen Wochen, bei seiner Hochzeit mit Linda, hatten wir Geschwister eines unserer leider selten gewordenen Gespräche. Ich fragte Ferdinand, wie er es denn anstelle, ein Buch nach dem andren zu schreiben, und er meinte, dass er das auch nicht wisse; aber annehme, dass der „Erkenntnisdrang" daran schuld sei. Ich glaube, er meinte damit so etwas wie das Bedürfnis, die Welt nicht nur passiv zu ertragen und über sich ergehen zu lassen, sondern den Willen, sie zu verstehen und zu formen. Ich glaube, es war Goethe, den er zitierte: entweder man muss ein Hammer oder ein Amboss sein, also: entweder man wird geformt oder man formt selber. Darin liegt meine Bewunderung für Leute wie meinen Bruder begründet.

Wie gesagt: ich bin den ganzen Vormittag lang nervös in meinem Zimmer auf und ab gegangen und konnte mich nicht entschließen, mit dem Schreiben anzufangen. Die vielen Möglichkeiten, die sich einem eröffnen, wenn man es mit der Sprache zu tun hat, die vielen Wege, die man einschlagen kann! Ich habe früher das ganze Gerede über den Stil nicht verstanden; aber jetzt, da ich selber versuche, mich halbwegs verständlich mitzuteilen, fühle ich, dass das alles gar nicht so einfach ist, vor allem, wenn man über sich selbst schreiben, d.h. sich über sich selbst Klarheit verschaffen will. Dem Schreiben und Sprechen geht darum – logischerweise – voraus, dass man erst einmal Klarheit erlangt haben muss. Und wenn ich mir meine Freunde und Freundinnen anschaue, kann, in den meisten Fällen zumindest, nicht wirklich davon die Rede sein, dass sie Klarheit erlangt hätten. Claudia Schran, meine WG-Kollegin, befindet sich schon seit zwei Jahren in einem Zustand der totalen Unklarheit, und dabei ist sie fünf Jahre älter als ich, zweiunddreißig nämlich. Oder Aloisia Weber (wir nennen sie im Freundeskreis alle „Lulu", mit Betonung auf dem ersten „u"): Aloisia und Klarheit, das geht überhaupt nicht zusammen. Wenn ich mir vorstelle, dass ich Lulu bitten würde, etwas über ihr Leben zu schreiben: dabei würde nur eine wirre „écriture automatique" herauskommen, vergleichbar mit ihrer Biographie.

Ich musste erst heute Morgen an Lulu denken; sie hat mir vor ein paar Jahren ein auf dem Flohmarkt erstandenes Bild von Marilyn Monroe geschenkt, im A4-Format, eingerahmt, weil sie gemeint hatte, ich sähe genauso aus wie Monroe auf dem Bild. Es ist eines der Fotos aus ihrer letzten Session mit George Barris. Die Monroe trägt eine Strickjacke, die Haare sind aufgelöst, sie wirkt ein bisschen krank und aufgedunsen und man sieht ganz deutlich, dass sie eine Stupsnase hatte. Lulu war ganz begeistert von dem Bild: „Das bist so was von du!“ hat sie gesagt. Also, ich weiß nicht. Ferdinand hat mich vor seiner Hochzeit gemeinsam mit Linda hier in der Wohnung besucht und das Bild mit keinem Wort kommentiert; was natürlich auch daran liegen mag, dass es ihm so natürlich in meine Umgebung zu passen schien; wie auch immer. Ich bin jedenfalls der Meinung, dass Lulu übertreibt. Marilyn Monroe war eine schöne Frau mit einer unvergleichlichen Ausstrahlung. Ich sage das in dem Bewusstsein, dass es platt klingt; aber ich spreche damit nur meine eigene Meinung aus. Und weil ich mich selber nicht als besonders schön empfinde, scheint es mir nicht schlüssig, dass ich etwas mit der Monroe gemeinsam haben sollte; außer vielleicht die Strickjacke; ich besitze eine ziemlich ähnliche und Lulu weiß das. Man darf auf Lulus Ideen jedenfalls nicht viel geben; sie ist etwas eigen und exzentrisch. Vielleicht komme ich im Verlauf meiner Darstellung noch ein bisschen auf sie zu sprechen.

Übrigens merke ich gerade, dass ich irgendwie ins abschweifende Plaudern komme; das war nicht meine Absicht; und ich mache das nur aus Furchtsamkeit, um das, was ich eigentlich erzählen will, hinauszuzögern. Das ist ein Gedanke, den ich von Ferdinand habe. Er meinte einmal, viele Bücher seien zu dick; nicht etwa, weil die Schriftsteller so viel zu sagen gehabt hätten, sondern weil sie sehr genau wussten, was sie sagen wollen; aber vor dem

„Eigentlichen" solche Angst hatten, dass sie's immer wieder umkreist und hinausgezögert haben. Das ist gut möglich; aber wie gesagt: ich bin keine Expertin auf dem Gebiet der Literatur. Sicher, ich lese recht viel. Aber ich lese aus Genuss und ohne literarische Ambitionen. Ganz anders als Ferdinand, der immer, egal, ob er Romane oder historische Bücher liest, einen Stift zwischen die Seiten eingeklemmt hat. So wie er es mit Büchern macht, mache ich's mit Bildern. Ich hatte letztes Jahr eine kleine Ausstellung in einer Galerie hier in Wien. Es würde zu weit führen, zu erzählen, wie es zu dem Zyklus von Bildern gekommen ist, die auszustellen ich dort die Möglichkeit hatte; aber so viel möchte ich nur sagen: es ist den Werken ein ziemlich langwieriges Studieren und Probieren vorausgegangen. Das war phasenweise sehr anstrengend und zermürbend, weil ich das Gefühl hatte, ich trete auf der Stelle und bleibe stecken. Ich war verzweifelt und sozusagen doppelt verzweifelt, weil ich in einer Lage steckte, über die ich hier reden will. Und um jetzt nicht noch weiter abzuschweifen, versuche ich mich zu bremsen (aber es hat gut getan, ein bisschen ins Blaue hinein zu schreiben; ich hatte vorhin vor lauter Nervosität das Gefühl, ich käme gar nicht vom Fleck; so etwas nennt man dann wohl „Lampenfieber") und auf mein Ziel hin zu erzählen. Wie gesagt: verstehen. Das will ich.

Ich wohne seit drei Jahren gemeinsam mit meiner ehemaligen Schulkollegin Claudia Schran (wir hatten uns nach der Matura jahrelang aus den Augen verloren, bis wir einander wiederfanden) in einer kleinen WG, die glücklicherweise meiner Tante Hermine Krobal gehört. Sie verlangt von uns beiden insgesamt nur zweihundert Euro Miete, einen sozusagen symbolischen Hunderter jeweils. Hermine ist froh, dass jemand in dieser im zweiten Bezirk gelegenen Wohnung lebt, heizt, aufräumt und so weiter. Als ich Claudia vor drei Jahren den Vorschlag machte – das war nach meiner Trennung von Julian – zusammenzuziehen und dann den Preis nannte, war sie mehr als glücklich darüber. Die Wohnung liegt gut, in der Nähe einer U-Bahn. Das Haus ist ein Altbau und wenn man die Wohnung vom Korridor aus betritt, erstaunt man, wie hell sie ist; und es ist ruhig, weil zum Großteil von Pensionisten wie der alten Frau Wuschitz bewohnt, die an Wochenenden im Augarten die Tauben füttert.

Was soll ich noch beschreiben? Hermine, die Schwester meines Vaters, hat die Wohnung von ihren Eltern, also meinen Großeltern, geerbt. Auf alten Fotos sieht man, wie sie in den Neunzehnfünfzigerjahren noch vollgestopft war mit klobigen Möbeln und Teppichen und dem ganzen verstaubten Zeug, das Hermine nach dem Tod meiner Großeltern entfernt hat, um die Wohnung umzugestalten und heller und moderner zu möblieren. Das Ergebnis kann sich sehen lassen; ein besonderer Reiz ist der knarrende Parkettfußboden und die quietschende Toilettentür. In den ersten Wochen bin ich nachts immer aufgewacht, wenn Claudia auf die Toilette gehen musste. Mittlerweile habe ich mich natürlich an dieses Gequietsche gewöhnt. Die Wohnung ist, wie gesagt, sehr hell, sodass ich in einer kleinen, bescheidenen Ecke des gemeinsamen Wohnzimmers (Claudia und ich haben jeweils ein kleines eigenes Zimmer, in dem wir wohnen) das habe, was man „Atelier" nennen könnte. Das klingt großzügiger als es ist: ein paar Quadratmeter ausgelegt mit drei Flickenteppichen, die voller Farbflecke sind; eine Staffelei und eine kleine Kommode mit den nötigsten Malsachen; mehr Platz habe ich leider nicht. Aber das Wichtigste ist vorhanden: genug Licht. Ich male – und das habe ich eigentlich immer schon so gemacht – meistens am Vormittag; seitdem ich meine Bilder verkaufen kann, wäre es nicht falsch zu sagen, dass ich vom Malen lebe. Es wäre nicht falsch, aber es ist auch nicht ganz richtig; in Wirklichkeit lebe ich davon, dass ich nur einen Hunderter Miete zahle, kaum Geld ausgebe; davon, dass ich das in den Sommerferien verdiente Geld immer sehr gut zusammengehalten habe und davon, dass es ab und zu Kunstförderungen gibt. Wenn jemand also auf die Idee kommen wollte, meine „freie Künstlerexistenz" zu beneiden, kann er das gerne machen; Tatsache aber ist, dass vor allem zu Monatsanfang alles immer sehr knapp ist; und dass Claudia, die in einem Logistikbüro arbeitet, mir finanziell unter die Arme greift. Ich zahle ihr das Geld immer rechtzeitig zurück, weil mein Vater mir regelmäßig

Geld überweist; aber unangenehm ist es mir trotzdem. Claudia sagt, es sei „totaler Blödsinn", dass mir das unangenehm ist, weil sie meint, dass sie ohne mich und meine Tante niemals so preisgünstig untergekommen wäre. Das stimmt zwar, aber trotzdem ist es unangenehm, jeden Cent umdrehen zu müssen. Aber andererseits: vielen meiner Kolleginnen und Kollegen geht es ähnlich. Wenige nur verkaufen so gut (ein paar Professoren an der Akademie), dass sie davon leben können; die meisten schlagen sich eben so durch. Ich finde den Ausdruck „sich durchschlagen" ein bisschen dick aufgetragen, denn immerhin ist und bleibt es ein Privileg, dass wir genug zu essen und ein Dach über den Kopf haben; aber es gehört zu einer vollständigen Künstlerbiographie, sich vernachlässigter und ärmer darzustellen, als man in Wirklichkeit ist. Die seelische Vernachlässigung, die man dabei von der eigenen Umgebung erfährt, fließt natürlich mit hinein in diese Larmoyanz, von der auch ich nicht ganz frei bin, das gebe ich zu. Ich finde es nur unangebracht, es wie Luise zu machen, eine ehemalige Kollegin aus der Akademie, die seit drei Jahren kein einziges Werk vollendet hat und trotzdem immer darüber jammert, dass in ihrem Leben und in ihrer Kunst nichts weitergeht. Das sage ich nicht, weil ich sie verurteile oder weil ich mich selber für so großartig halte; ich sage das nur, weil's ungerecht ist. So viel Leistungsbewusstsein, finde ich, sollte man schon haben: es verdient doch auch ein Busfahrer nichts, wenn er nicht Bus fährt. Ich merke, ich schweife wieder ab. Es ist gar nicht so einfach, beim Thema zu bleiben. Wie erwähnt: Ferdinand ist zu bewundern. Erst kurz vor seiner Hochzeit ist seine neueste Novelle, „Illusionen", in einem kleinen deutschen Verlagshaus herausgekommen, das auch Bücher vorn Ernst Jünger herausgebracht hat; Ferdinand fand das ganz witzig und machte mich infolgedessen auf Jünger aufmerksam; ich habe erst letzte Woche eine Geschichte von ihm lesen wollen; aber irgendwie fand ich seinen Stil sperrig. Ferdinands Hervorbringungen aber lese ich sehr gerne; und das nicht nur, weil er mein älterer Bruder ist, sondern weil er wirklich gut schreiben kann, im Gegensatz zu mir (glaube ich zumindest).

„Wir können ja gespannt sein, was aus ihm noch wird", sagt Tante Hermine immer; und dann, als ob sie mich und meine Werke vergessen hätte: „und aus dir natürlich auch." Ich finde das ganz lustig: wie sie mich immer zu vergessen pflegt und dann unter ihrem schlechten Gewissen leidet, sodass sie sich korrigiert. Tante Hermine neigt dazu, ein schlechtes Gewissen zu haben. Das habe ich früher nicht begriffen. Seit der Geschichte zwischen Markus und mir begreife ich es aber. Und weil ich es endlich begreife, will ich darüber schreiben. Siehe da, ich habe die Kurve wieder gekratzt. Das ist übrigens eine Redewendung, die Ferdinand gar nicht mag; die erinnere ihn immer, sagt er, an Messer, die beim Fleischschneiden über den Porzellanteller kratzen.

Ferdinand ist sehr sensibel, was die Sprache betrifft; ich wiederum bin sehr sensibel, was Farben und Farbtönungen entspricht; eigentlich nachvollziehbar bei einer Person, die malt und die das seit – ja, wie lange? – sieben Jahren wirklich ernsthaft tut und dies nicht nur als angenehme Freizeitgestaltung betrachtet.

Der eigentliche Anlass, mit diesen Aufzeichnungen zu beginnen, war eine Zeitungsnotiz über eine italienische Opernsängerin. Letzten Sonntag stattete Hermine Claudia und mir einen Besuch ab: einfach so, wie sie das manchmal macht, um nach dem Rechten zu sehen; im Zuge dessen brachte sie eine Sonntagsausgabe einer der Zeitungen mit und machte mich auf dieses Interview mit der Opernsängerin aufmerksam: das sei genau jene, die sie erst neulich in der Oper gehört habe. Nachdem Hermine gegangen war, las ich den Artikel und stutzte bei einer Stelle. Es war nämlich so: die Sängerin ist verheiratet mit einem Pianisten, der ihretwegen seine Kunst aufgegeben hat, um ganz für sie und ihre Karriere da zu sein; der also das gemacht hat, was für gewöhnlich wir Frauen für unsere Männer tun. Ich fand das auf den ersten Blick sehr sympathisch von ihm; und deshalb war mein erster überstürzt-kindischer Gedanke – und das, obwohl ich mich erst kurz davor von Markus getrennt hatte – der, mir auch so einen Mann zu wünschen. Ich wusste natürlich, dass so zu denken vollkommener Unsinn war; ich musste über mich selber lachen.

Aber dann kam die Stelle in dem Interview, wo die Sängerin gefragt wird, was denn ihr Mann anstelle seiner eigenen Karriere brauche; und da sagt sie, sinngemäß: er brauche das Wissen darum, wie wichtig er ihr sei. Das ist eine Stelle, die man rasch einmal überliest. Und so ging es mir auch. Ich überlas die Stelle. Erst einige Stunden später, beim Grundieren einer Leinwand, fiel sie mir wieder ein und ich stutzte: ‚Moment einmal', dachte ich, ‚da gibt einer ihretwegen seine ganze Karriere auf und das Einzige, was sie darauf zu sagen hat, ist, dass er wissen soll, wie wichtig er für sie ist.' Das erinnerte mich in diesem Augenblick so sehr an das, was ich zuerst mit Julian und dann mit Markus erlebt habe, dass mein Herz wieder zu klopfen begann und ich so etwas wie Wut auf die Sängerin empfand. ‚Das heißt', dachte ich, ‚sie möchte ihren Weg unbeirrt weiterverfolgen und das einzige, was sie ihrem Lebensgefährten zugesteht, ist, dass er ein Hund an ihrer Seite sein soll. Er soll wissen, wie wichtig er für sie ist, heißt soviel wie: Wenn du mich verlässt, breche ich zusammen. Das wiederum heißt soviel wie: Ohne dich kann ich nicht singen. Du bist mir wichtig; aber nur unter der Bedingung, dass du selber nicht auf die Idee kommst, Klavier zu spielen.' Wie gesagt: das erinnerte mich an viele Situationen, die ich erst vor Kurzem erlebt hatte, sodass ich vor lauter Aufregung nicht mehr weiterarbeiten konnte. Mir schien, dass ich in diesem Augenblick – wieder – etwas begriffen hatte. Es machte mich einerseits wütend; andererseits freute es mich, so wie jede neue Erkenntnis einen freut. Und zugleich begriff ich, dass ich Claudia nicht helfen konnte; dass sie selber draufkommen musste, wie sehr sie Sebastian mit ihren Wünschen zugesetzt hatte. Claudia nämlich ist, immer noch, unglücklich verliebt in ihren Sebastian Mahler, der mit allen Mitteln versucht, sie sich vom Leibe zu halten. Dieses Interview also war der Anlass, diese Aufzeichnungen zu beginnen.

2

Es ist ein Sonntagmorgen, Claudia schläft noch; und ich bin, nachdem ich das gestern Geschriebene durchgelesen hatte, in meinem Zimmer auf und ab gegangen, unsicher, ob ich stilistisch und seelisch auf dem richtigen Weg bin. Vor meinem Schreibtisch ist ein hohes Fenster, aus dem man in einen Innenhof hinaussieht. Ich bin sicherlich zehn Minuten vor dem Fenster gestanden und habe auf etwas gewartet, was nicht kommen wollte. Dann habe ich mir gesagt: ‚Du schreibst das alles nur für dich selber auf, also übertreib's nicht mit deinem Perfektionismus.' Das machte mir Mut, was mich aber nicht daran hinderte, weitere zehn Minuten lang unschlüssig in meinem Zimmer auf und ab zu gehen und vor dem Buchregal stehenzubleiben, dem ich zwei Bücher entnahm. Ferdinand hatte sie mir vor vielen Jahren geschenkt: den Roman „Die Schule der Frauen" von André Gide, in dem ich zufällig, gegen Ende des Romans, folgende Stelle aufschlug: „Das Leben musste mich noch alles lehren, und besonders das eine: dass man nur dann frei über sich verfügen kann, wenn man gar nicht liebt." Ich legte das Buch zur Seite und schlug das andere auf, den Roman „Die jungen Mädchen" von Henry de Montherlant, wo eine der Figuren folgendes sagt: „Das sagen Sie, weil Sie keine Ahnung haben, was es mit dem Mitleid auf sich hat. Das ist ein Gefühl, das ein Menschenleben völlig zu ruinieren vermag."

Da gehe ich also an einem nebligen, nasskalten Sonntagmorgen in meinem Zimmer auf und ab und stoße zufällig auf zwei Sätze in zwei ganz unterschiedlichen Büchern, die genau das ansprechen, womit ich mich in diesen Aufzeichnungen befassen möchte. Das hat was Orakelhaftes und weil ich, wie jeder Mensch, der schöpferisch tätig ist, zu abergläubischem Verhalten neige, muss ich diese Sätze zitieren, auch unter der Gefahr, vorzugreifen.

Mein Perfektionismus also: mit diesem begann das ganze Übel. Ich bin das zweite Kind meiner Eltern. Während Ferdinand, schon seit seiner Kindheit, immer gesund war und das, was man „pflegeleicht" nennt, war ich, sowohl körperlich als auch seelisch, ein „Sorgenkind". Viele, die mich nur als kleines Mädchen gekannt hatten und, nach vielen Jahren, mich erst als erwachsene, siebenundzwanzigjährige Frau, wiedergesehen haben, äußern sich erstaunt über meine Entwicklung. Mir ist das irgendwie peinlich und unangenehm; aber so sind die Menschen eben.

Es begann schon damit, dass ich ein Frühchen war und die Gefahr bestand, dass ich es nicht überleben würde; ich überlebte es und wurde daher – aus dem Blickwinkel der Eltern ist das verständlich, obwohl es mir als Kind äußerst lästig war – wie ein Augapfel gehütet; wozu meine Eltern und sonstigen

Familienmitglieder wirklich gute Gründe hatten. Meine ersten zehn Lebensjahre waren eine langweilige Abfolge von Krankenhausaufenthalten und unfreiwilligen Bettlägerigkeiten. Es wäre öde, alle Krankheiten, die ich hatte durchmachen müssen, aufzuzählen; ich greife nur die Lungenentzündung heraus, derentwegen ich in der vierten Klassen Volksschule drei Monate lang im Spital liegen musste. Wäre ich wenig ehrgeizig und stattdessen passiv und duldend veranlagt, hätten mir diese Krankenhausaufenthalte während meiner Schulzeit wohl nicht viel ausgemacht. Sie wurden mir aber zu einer Last, weniger der Krankheiten wegen, als weil ich dann, wenn ich isoliert war, das Gefühl hatte, meinen Zugang zu den Freunden und Freundinnen zu verlieren und sowohl in meinen persönlichen Beziehungen als auch im schulischen Fortgang in Rückstand zu geraten. Das zerknirschte mich sehr und ich litt unter dem Gefühl, schwächer, kleiner und unbedeutender zu sein als die anderen Kinder. Mein Bewusstsein der Pflicht und des Fleißes wurden durch das Versäumen der Schulstunden ständig auf Trab gehalten. Mit dem Perfektionismus begann das ganze Übel. Es ist müßig, jetzt und heute zu spekulieren, wie ich mich seelisch entwickelt hätte, wäre ich immer gesund gewesen und hätte ich mich an allen Aktivitäten, wie die anderen Kinder, gleichberechtigt beteiligen können.

Als ich mit der Lungenentzündung im Spital lag, bestand mein Interesse nicht darin, wie das der anderen Kinder auf meiner Station, fernzusehen oder Ausmalbilder anzumalen, sondern den Schulstoff nachzuholen. Meine Eltern und mein Bruder Ferdinand wechselten sich ab, mir den versäumten Stoff beizubringen. So saß ich in meinem Krankenhausbett und holte pflichtbewusst nach, was ich versäumt hatte. Einem Außenstehenden, dem man erzählt, dass ein zehnjähriges Mädchen freiwillig Mathematik übt, Rechtschreibübungen macht und dabei bestrebt ist, sein Heft mit den schönsten Zierleisten auszuschmücken, wird vielleicht einwenden, das sei eine vollkommen unrealistische und an den Haaren herbeigezogene, teils vielleicht richtige, aber im Großen und Ganzen verzerrte und überdies von mir verklärte Ansicht auf die Dinge. Wer mir verklärende Unwahrhaftigkeit vorwirft, den muss ich enttäuschen. Ich war, spätestens nach meinem zweiten längeren Krankenhausaufenthalt in der zweiten Klasse Gymnasium, ein übertrieben strebsames Kind. Ich hatte nichts anderes im Sinn, als Versäumtes nachzuholen und keine Rückfälle zu erleiden. Ich war eine Streberin, aus Angst, aus Verzweiflung und weil ich fürchtete, ich würde mich auflösen, in meine einzelnen Bestandteile auflösen, wenn ich mir selber nicht bewiese, wie gut und wie großartig ich sei. Das Problem an der ganzen Sache war aber: nämlich, dass ich vor lauter Angst, verzweifelter Anstrengung und übertriebener Strenge mir selbst gegenüber keine gute Schülerin war, sondern eine sehr schlechte. Wie oft kam ich nachmittags von der Schule heim, in Tränen aufgelöst, weil ich wieder ein „Befriedigend“ oder nur ein „Genügend“ auf die Deutsch- und Mathematikschularbeit bekommen hatte. Meine Eltern versuchten mich zu trösten; Ferdinand, der schon neunzehn war, als ich die zweite Klasse Gymnasium besuchte, wollte mir weismachen, dass die Schule nicht alles im Leben sei: aber man sage das einem Kind, das vom „echten Leben“ noch keine Ahnung hat; denn mein „echtes Leben“ war nun einmal die Schule: vor allem, nachdem ich mir selber alle anderen Nebenbeschäftigungen verboten hatte. In der Volksschule hatte ich noch Geige gespielt und in der vierten Klasse eine Zeitlang eifrig Tagebuch geschrieben. Meine beste Freundin damals, Susanna, hatte mit dem Tagebuchschreiben angefangen; und ich hatte es ihr nachgemacht, wobei ich mehr und mehr darauf verfiel, das kleine, mit einem goldenen Schloss versehene Büchlein mit Zeichnungen anzufüllen.

Nachdem ich aber auf die letzte Mathematikschularbeit in der zweiten Klasse Gymnasium ein „Genügend“ bekommen hatte, beschloss ich kurzerhand, mit dem Geigespielen und Tagebuchschreiben aufzuhören. In meinem verzweifelten Entschluss bestärkten mich zu Beginn der dritten Klasse die Schmerzen, denen man als Mädchen in diesem Alter nicht ausweichen kann. Ein entschiedenes „So kann's nicht weitergehen“ lag damals über allem in der Luft, was ich machte. Ich beneidete meine Klassenkollegin Nina, die, immer fröhlich und munter und scheinbar mühelos, stets die besten Noten bekam und dabei auf ihre Pferde und Familienausflüge nicht verzichten musste. Auch hier war Nina wieder ein ausersehenes Objekt meines Neids, denn sie schien weder schulische Probleme zu haben noch irgendwelche Schmerzen noch schien sonst eine Wolke ihr Dasein zu verdunkeln. Ich vermied es, mich mit ihr zu vergleichen, um nicht in schlechte Laune zu verfallen; aber das Vergleichen ganz bleiben zu lassen, war natürlich nicht möglich, denn diese Nina saß immer entweder vor oder neben mir; sie hatte überdies eine schöne Handschrift, mit dreizehn Jahren schon ziemlich entwickelte Brüste; mit vierzehn hatte sie den ersten „Freund“, mit fünfzehn war sie gefeierte Siegerin in einem Pferdeturnier, kurzum: ich hasste sie eine Zeitlang so sehr, dass ich mich mit dem Gedanken hätte anfreunden können, sie in die Mädchentoilette zu locken, um sie dort umzubringen. Aber da meine destruktiven Kräfte nicht so stark ausgeprägt sind wie die schöpferischen, ließ ich sie am Leben und machte mich vielmehr daran, mich selber zugrunde zu richten. Ich setzte mein ganzes Wollen und Wünschen in den Versuch, die beste Schülerin der Klasse zu werden. Stundenlang übte ich zuhause Schlussrechnungen, die ich in der Schule nicht verstanden hatte; stundenlang beschäftigte ich mich mit den Englischvokabeln; mit aller Gewalt machte ich mich daran, Bildergeschichten zu schreiben; meine Eltern waren verzweifelt, weil sie meinten, ich übertriebe mit meinem Übereifer, und Ferdinand versuchte, mich an Wochenenden aus der Wohnung zu locken. Hinzu kam, dass ich angefangen hatte, zu viel zu essen. Ich wurde pummelig und dick, und aus einem Mangel an Bewegung und Abwechslung auch noch launisch und bockig. Als ich aber in der vierten Klasse zum ersten Mal in meinem Leben sowohl in Deutsch als auch Mathematik einen Einser auf die letzte Schularbeit bekam, hatte ich endlich das Gefühl, den richtigen Weg eingeschlagen zu haben. Die nächsten vier Jahre waren, rückblickend betrachtet, die reinste Tortur: während meine Freundinnen ausgingen und Dinge taten, die man als junger Mensch tut, saß ich in meinem Kinderzimmer und lernte und arbeitete. Keine Rede mehr davon, dass ich Geige spielen könnte oder dass ich mir erlaubt hätte zu zeichnen, im Gegenteil: die Musik und die Kunst waren für mich zu etwas Bösem geworden, zu etwas, wovon ich die Finger lassen musste, wollte ich nicht wieder in jene Zustände verfallen, die mich ins Krankenhaus befördert hatten. Und je erfolgreicher ich wurde, desto „beseelter“ fühlte ich mich; und die Angst, mich in meine einzelnen Bestandteile aufzulösen, wurde schwächer.

Es war eigentlich sehr seltsam: das Ausmaß meiner seelischen Gesundheit wuchs von Woche zu Woche; denn ich hatte mir ja bewiesen, dass ich mich ganz allein, ohne fremde Hilfe, nur mit meinem Fleiß, aus dem trostlosen Sumpf meiner Bedeutungslosigkeit hatte ziehen können; und zugleich sank das Ausmaß meiner körperlichen Gesundheit. Ich hatte kaum Bewegung, vom vielen heimlichen ungesunden Essen bekam ich Pickel und ich fühlte mich körperlich an manchen Tagen einfach nur schlecht, während Nina sich nicht nur schulisch, sondern auch körperlich prächtig entwickelte. Sie war ein schlankes und schönes Mädchen, umschwärmt von der halben Schule; die Lehrer liebten sie, sie liebte alle und überhaupt umkreiste und umschwirrte sie eine Aura von Liebe, ja, in der siebenten und achten Klasse, eine Aura von dermaßen aufgeladener Sexualität, dass man sich entweder an ihr die Finger verbrennen musste oder den Gedanken nicht loswurde, sie aus dem Weg schaffen zu müssen. Im Nachhinein kann ich über meine „Ich locke Nina auf die Toilette und erdrossle sie dort"-Pläne lachen; damals jedoch war mir wahrlich nicht zum Lachen zumute.

Ich hegte Nina gegenüber im Übrigen nur dann dieses Feindseligkeit, wenn ich statt einem Einser einmal einen Zweier auf einen Test oder eine Schularbeit bekommen hatte; das geschah in den vier Jahren bis zur Matura aber ohnedies nur zwei Mal, sodass Nina also nichts von mir zu befürchten hatte, im Gegenteil, wir wurden sogar so etwas wie Freundinnen. In der fünften Klasse besuchte ich sie einmal in jenem Reitstall, wo sie seit ihrer Kindheit ihre Reitübungen absolvierte: sie wollte mir zeigen, wie sie reitet und mir ihr Pferd Windy vorstellen. Ich verstand und verstehe bis heute nichts von Pferden; aber es war ein ganz liebes und zutrauliches Tier, daran kann ich mich gut erinnern. Ich habe diesen Ausflug in Ninas Reitstall überhaupt in guter Erinnerung, weil er zu den wenigen Abwechslungen gehörte, die ich mir während meiner Zeit als Schülerin der Oberstufe erlaubte. Wir gingen danach heim zu Nina; da merkte ich, dass sie ihrer Mutter ganz aus dem Gesicht geschnitten war; auch ihr Vater war ein gutaussehender, erfolgreicher Mann; ich glaube, er war Bankmanager. Sie bewohnten ein großes Haus in den Weinbergen; aus Ninas Zimmer sah man auf den Schneeberg. Ihr Zimmer war übrigens ausstaffiert mit Pferdeplakaten und Bildern halbnackter Rockstars und „Boyband"-Sängern. Die Pferde ärgerten mich, weil ich nicht reiten konnte (und Nina konnte reiten und war überdies gut in der Schule). Die Poster der Musiker erinnerten mich an meine körperliche Konstitution; denn ich war immer noch ziemlich pummelig.

Angeblich soll ihr Vater zu Nina gesagt haben, das hat sie mir am nächsten Tag in der Schule erzählt, dass ich ganz hübsch gewesen sei. Nina erstattete mir von dieser Beobachtung ihres Vaters belustigt Bericht; während ich aber traurig wurde, weil ich meiner Meinung nach nicht hübsch, geschweige denn schön war. Ich hatte zwar ein bisschen abgenommen; aber mir war noch immer sehr gut erinnerlich, wie eine der Nachbarinnen in unserem Wohnhaus, wo ich mit meinen Eltern und

Ferdinand wohnte, ihrer Freundin zugeflüstert hatte, ich sei „schon etwas blad“. Das hatte mich zuerst tief verletzt; dann beschloss ich aber, dass ich darauf mit Zorn reagieren musste. Dieser Beschluss hielt aber keine zwei Stunden lang, denn ich gelangte zu der bitteren Einsicht, dass diese Nachbarin recht hatte; ich musste mich nur vor den Spiegel stellen, um zu sehen, dass ich ein pummeliges Mädchen mit Pickeln im Gesicht war.

All diese Anmerkungen mögen unbedeutend erscheinen im Vergleich zu wirklich schwerwiegenden Problemen, wie junge Menschen sie überall auf der Welt tagein, tagaus durchleiden, aber ich will sie trotzdem nicht verschweigen: um stückweise nachzuzeichnen, wie ich mich hatte zu einer Verhaltensweise drängen lassen können, die mir das Leben erschwert hat. Ich war, aufgrund meiner Krankheiten und der Strenge, mit der ich mich selbst behandelt hatte, in einer Atmosphäre des Mitgefühls aufgewachsen. Ich habe weder mit Ferdinand noch mit meinen Eltern jemals offen darüber gesprochen: aber heute scheint es mir plausibel, dass sie mich, die ich so oft eingeschränkt, krank und hilfsbedürftig war, bemitleidet hatten. In dieses Mitleid war, wie ich glaube, sehr viel Selbstmitleid verwoben. Ein Mensch, der über mehrere Wochen, ja Jahre hinweg der Pflege, der Zuwendung bedarf, fühlt sich unweigerlich einmal wie ein Klotz am Bein der anderen; wenn er diese „anderen“ aber liebt, wird er, wie ich glaube, zweierlei merken: Erstens, dass er ihnen etwas schuldig ist; und zweitens, dass er ihnen nichts schuldig ist. Dass er ihnen etwas schuldig ist, leitet er ab aus der Tatsache, dass man ihm stets beigestanden ist und ihn umsorgt hat; dass er niemandem etwas schuldig ist, leitet er ab aus der Tatsache, dass er sich seine Hilfsbedürftigkeit nicht selber ausgesucht hat und daraus, dass das Selbstmitleid der anderen sie genug für ihre Aufopferung entschädigt hat. Aus all dem wird er den Schluss ziehen, dass er – weil er nun sowieso mit der Welt durch eine gewisse Schuld verbunden ist – dieser Welt auch etwas zurückerstatten muss. Meine Tante Hermine hat mich einmal gefragt, warum ich denn male; ebenso wie Ferdinand bei den Fragerunden nach seinen Lesungen vom Publikum immer wieder die Frage gestellt bekommt, warum er denn schreibe. Ich hatte Hermine bisher keine zufriedenstellende Antwort geben können; jetzt aber würde ich wohl sagen: Ich male, weil ich schuldig bin. Ich weiß: das klingt pathetisch. Was ich aber damit meine, ist ganz einfach: ich male, weil ich das Gefühl habe, dass ich etwas tun muss; das Leben ist zu kurz, als dass man es damit vergeuden könnte, die eigenen Talente nicht auszuschöpfen. Das ist freilich eine Erkenntnis, die ich mit meinen sechzehn, siebzehn Jahren noch nicht hatte. Für mich gab es nur die Schule und die Unterdrückung all meiner Triebe, sowohl der künstlerischen als auch der sexuellen.

Wir Mädchen waren kurz vor der Matura bei Nina zu einer „Gardenparty", wie ihre Mutter das nannte, eingeladen; sogar Camilla, die eigentlich mit niemandem mehr Kontakt haben wollte, war gekommen. Es war ein schöner Abend geworden. Gegen Mitternacht kamen wir beim Lagerfeuer im Garten von Ninas Eltern, die tags zuvor nach London zu einem Kongress verreist waren, aufs Thema Männer und Selbstbefriedigung zu sprechen. Camilla – ich merkte es gleich – lebte plötzlich auf; sie wurde hellhörig und ließ ihre ganze Langeweile vorschützende Gleichgültigkeit fallen; Nina erzählte, dass und wie sie es „fast jeden Tag mache"; Carola, Sabine, Olivia …alle aus unserer Klasse machten es „fast jeden Tag". Jene von uns, die schon einen fixen Freund hatten, „machten" es natürlich mit ihm. Zum Glück war die Mädchenrunde so taktvoll, mich nicht auszufragen; sie wussten ja alle, dass ich keinen Freund hatte. Nina nur wollte unbedingt wissen, wie oft ich mich denn selber befriedige. Und ich sagte etwas von wegen „Ach, ein, zwei Mal die Woche", was aber nicht stimmte, denn ich hatte mit meinen achtzehn Jahren noch niemals daran gedacht, es auszuprobieren. Ich musste an Lulu denken, die schon damals mit zwei Männern gleichzeitig „herummachte", wie sie das nannte; oder an Alexandra, die vor zwei Jahren mit ihrem Psychologiestudium begonnen und dort ihren ersten Freund kennengelernt hatte. Ich saß an diesem Abend mit den anderen Mädchen am Lagerfeuer, hörte ihnen zu, beteiligte mich auch, so gut es eben ging, an dem Gespräch, fühlte mich aber innerlich sehr weit weg. Ich fühlte mich so wie vielleicht ein Marathonläufer, der weiß, dass das Ziel in zwei Kilometern erreicht ist: nur nicht aufgeben, weiter, weiter! Das verlieh mir damals die innere Kraft, zugleich anwesend aber innerlich abwesend zu sein. Ich lebte in meiner eigenen kleinen schulischen Puppenwelt, im Nachklang jener Jahre, die ich an meine Schwäche verloren glaubte und die ich deshalb nachhholen zu müssen mir in den Kopf gesetzt hatte. Das war meine Situation kurz vor Abschluss der Schule, kurz: eigentlich ging es mir sehr gut, da ich mit meinen Leistungen zufrieden war; gut auch, weil ich Freundinnen hatte, mit denen ich mich austauschen konnte; aber schlecht, weil ich – was ich erst später merken sollte – meine eigentlichen Triebe (und damit meine ich jetzt nicht die sexuellen) unterdrückt hatte; vielleicht gerade weil diese Triebe so stark waren und ich Angst davor hatte, dass sie mir mein Leben durcheinander bringen würden; und gerade das war es, was ich vermeiden wollte: Unordnung. Weil ich mir eingebildet hatte, bis zu jenen ersten Einsern in der vierten Klasse in einem Zustand permanenter Unordnung gelebt zu haben. Aber ich wollte leben und mich „verwirklichen", was man in der Unordnung nicht tun kann. So viel war mir schon als kleines Mädchen instinktiv bewusst. Dafür wurde ich später von jenen bewundert, die einst meine Misserfolge und mich bemitleidet hatten. Ich hasste diese Bewunderung, weil ich spürte, wie sie einerseits dem Mitleid entsprang und andererseits ein Objekt hatte, das – dies war mir schon damals klar – nicht dem entsprach, das ich mir in meinen heimlichsten Wunschträumen ausmalte. Das Gefühl also, von den Menschen verkannt und nur geschätzt zu werden, wenn man gleichsam akrobatische Virtuosenstücke selbstzerstörerischer Leistung erbringt, war mir schon in frühen Jahren bekannt: ‚Ihr wollt also Virtuosenstücke? Da habt ihr sie!', war mein uneingestandenes Motto jener Jahre. Ich war damals so jung – also so trotzig – und lebte wirklich im Glauben, die von mir verlangten Leistungen entsprängen meinem eigenen Willen. Dieser Trotz erklärt überdies meine schlechten Launen und mein Missfallen an jeglicher Bewunderung, die man mir entgegenbrachte, wenn ich wieder einmal einen Einser in der Mathematikschularbeit schrieb; einen Einser, der mir aber gestohlen bleiben konnte, weil es mir dabei nicht gelang, Nina nicht um ihrer Pferde willen, Ferdinand nicht um seiner Gedichte willen und meine Eltern um ihrer (vermeintlichen) erwachsenen Freiheit willen zu beneiden. Ich beneidete, kurz gesagt, alle, die nicht ich waren, weil ich fest davon überzeugt war, allen gehe es besser als mir. Und trotzdem machte ich weiter, was ich aus dem heutigen Blickwinkel nicht anders nennen kann als Verkrampfung oder, wie oben schon gesagt: Perfektionismus.

Ich schloss die Schule mit ausgezeichnetem Erfolg ab und stand dann da, sozusagen vor den Trümmern dessen, wofür ich eigentlich gelebt hatte. Während Nina, als wäre nichts gewesen, ihre erste Amerikareise antrat; ich hätte sie dafür wieder in die Toilette locken und dort ermorden können. Ich fühlte durchaus, dass in meiner „Mordlust" etwas Krankhaftes, Übersteigertes lag; aber wie alle Menschen, die sich in etwas hineinsteigern, lebte ich im Wahn, im Recht zu sein. Ich musste also noch mehr leiden; was im Übrigen typisch für mich ist: ich sehe meine Fehler erst dann ein, wenn ich nicht mehr leiden kann, also dann, wenn ich kurz davor bin zusammenzubrechen oder wenn ich schon zusammengebrochen bin. Das ist zwar nützlich, was die seelischen Erkenntnisse anbelangt; aber es zerstückelt das Leben in Phasen von Anspannung und Kollaps. Das war auch mit Markus so. Darüber will ich hier sprechen; deshalb diese ausführlichen Rückblicke auf die Kindheit.

3

Ich gab seit meinem fünfzehnten Lebensjahr Nachhilfe, um mein eigenes Geld zu verdienen; ich hätte es nicht tun müssen. Meine Eltern hielten nicht viel davon, weil sie meinten, ich übernähme mich damit, tat es aber doch, erstens, weil es mir Freude machte, zweitens, weil ich nicht die einzige in meiner Klasse war, die anderen beim Lernen half und drittens, weil das Gefühl einer wenn auch nur fingierten Unabhängigkeit durch das selbst verdiente Geld mir gefiel; was, viertens, wiederum meiner ganzen Lebensweise, wie ich sie oben dargestellt habe, entsprach. Ebenso wie die Nachhilfestunden, die im Laufe der Jahre auf ein ziemlich hohes Stundemaß anschwollen, entsprachen meine Sommerjobs, die ich ebenso seit meinem fünfzehnten Lebensjahr ausübte, dem von mir ersonnenen Plan, möglichst wenig der Untätigkeit zu verfallen. Vor einer Sache hatte ich Angst: vor der Untätigkeit; oder vielmehr vor der daraus folgenden Abhängigkeit von anderen. Es war durchaus nicht so, dass meine Eltern mich herumkommandiert hätten, im Gegenteil; aber ich lebte stark in der Vorstellung, dass sie es tun würden, sobald ich auch nur eine Sekunde untätig herumsitzen würde. Und um dem zuvorzukommen, tat ich alles, um ihnen zu beweisen, dass ich diejenige sei, die über ihr eigenes Leben bestimmt. Wie ich schon sagte: Trotz und Neid waren die bestimmenden Elemente in dieser Phase meines Lebens; Gefühle, die sich, wie ich glaube, aus der als unangenehm empfundenen Abhängigkeit entwickelten, wie ich sie empfunden hatte in jenen Zeiten, da ich so oft krank und abhängig war. Dazu kam, auch das habe ich schon gesagt, das Gefühl der Schuld und des Schuldigseins. Wären diese beiden Aspekte – Schuld und Abhängigkeitsgefühl in einer Atmosphäre von Mitleid – nicht gewesen, würde ich mich wohl nicht zu jenen Tätigkeiten gezwungen gefühlt haben, die ich mit umso größerer Lust ausübte, je schwächer und „gestresster" ich mich fühlte. Denn es war ein erhebendes Gefühl, mir Schmerzen zufügen zu können, nachdem ich Schmerzen und Krankheiten so lange hatte passiv über mich ergehen lassen müssen. Lulu hatte zu derselben Zeit die Angewohnheit, sich mit Glasscherben oder Rasierklingen zu ritzen; ich hatte stattdessen die Angewohnheit, bis zum Umfallen für die Schule zu arbeiten; beide Verhaltensweisen waren auf ihre Art und Weise krank. Das aber soll nicht heißen, dass die Nachhilfestunden und meine Sommerjobs mir ausschließlich Schmerzen bereitet hätten, das nicht; wie gesagt: ich half sehr gerne und genoss es in gewisser Weise, die in jungen Jahren wegen der Krankheiten versäumte Lebenserfahrung durch meine kleinen Sommerjobs nachholen zu können.

Was ich sagen möchte, ist nur: all das zu tun, was ich getan habe, wäre – in dem Ausmaß zumindest – nicht nötig gewesen. Das Leid entsprang nicht der Tätigkeit selber, sondern dem Übermaß, der Maßlosigkeit; oder, anders gesagt: meinem Perfektionismus, der mir einflüsterte, ich dürfe ja nicht das Mittelmaß des von mir Verlangten unterschreiten. Bei Lulu war es ganz ähnlich, nur dass „Maßlosigkeit" bei ihr andere Formen annahm als bei mir; auch sie lebte unter dem Gesetz, sich selber nicht unterschreiten zu dürfen, überhaupt nach der Scheidung ihrer Eltern, die ihr unbewusst das Gefühl gegeben hatten, sie sei schuld an der Misere.

Was mich betrifft: wenn ich mich zufällig einmal, aus Unvorsichtigkeit oder Müdigkeit oder aus welchen Gründen auch immer, unterschritt, hasste ich mich selber und ertrug nicht einmal den Anblick meines Spiegelbilds; und das, obwohl ich gegen Ende der Schule ziemlich abgenommen hatte und meine Pickel glücklicherweise verschwunden waren. Dass ich aber wie die Monroe aussähe, ist trotzdem ein Unfug; Lulu bildet sich etwas ein. Sie hat die Neigung, alles zu überhöhen, zuzuspitzen und zu erotisieren. Das ist ein Wort von ihr selber: erotisieren. Egal, was sie anfasst, es wird, wie bei dem König Midas zu Gold, bei ihr zu etwas Erotischem und Aufregendem; aber mit einem ähnlichen Effekt wie bei Midas: die Brote verwandelten sich ihm zu Gold und er konnte sie nicht essen; bei Lulu ist es so, dass ihre zwanghaft Freud'sche Deutung der Welt, so manches verzerrt und verdunkelt und in Ungenießbares verwandelt; aber das nur am Rande.

Trotz und Neid in einer Atmosphäre von Mitleid, das war zu diesem Zeitpunkt mein sehr kindliches und, wie ich glaube, kindisches Lebensgefühl, das mich aber nicht davon abhielt, mich so erwachsen und unabhängig und reif wie nur möglich zu verhalten. In den drei Sommern zuvor hatte ich, dank der Vermittlung meines Vaters, tagsüber in einer Bäckerei gearbeitet. Das war arbeitsrechtlich eine schwierige Geschichte, weil ich noch minderjährig war; aber ich wollte so gerne in dieser Bäckerei arbeiten, dass ich, nachdem meine Eltern zuerst gemeint hatten, das sei vollkommen unmöglich, einen Wut- und Schreikrampf bekam, im Zuge dessen mein Vater alle Hebel in Bewegung setzte, um mich zufrieden zu stellen; ich erwähne diese kleine Episode nur als ein Beispiel unter vielen ähnlichen dafür, unter welch krankhaftem seelischen Druck ich damals stand, einem Druck, über den ich heute zwar lachen kann und der mir in vielerlei Hinsicht auch nachvollziehbar erscheint, den ich aber als für mich überholt betrachte bzw. in eine andere Form des innerseelischen Drucks sublimiert ansehe.

Im letzten Sommer vor der Matura arbeitete ich aber – dank Verbindungen von Ferdinand – in einem Sommercamp für schwererziehbare Kinder.

Dieses Camp fand in Tirol in den Bergen statt, in der Nähe des Dorfes K. Eine entsprechende Institution hatte ein altes Bauernhaus gekauft, renoviert und pädagogischen Zwecken zur Verfügung gestellt. Es gab dort, am Fuße eines Berges, einen kleinen Bauernhof mit Ziegen, Hühnern, ein paar Schweinen, Therapiehunden und Therapiepferden. Ich gehörte zum Leitungsteam (ein Freund von Ferdinand war einer der Organisatoren dieser Therapiestation und hatte mir, obwohl ich ja erst siebzehn Jahre alt war, damit eine ordentliche Verantwortung aufgelastet, die ich aber mit Freude und Stolz trug) des zweiwöchigen Lagers, zu dem aus ganz Österreich und sogar Deutschland Kinder angereist waren, die unter seelischen und familiären Probleme litten.

Im Zuge dieser Arbeit lernte ich Amélie Kolig und Oliver Nauer kennen. Ich muss ein paar Worte über die beiden verlieren, weil sie in den Jahren danach eine wichtige Rolle in meinem Leben spielten; zwar keine Hauptrolle, eher die Rolle, wenn ich das so sagen darf, ohne missverstanden zu werden, von „Katalystaroren", also von Menschen, die mehr durch ihr Verhalten Bedeutung für mich gewonnen haben; und weniger dadurch, dass ich versucht hätte, mich in ihr Leben zu drängen. Wären die beiden nicht gewesen, hätte ich manches zu spät oder gar nicht begriffen.

Amélie hatte, so empfand ich es damals, alles, was ich nicht hatte: sie war, erstens, älter als ich. Sie war schön, sie hatte einen Freund; sie war lustig, beliebt, voller Elan und hatte bereits, neben ihrem Studium der Geographie, das sie nur proforma betrieb, schon in mehreren Fernsehfilmen als Statistin mitgespielt und auch ein paar kleinere Sprechrollen in Wiener Theatern gehabt. Sie spielte zum Zeitpunkt, als wir uns kennenlernten, eine Rolle in Schnitzlers „Liebelei", eine Kammerdienerin oder so etwas.

Man empfand bei ihr – wenn man selber ehrgeizig ist, ohne sich aber auf ein bestimmtes Feld beschränken zu können – das neidisch stimmende Gefühl, sie tanze auf allen Bällen gleichzeitig. Dabei wirkte sie nie müde oder abgespannt oder genervt oder gereizt, im Gegenteil: sie strahlte eine ähnliche Atmosphäre von Glück und Selbstzufriedenheit aus wie meine Klassenkollegin Nina; nur mit dem Unterschied, dass dabei immer etwas von der Größe und Weite der Welt mitschwang, von Kunst und Freiheit und wirklichem Leben, während man bei Nina spürte, dass ihre ganze Umtriebigkeit letztlich darauf hinauslief, in die Fußstapfen ihres Vaters zu treten: Aussichten, die mich selber niemals interessiert hatten; weshalb ich Nina zwar bewunderte, aber nie beneidete.

Amélie war in gewisser Weise die Erweiterung dessen, was Nina für mich dargestellt hatte; sie stellte eine konkretere Möglichkeit dafür dar, wie man leben konnte; und ich beneidete sie um den Mut, den sie hatte oder zumindest ausstrahlte. Dass sie zum Leitungsteam eines Sommercamps für schwererziehbare Kinder gehörte, passte gut in ihren Lebensplan: sie musste alles ausprobieren, alles sehen, alles erleben. Ihr Terminkalender war voll. Schon bei der ersten Sitzung, die wir noch in Wien abhielten, sprudelte sie hervor: dass sie gleich nach dem Lager nach Berlin fahren werde, um dort in einem Theater für „Fräulein Julie" zu proben; und danach gehe es ab nach Norwegen, wo sie in einem Film eine Fischerin aus dem neunzehnten Jahrhundert spielen müsse. Amélie – ich sollte das vielleicht erwähnen – hatte eine schön geschnittene Nase in einem anziehenden Gesicht, das so wie ihr Leben war: ohne Fehl und Tadel. Sie hatte volle Lippen, rötlichblondes Haar (das mochte ich an ihr am meisten) und über ihre Figur muss man, glaube ich, nichts erwähnen.

Der zweite in unserem Leitungsteam war Oliver Nauer. Er war das glatte Gegenteil von Amélie; zehn Jahre älter als ich, schüchtern und scheu. Während ich Amélie um ihres Elans willen bewunderte, der alles vor sich her fegte wie ein Wirbelwind, fand ich Oliver um seiner Zurückhaltung willen sympathisch. Im Laufe der Jahre habe ich, sowohl von ihm selber als auch von anderen, einiges, wenn auch nur lückenhaft, über seine Lebensgeschichte erfahren. Er verhielt sich uns Mädchen und Frauen gegenüber wie ein Gentleman. Man hätte den Eindruck haben können, dass er verklemmt war und noch nie mit einem Mädchen oder einer Frau etwas gehabt hätte.

Diesen Eindruck hatte ich bei unserem ersten Treffen zur Vorbereitung des Sommerlagers. Amélie, die sich schon nach diesem ersten Meeting aus mir damals unerfindlichen Gründen an mich gehängt hatte, versicherte mir aber, flüsternd und konspirativ, wie es ihre Art war, dass Oliver sich gerade von einer Freundin getrennt hätte. Das erklärte sein verdrießliches Erscheinungsbild, an dem sich im Lauf der Zeit sehr wenig änderte. Ich erfuhr, wie gesagt, allmählich auch, warum: er hatte keine leichte Kindheit gehabt. Seine Eltern lebten zwar immer noch zusammen; aber der Vater war Alkoholiker und seine Mutter war eine überspannt religiöse Frau, die Oliver zeit seines Lebens eingebläut hatte, dass er nichts tauge und dass er sich klein machen müsse; wenn ich es richtig verstanden habe, hat sie ihm dies nicht eingeredet, um ihn verächtlich zu machen oder um ihn zu erniedrigen, sondern weil sie der festen Überzeugung war, dass nur der erniedrigte Mensch der von Gott geliebte sein könne. Ich weiß nicht genau, was dahinterstand, eines jedenfalls steht fest: Oliver war Amélies Gegenpol; und ich stand, mit meinen frischen siebzehn Jahren, dazwischen. Oliver arbeitete damals als Volksschullehrer in Wien. Die Kinder mochten ihn angeblich; was ich gern glaube, denn auch die Kinder auf dem Camp hatten ihn sehr gern. Er war zwar scheu, in sich gekehrt, wirkte aber vertrauensvoll und konnte lustig sein, wenn er wollte.

Das erste Lager also dauerte zwei Wochen; am vorletzten Abend, nachdem wir alle Kinder zu Bett gebracht hatten, saßen wir drei sowie zwei „Outdoor"-Spielleiter, die eigens aus Innsbruck angereist waren, um Spielaktivitäten zu leiten, die wir Hauptleiter aus Sicherheitsgründen nicht durchführen durften, noch bis in die frühen Morgenstunden ums allmählich erlöschende Lagerfeuer; Oliver und die zwei anderen Herren unterhielten sich lebhaft. Amélie, die schon etwas angeheitert war, flüsterte mir zu: ob ich denn nicht bemerkt hätte, wie verliebt Oliver in mich sei. Es entspann sich ein ziemlich typisches Mädchengespräch aus dieser Andeutung. Ich jedenfalls hatte diese Beobachtung nicht gemacht; Amélie ärgerte mich noch Tage später damit, wie blind ich sei, so etwas Offensichtliches nicht bemerkt zu haben. Ja, Oliver und ich hatten in diesen zwei Wochen sehr viel Zeit zusammen verbracht; wir waren einander, wegen der Spielaktivitäten manchmal auch körperlich nahe gekommen. Aber der Gedanke, dass ein zehn Jahre älterer Mann etwas von mir hätte wollen können, kam mir beim besten Willen nicht in den Sinn.

Oliver war mir sympathisch und deshalb sah ich nichts Verwerfliches dabei, nach Beendigung des Lagers Kontakt mit ihm zu halten. Mein letztes Schuljahr hatte begonnen; und ich hatte weiterhin im Sinn mein „Weiter, weiter!" strebsam durchzuführen und das mir selber gesteckte Ziel zu erreichen. Einen Mann oder gar einen Freund in mein

Leben zu lassen: auf diesen Gedanken wäre ich, zu diesem Zeitpunkt, nie gekommen. Abgesehen davon lebte ich in der Vorstellung, nicht besonders anziehend und attraktiv zu sein; dass jemand sich ernsthaft in mich verlieben könnte: nicht nur dass es mir absurd erschienen wäre. Es erschien mir gar nicht, Punktum.

Kurz: solche Gedanken lagen außerhalb meiner Reichweite, meines Denkvermögens und meines Willens. Wenn ich mich im Winter nach dem ersten Lager mit Oliver in Wien traf, um mit ihm ins Museum zu gehen, dann tat ich das als Anna, die „einfach einen Freund" trifft, ebenso wie ich Nina oder Lulu getroffen hätte; nicht im Traum wäre mir der Gedanke gekommen, Lulu oder Nina hätten es erotisch auf mich abgesehen. Und weil ich, mangels Lebenserfahrung und weil ich mir bis zu meiner Liebe mit Julian sowohl meine körperliche als auch seelische Reinheit bewahrt habe, also niemals auf den Gedanken verfallen wäre, man könnte mich lieben oder mich begehrenswert finden, fand ich nichts dabei, mit Oliver Ausstellungen zu besuchen oder gar ihm zuhause einen Besuch abzustatten. Dass ich damit einen Fehler begangen hatte, verstand ich erst viel später. Wie hätte ich es mit meinen kaum achtzehn Jahren verstehen können? Wie gesagt: ich wusste nicht viel vom Leben, unterstellte anderen Menschen keine „bösen" Absichten, weil ich selber solche Absichten (noch) nicht hegte, weil alle meine Ziele auf meinen schulischen Erfolg kanalisiert waren und würde wahrscheinlich auch nichts gemerkt haben, hätte Oliver offensichtlichere Avancen gemacht. Das klingt, ich gebe das gern zu, wie eine Karikatur des „frommen Mädchens“. Im Nachhinein betrachtet, muss ich selber über mich lachen; aber das, was ich für Oliver empfand – und deshalb habe ich so ausführlich über meine Kindheit gesprochen und Montherlant zitiert – war nicht Liebe und Begehren, sondern Mitleid. Oliver war nicht hässlich; ich wäre durchaus imstande gewesen dazu, ihn zu begehren und mich von ihm begehren zu lassen.

Amélie hat mir später oft, lachend und sogar vorwurfsvoll, zu verstehen gegeben, dass ich ein „asexueller Einfaltspinsel aus dem vorigen Jahrhundert“ gewesen sei und dass sie nicht verstehen könne, wie um Himmels willen ein „hübsches Mädchen“ wie ich nicht hatte begreifen können, was man von ihr will. Und dann musste ich ihr stets von vorne das erklären und erzählen, was ich hier schriftlich, Schritt für Schritt, festzuhalten versuche: dass ich nicht hatte sehen können, weil ich „rein“ war, weil ich keine Erfahrungen hatte, weil ich nicht wollte.

„Aber wie kann man, so wie du aussiehst, nicht wollen!?“

„Wieso, wie schaue ich denn aus?“, fragte ich lachend.

„Du blöde Kuh, schau doch in den Spiegel, Halloo!“

Amélie hatte bei ihren Fragen die Angewohnheit, mich auf mein Aussehen und meine angeblich vorhandenen Reize zu beschränken; nie schien sie zu verstehen, dass man nicht will, wenn man etwas anderes will. Dieses „andere“ erklärt sich, wie ich glaube, nur auf Grundlage einer bestimmten Kindheitsgeschichte, die einen in eine Richtung treibt, aus der einen nur die eigene, aktive Liebe herausreißen könnte. Die habe ich mit Oliver nicht erlebt; weil ich ihn nicht geliebt habe. Diese Liebe habe ich mit Julian erlebt. Das kam so: ich machte die Matura mit ausgezeichnetem Erfolg. Ich war die Beste in meiner Klasse und hatte damit das erreicht, was ich mir jahrelang hatte beweisen wollen. Doch danach stand ich vor den Trümmern meiner bisherigen Existenz.

Um dieser Tatsache auszuweichen und um mich ihren Konsequenzen nicht zu stellen, entschied ich, Jus zu studieren. Immer noch setzte ich dabei seelisch das Verbot des Tagebuchschreibens und Zeichnens durch. Nach dem zweiten Semester jedoch war ich müde; ich hatte kurz nach Abschluss der Schule angefangen – das zu unterschlagen oder zu verschweigen, wäre an dieser Stelle, wie ich glaube, falsch – mich selbst zu befriedigen. Ich fühlte, dass, wenn ich mich in meinem Zimmer einschloss und mir das gab, wovon ich immer noch nicht ahnte, dass etwa Oliver es mir hätte geben können, sich für einen kurzen Augenblick etwas öffnete: so etwas wie eine Weite, in der sich die frische Fröhlichkeit Amélies mischte mit der selbstgewissen Lebenslust von Nina; das dauerte aber nur einige Sekunden lang und wurde dann immer schwächer und schwächer, sodass ich süchtig danach wurde, mir ein Erlebnis zu verschaffen, das ich von meiner Außenwelt nicht erwarten konnte.

Ich zog mich von meinen Freundinnen zurück und lebte in einem Kreislauf von Ekel vor mir selber und einer kurzfristigen Entlastung von diesem Ekel durch die Selbstbefriedigung, welcher aber bald wieder jener Ekel folgte, der in Überdruss und Müdigkeit überging: in diesem Satz ist das gesamte, freilich komplexere, aber nur schwer vermittelbare Erleben mehrerer Monate zusammengefasst.

Meine Eltern und Ferdinand merkten, dass es mit mir wieder bergab ging. Sie wussten, dass ich etwas falsch machte; auch ich wusste es, aber ich wusste nicht, was. Ich hatte nur das dumpfe Gefühl, in eine Sackgasse geraten zu sein. Weder hasste ich mich und meinen Körper, noch liebte ich mich besonders; es war vielmehr so, als glitte ich manchmal aus meiner Haut und als wüsste ich nicht, wer ich sei. Ich hatte keine Lust mehr auf Aufgaben, auf Lernen und Herausforderungen, ich wurde rasch müde; freute mich, wenn ich in den Vorlesungen saß, darauf, wieder in meinem Bett liegen und mich selbst befriedigen zu können; und empfand doch stets aufs Neue einen Widerwillen gegen mich selber, sobald ich mich aus dem Bett erhob.

Mitten im zweiten Jussemester, im März, hatte ich in der Küche unserer Wohnung eine Unterredung mit Ferdinand, der damals gerade an seinem ersten Buch schrieb. Er war offen und schonungslos mir gegenüber. Ich zuerst meinte, er anerkenne meine Leistungen und mein „eigentliches Wesen" nicht und fühlte mich beleidigt, aber je mehr er sprach, desto mehr musste ich ihm recht geben. Wir kamen zu dem Schluss, dass das Jusstudium in meinem Fall verfehlt war. Ich müsse an die Kunstakademie gehen, sagte er; ich verwarf diesen Plan, aus Trotz, den ich noch nicht hatte ablegen können und weil ich mich in der Pose einer jungen, depressiven Frau gefiel, die meinte, es sei „sowieso zu spät für alles". Ich litt und empfand, wie alle Menschen, die leiden, einen gewissen sadistischen Genuss daran, meine Mitmenschen in Mitleidenschaft zu ziehen. Ferdinand aber, der schon vor Jahren seinen Weg gefunden hatte und über ein Selbstbewusstsein verfügte, das sich nicht verirren ließ von solchen Trotzreaktionen der kleinen Schwester, die sich weiß Gott was auf ihre Besonderheiten einbildete, redete mit solcher Vehemenz auf mich ein, dass ich mich am nächsten Tag höchstpersönlich nach den Möglichkeiten erkundigte, die bezüglich einer Aufnahme bestanden. Nach Monaten der Niedergeschlagenheit und der körperlichen Frustration in einer Abwechslung von Masturbation und dem Gefühl, leer und wertlos zu sein, folgten zwei Monate eines euphorischen Arbeitens und Bewerbens, an dessen Ende – ich möchte es kurz machen – die offizielle Verlautbarung stand, dass ich ab nächstem Semester als Studentin an der Akademie der bildenden Künste aufgenommen sei.

Das war alles so schnell gegangen, dass ich mich jetzt, viele Jahre später, wie im Traum an diese Monate erinnere: es war unwirklich, irreal, erhellt von einem mir bisher ungekannten Licht der Freiheit und Freude, sodass jeder Versuch, es zu beschreiben, in Kitsch mit sentimentaler Hollywoodmusik mündet; deshalb lasse ich es lieber bleiben. Meine Freude erfuhr ihren Höhenpunkt, als mich Amélie – ich hatte zu diesem Zeitpunkt bereits die Papiere, die meine Aufnahme bescheinigten, in der Hand – zu einem zweiten Camp in ein Schloss in Oberösterreich einlud. Ich sagte mit Freuden zu. Ja, mit einer Freude und Gelassenheit als ein Mensch, der zum ersten Mal in seinem Leben das Gefühl erlebt, etwas zu tun, was seinem Wesen und seiner Art entspricht. Das war für mich, die ich mich die letzten sechs Jahre lang abgequält hatte, etwas so Neues, dass ich manchmal, wenn ich für mich allein war, die Befürchtung hegte, es müsse jetzt sofort etwas Schlimmes passieren, weil das, was mir widerfuhr, zu schön war, um wahr zu sein: meine Eltern und mein Bruder sterben bei ihrem Flug nach Deutschland; oder unsere Wohnung brennt ab; oder ich kriege eine Krebsdiagnose und sieche schmerzvoll dahin; etwas musste passieren – aber es geschah nichts von dem, was ich mir ausmalte, gerade so, als ob ich mich, wieder einmal, für mein Glück, das ich erlebte, bestrafen wollte. Wenn jemand sich wundert, worüber ich so extrem glücklich gewesen sei, möchte ich antworten: über das Gefühl der Freiheit; darüber, mich von etwas befreit zu haben. Von einem Leben letztlich sinnloser Anspannung zu einem Leben mit Möglichkeiten. Kurzum: ich sah wieder, dass es Möglichkeiten in meinem Leben gab. Das machte mich glücklich: die Offenheit und Weite, die sich mir mit der Aufnahme in die Akademie bot. Hatte ich mich vorher noch gefühlt wie ein einsamer Mensch in einer unaufgeräumten dreißig Quadratmeter großen, ungeheizten und dunklen Wohnung in einer winterlichen Stadt, ohne Freunde, ohne Arbeit und Aussichten, so fühlte ich mich jetzt wie – ich selber; vor mir eine weite, offene Landschaft, Hügel, Licht, Sommer, ein leichter Wind und Wärme …

Dass Oliver ernstlich in mich verliebt war, merkte ich bei diesem zweiten Ausflug erst recht nicht: denn ich lernte Julian kennen. Mit ihm kam die Liebe in mein Leben. Und die Liebe wäre nicht in mein Leben gekommen, wäre ich nicht als ich selber vor jener schönen, herrlichen, weiten Sommerlandschaft gestanden, die mich, wenn ich im Nachhinein an sie als ein Bild meiner Seele denke, an Landschaften bei Claude Lorrain erinnert, an „Acis und Galatea“ etwa.

Ich verliebte mich in Julian; tatsächlich in ihn oder nicht viel mehr in mein eigenes Leben? Genau dieser Frage möchte ich in diesen Aufzeichnungen nachgehen.

In diesen acht Wörtern des Satzes „Mit ihm kam die Liebe in mein Leben" liegt jedenfalls die Grundlage für all die Jahre bis zum heutigen Tag beschlossen. Das, was mir mit Markus widerfahren ist – und darauf werde ich noch zu sprechen kommen – ist erst verständlich auf Grund dessen, was Julian und ich miteinander erlebt haben.

Bevor ich mich hinsetzte, um mit dem Schreiben anzufangen, hatte ich gedacht, es würde reichen, gleich in die Geschichte mit Markus einzusteigen; bis ich merkte, dass ich erst einmal mein Leben mit Julian rekapitulieren muss, um angemessen zu beschreiben, was mir mit Markus passiert ist, oder vielmehr: was Markus mit mir passiert ist.

4

Ich wollte gestern Abend, nach einem Besuch bei Luise, einer Freundin aus der Akademie, den zuletzt geschriebenen Absatz dieser Aufzeichnungen durchlesen, um – ohne den Faden zu verlieren – an dem schon Verfassten anzuknüpfen; kaum aber ziehe ich mir die Schuhe im Vorzimmer aus, kommt mir die arme Claudia, in Tränen aufgelöst entgegen und weint sich an meiner Brust aus. Wir haben zwei Stunden lang miteinander gesprochen; dann habe ich uns etwas zu essen gekocht und schließlich sind wir eine Runde im Augarten spazieren gegangen. Claudia ist, wie schon gesagt, zweiunddreißig Jahre alt und hat das Pech, dass sie fast schon zwei Jahre lang ergebnislos einem Mann nachgelaufen ist, von dem sich herausgestellt hat, dass er sich eine ernsthafte Beziehung mit Claudia nicht vorstellen kann. Sie ist eine stolze Frau, von der man behaupten kann, dass sie eigenständig und unabhängig ist. Sie ist nicht so wie Lulu oder Alexandra eine jener Frauen, die nicht mit sich allein sein können. Während ihres ganzen BWL-Studiums, das sie auf strenges Anraten ihrer Mutter Marjeta, ohne mit der Wimper zu zucken, vorbildlich absolviert hat, hat sie – sie hat selber dieses Wort im Scherz einmal verwendet – als eine „Vestalin“ gelebt. Dann jedoch, nach vielen Jahren des Alleinseins, hatte sie das Pech, Sebastian kennenzulernen, einen Kollegen aus jenem Büro, in dem sie wenige Monate nach Abschluss des Studiums eine Arbeit gefunden hatte. Ich habe es Claudia bisher nie ins Gesicht gesagt; aber ich glaube, die Ausgangslage ihrer Liebe ähnelt sehr stark meiner eigenen damals, als Julian mir über den Weg gelaufen ist: nach Jahren des Verzichts und des Durchhaltens fühlte sie sich endlich frei. Sie hatte die Forderungen und Anforderungen ihrer Mutter erfüllt; sie hatte sozusagen keine Schulden mehr vor ihrer Familie, endlich erschien ihr das Leben lebenswert und da trat noch, zu allem Überfluss sozusagen, ein Mann in ihr Leben. Ich kenne Claudia nur als Freundin. Ich weiß nicht, wie sie sich Sebastian gegenüber verhalten hat; aber ihren Schilderungen und Sebastians Briefen zufolge schließe ich, dass sie sehr stürmisch und überstürzt vorgegangen ist. Sie war schließlich schon dreißig vor zwei Jahren. Sie hatte genug Zeit vertan mit Dingen, die sie nicht seelisch ausgefüllt hatten; war ihrer Mutter zu Willen gewesen, hatte die Zähne zusammengebissen, ihren Abschluss gemacht und musste geradezu, nach der Überwindung solch unüberwindlich scheinender Schwierigkeiten, jede freundliche Geste, die man ihr entgegenbrachte, als Zeichen einer ihr gewidmeten Liebe auffassen. Um es kurz zu machen: im Jänner dieses Jahres fasste sie, nach vielen Versuchen Sebastians, sich ihrer zu entledigen, noch Hoffnung; sie waren kurz nach dem

Jahreswechsel gemeinsam ins Kino gegangen. Ich kann mich an den Abend erinnern, als sie, wie ausgeschlafen und erfrischt, spätnachts nachhause kam und mich wachhielt mit der Darstellung ihrer Pläne, die sie für sich und Sebastian gefasst hatte. Ich hätte ihr damals sagen wollen: „Pass auf, mach nicht zu viele Pläne. Das verschreckt die Männer.“ Aber Claudia lebte in einem Zustand der Angenommenheit und Euphorie; nicht zuletzt – kein unwesentliches Detail am Rande –, weil sie sich am Vortag wieder einmal dem Willen ihrer Mutter widersetzt hatte, die Claudia hatte zwingen wollen, sie zu einem Familienausflug nach Rügen zu begleiten. Marjeta, Claudias Mutter, war deshalb kurz nach dem Jahreswechsel sogar bei uns in der Wohnung erschienen, um Claudia gehörig die Leviten zu lesen. Nach kaum fünf Minuten flogen, wie man so sagt, die Fetzen zwischen den beiden. Claudia weinte und heulte wie ein kleines Mädchen, und Marjeta, eine erfolgreiche Sekretärin im Innenministerium und immer piekfein gekleidete Dame, war zerzaust und aufgelöst; zu allem Überfluss betrat in diesem Augenblick auch noch Hermine unsere Wohnung, um uns die frisch gewaschene Wäsche zu bringen; unsere Waschmaschine war damals kaputt. So kam es, dass die beiden Damen einander in die Haare gerieten. Es begann damit, dass Marjeta fragte: „Und, Frau Krobal, was mischen Sie sich ein in die Angelegenheiten meiner Tochter?“, woraufhin Hermine, auch nicht auf den Mund gefallen,

Marjeta vorwarf, dass diese ihre Tochter quäle. Und da eskalierte der Streit; überdies, weil Marjeta sich nicht hatte verkneifen können, Claudia vorzuhalten, dass sie ihr endlich „diesen“ Sebastian vorführen solle; sie habe schließlich als Mutter das Recht zu wissen, mit wem ihre Tochter „herummache“. Claudia verbat sich das Wörtchen „herummachen“ und so hatte sich der Streit die ganze Zeit nur aufgeschaukelt. Er endete damit, dass Marjeta die Wohnung, die Türen hinter sich zuschlagen lassend, verließ und meine Tante die vollkommen aufgelöste Claudia trösten musste, während ich Suppe kochte. Das war also im Jänner gewesen; im Mai, nachdem Claudia also monatelang Hoffnungen gehegt hatte, erhielt sie den schrecklichen Brief von Sebastian, den ich später hier erwähnen werde. War sie schon wegen ihrer Mutter fast jede zweite Woche am Ende ihrer Kräfte, so gab ihr dieser Brief den Rest. Und im Juli, nachdem Claudia immer wieder versucht hatte, Sebastian umzustimmen, änderte er seine bisher sehr charmante und auf Gespräche bedachte Vorgehensweise und gab ihr unmissverständlich zu verstehen, dass er nichts von ihr wolle. Seitdem wandelt Claudia wie ein Geist ihrer selbst durch die Wohnung. Seit Juli tut sie mir schrecklich leid; nicht nur, weil sie eine Frau ist und ich sie deshalb verstehen kann; sondern auch, weil ich weiß, dass sie in einer Position ist, die sie sehr schwer begreifen kann, wenn sie noch nie die Gelegenheit gehabt hat, Sebastians Rolle einzunehmen; so wie ich in meiner Beziehung zu Markus. Zuerst muss ich aber über Julian sprechen.

Wir lernten uns bei dem zweiten Therapiecamp kennen. Ich befand mich damals in einem Zustand, den ich mit meinem jetzigen Wissen „Verliebtheit in mein eigenes Leben“ nennen möchte, um es auf den Punkt zu bringen. War mir das Leben davor erschienen wie ein armseliges, arbeitsloses Hausen in einer engen, ungeheizten Stadtwohnung im Winter, ohne Freunde und Aussichten, so hatte ich jetzt das Gefühl, endlich zu etwas Großem, Schönem und mir Gemäßem befreit worden zu sein. Ich glaube, es ist nicht nötig, Schritt für Schritt den Vorgang der Annäherung an Julian darzustellen. Diese Annäherungen im Zeichen der Liebe ähneln sich immer und überall und jeder, der einmal – oder öfter – ähnliches erlebt hat, kann auf seinen eigenen Erfahrungsschatz zurückgreifen, um zu verstehen, wie es mir ergangen ist. In Julians und meinem Fall ging es überdies sehr schnell.

Meinerseits war es das, was man „Liebe auf den ersten Blick“ nennt. Ich erinnere mich genau an die „Urszene“ unserer Begegnung. Es war Abend. Amélie, Oliver und ich befanden uns im Hof jenes weitläufigen Gebäudes, wo die Campteilnehmer untergebracht werden sollten. Wir warteten ungeduldig auf die beiden Busse aus Wien. Sie hatten Verspätung. Es wurde inzwischen dunkel. Amélie zündete sich eine Zigarette an und begann über ihre Rolle in Norwegen zu erzählen. Oliver – das behauptete

Amélie zumindest später – hatte nur Augen für mich und seufzte melancholisch. Da endlich fuhren die beiden Kleinbusse aus Wien ein. Aus dem ersten Bus stiegen die zwölf Kinder aus. Im zweiten Bus befanden sich nur acht Menschen: sechs Kinder und zwei weitere Campleiter, die für die sportlichen Aktivitäten verantwortlich sein sollten. Julian war der erste, der ausstieg. Kaum trat er, mir noch fremd, aus dem Wagen, als ich merkte, dass etwas mit mir geschah. Freilich wusste ich noch nicht, was es war. Erst zwei Wochen später war ich mir ganz sicher: Es war die Liebe. Ich schreibe absichtlich „Es war die Liebe" und nicht „Er war es" oder „Julians Wesen hauchte mich an" oder dergleichen, nein. Es war die Liebe und da stand sie; und sie hätte – das wusste ich zu diesem Zeitpunkt natürlich noch nicht – auch anders aussehen können, zumindest wie jeder x-beliebige Mann, an dem ich potentiell hätte Gefallen finden können. Da stand sie also in der Form von Julian. Wir halfen den Neuankömmlingen beim Auspacken der Rucksäcke und der Kletterausrüstungen. An diesem Abend legte ich mich mit einem ganz neuen Gefühl zu Bett: mit dem an mich selbst gerichteten Befehl – anders kann ich es nicht nennen – dieses Camp nicht vergehen zu lassen, ohne am Ende als Freundin dieses schönen jungen Mannes heimzugehen. Mit diesem seligen Gedanken schlief ich ein.

Am nächsten Tag hatte ich die Gelegenheit, Julian näher kennen zu lernen; der Zufall wollte es, dass wir beide uns zum Mittagessen, aus einem mir nicht mehr erinnerlichen Grund, verspäteten, sodass wir beim Büffet ins Reden kamen und uns nebeneinander setzten. Julian studierte Sportwissenschaften und war, was ich zu diesem Zeitpunkt natürlich nicht wissen konnte, ehrgeizig bestrebt, sein Studium rasch und erfolgreich abzuschließen, eine Doktorarbeit zu schreiben und nebenbei journalistische Erfahrung zu sammeln. Er war groß gewachsen, hatte die Statur eines Athleten, schwarzes Haar und Bartstoppeln. Er war, wie ich damals, voller Tatendrang, immer guter Laune und – ich hatte es schon am Abend zuvor gemerkt – verstand sich darin, eine große Gesellschaft zu erheitern. Alle mochten ihn; er sah gut aus, hatte eine laute, angenehme Stimme und strahlte eine Selbstsicherheit aus wie nur Menschen sie haben, die genau wissen, was sie wollen und wie lange sie für etwas brauchen. Julian war sehr genau auf seine Zeit bedacht; das Laufen, das Lesen, die Arbeit, alles hatte bei ihm System; auch dafür bewunderte ich ihn.

Nach diesem ersten Essen waren alle meine Gedanken darauf ausgerichtet, ihn unter vier Augen zu sprechen; dabei kam mir zugute, dass Julian Amélie und Oliver bereits kannte und er keinerlei künstliches Interesse an mir vortäuschen musste. Ich sollte dabei vielleicht erwähnen, dass, nachdem ich an der Akademie aufgenommen worden war, ich mich körperlich endlich mit mir selber abgefunden hatte und der Anblick meines Spiegelbildes löste keine übertriebene Selbstkritik mehr in mir aus; ich fand mich zwar immer noch nicht besonders schön und begehrenswert, aber der Umstand, dass Lulu mir einzutrichtern versuchte, ich sähe aus wie Marilyn Monroe, schmeichelte meiner Eitelkeit, das gebe ich zu. Julian dürfte seinerseits Gefallen an mir gefunden haben; sonst wären wir nicht am Nachmittag des fünften Camptages allein im Wald spazieren gegangen. Es war gerade Mittagspause. Amélie und Oliver befanden sich in ihren Zimmern und schliefen wahrscheinlich. Wie es zu diesem Spaziergang gekommen war, könnte ich heute nicht rekonstruieren. Tatsache ist, dass wir uns an diesem Nachmittag zum ersten Mal küssten. Nach all dem, was ich bisher über mich erzählt habe, wird es niemanden verwundern, wenn ich sage, dass dies der erste Kuss meines Lebens gewesen ist: im Wald. ‚Nicht schlecht', dachte ich schon damals; zugleich dachte ich gar nichts, denn ich war selig, wobei dieses Wort nur ungenügend jene Mischung aus Aufregung, Anspannung, Enttäuschung und Euphorie beschreibt, die das Erlebte in mir auslöste. Ja, auch Enttäuschung, denn einen ersten Kuss hatte ich mir anders vorgestellt. Nicht dass gerade die Geigen spielten und sich der Himmel öffnete, aber vielleicht enttäuschte mich allein die Tatsache, dass es so schnell vorbei war; auch ärgerte es mich, dass wir uns in unmittelbarer Nähe eines Marienmarterls küssten. Das schien mir gar nicht passend zu diesem ersten und einmaligen Erlebnis, weil es dem ganzen Vorgang etwa unfreiwillig Komisches und Frommes verlieh. Das beleidigte mich, weil der Kuss an sich mich mit einer Frömmigkeit und Hingabe erfüllte, die ich mir nicht durch katholische Symbole bestätigen lassen musste. Unbewusst wusste ich in diesem Augenblick wohl schon, dass ich Julian nie würde heiraten wollen; nein, es war mehr als Heirat: er war mein Erlöser, mein Alles, mein Engel. In den Ärger, dass wir uns in der Nähe dieses Marterls geküsst hatten, mischte sich plötzlich das Bewusstsein der unwiederholbaren Bedeutsamkeit des Geschehens, sodass ich plötzlich in Tränen ausbrach. Das tat ich von da an immer wieder. Julian tröstete mich, ich schmiegte mich an seine Brust; und dann war, wenigstens für einen kurzen Augenblick, alles wieder gut. Ich genoss meine Tränenausbrüche und hielt sie für das unverbrüchliche Zeichen meiner Liebe. Das heißt: meine Liebe war eine echte Liebe. Aber ich machte den Denkfehler zu glauben, sie werde durch die Tränen echter. Ich liebte gefühlvoll, weil ich zum ersten Mal liebte; weil ich bis dahin, wie ich bereits dargestellt habe, rein und „unbefleckt" geblieben war. Vielleicht ärgerte mich dieses Marienmarterl auch deshalb: weil es mich daran denken ließ, dass Julian von uns beiden der erfahrenere, der weltgewandtere war. Noch bäumte ich mich in meinem Trotz und in meinen Tränen dagegen auf; insgeheim aber genoss ich die Vorfreude auf die mich erwartende Unterwerfung. Ich glaubte, wie jede Frau, die liebt und wie jeder Mensch, der es zum ersten Mal tut, voll der größten Liebe zu sein, überzufließen von Gaben, die ich verschenken konnte, um nicht an ihnen innerlich zu ersticken. Und da hatte ich nun endlich jemandem, dem ich mich schenken und dem ich schenken konnte. Julian, der tatsächlich bereits sehr erfahren war, spürte das alles instinktiv, sodass sein tröstender Druck, als ich mich gegen seine Brust presste, weniger meinem seligen Schmerz galt, als der Freude, die er dabei empfinden musste, jemanden gefunden zu haben, die sich ihm ganz unterwerfen wollte. Ich möchte damit keineswegs behaupten, dass Julian ein böser Mensch gewesen wäre, der nur darauf gewartet hätte, dass ihm ein dummes Mädchen über den Weg läuft, das er, wie ein Pascha, herumkommandieren kann; nein, das war nicht der Fall. Vielmehr war er in einer Lage, in der er sich sagen musste: ‚Nimm, was dir geboten wird.' Und da ich, Anna Krobal, ihm so viel geben wollte, blieb ihm nichts anderes übrig als zu nehmen. Ich mache ihm hier keinerlei Vorwürfe, sondern versuche nur, so nüchtern wie es mir möglich ist, darzustellen, in welch einer vom Schicksal vorgegebenen Lage wir beide uns befanden; niemals wäre es uns möglich gewesen, die in der ersten Sekunde eingenommenen Rollen zu tauschen, das heißt: auch wenn ich mit aller Gewalt gewollt hätte, dass ich in der kommenden Beziehung das Sagen hätte, es wäre mir nicht gelungen, mich bis zu diesem Punkt „aufzuschwingen“. Ich war diejenige, die geweint hatte; und damit hatte ich deutlich genug bekundet: „Ich liebe dich, nimm mich, verfüge über mich." – Und Julian tat, worum meine Tränen ihn gebeten hatten. Wie also sollte ich ihm dafür böse sein? Wenn ich jemandem böse sein soll, dann am ehesten mir selber, die ich nicht früh genug gemerkt habe, was in mir vorgeht. Aber andererseits: wie hätte ein Mädchen, eine junge Frau meines Alters, die soeben in die Akadamie aufgenommen worden war und die zum ersten Mal in ihrem Leben das eigene Leben liebte, merken können, was in ihr vorging? Also auch mir selber kann ich keine Vorwürfe machen: alles war, wie es war und alles war gut so. Vielleicht beflügelte ja gerade dies mein Gefühl verliebter Seligkeit.

Als Julian und ich wieder zum Schloss zurückkehrten, waren sage und scheibe sechs Stunden vergangen; ich hatte während unseres ganzen Spaziergangs das Gefühl, insgesamt höchstens zwei Stunden mit ihm zu verbringen. Stattdessen aber waren sechs Stunden vergangen. Das machte mich nachdenklich und ich wusste an diesem Abend nichts mehr zu sagen. Wir trennten uns vor meinem Zimmer und ich legte mich bald zu Bett. Ich musste wieder weinen, diesmal, weil mir die ganze Szene im Wald vors innere Auge trat. Ich presste den Kopfpolster gegen meinen Bauch und stöhnte – ein Außenstehender, der mich in diesem Moment beobachtet hätte, würde mich für verrückt gehalten haben – „Danke, Danke, Gott!" und dann schlief ich ein, in derselben Seligkeit, die mich den ganzen Tag schon erfüllt hatte. Zwei Wochen später waren Julian und ich offiziell ein Paar. Zwei Monate später zogen wir in seine Wohnung im zweiten Bezirk, in der Nähe des Praters. Im Laufe der Wochen und Monate lernte ich ihn und seinen Bruder Jaromir kennen, der mir oft, während Julian Vorlesungen besuchte oder trainieren war, Besuche abstattete. Er war jünger als Julian und schaute ihm ähnlich; dabei war er etwas pummeliger, ein fröhlicher, lebenslustiger Mensch, der sich damals wohl ein wenig in mich verliebt haben dürfte. Es war er, der mir seine und Julians Lebensgeschichte erzählte, denn Julian war, was sein Leben betraf, nicht besonders gesprächig: der Vater hatte die beiden Buben früh verlassen; die Mutter war eine lebensfrohe und herzliche, dabei aber in ihren privaten Beziehungen unstete Person. Julian war immer ambitioniert und fleißig, während Jaromir zum Trödeln und Zeitvergeuden neigte. Ich mochte Jaromir sehr; so wie ich alles liebte und mochte, was nur im Entferntesten mit Julian im Zusammenhang stand. Wenn ich vormittags allein in seiner Wohnung war, aufräumte und mir dabei ein Gegenstand, der Julian gehörte, in die Hände kam, konnte ich diesen nicht ohne tiefe Rührung und Zärtlichkeit betrachten. Das fing bei seinen Boxhandschuhen an und erstreckte sich bis zur seiner Zahnbürste. Manchmal musste ich dabei über mich selber lachen: dass ich zu Julians Zahnbürste so ein persönliches Verhältnis aufgebaut hatte. Ich lachte, verstand es aber und fühlte, dass meine ganze

Freude und mein Stolz davon zehrte, solche kleinlichen Lächerlichkeiten zuzulassen und sie nicht – wie ich es früher getan hätte – als sinnlos oder dumm abzutun. Mein Gefühl für die Zeit veränderte sich während des Zusammenlebens mit Julian. Die sechs Stunden im Wald waren mir wie zwei vorgekommen. War ich früher, während meiner Schulzeit, streng darauf bedacht gewesen, keine Sekunde zu vergeuden, so hätte ich Julian jetzt stundenlang nur anschauen können. Ich musste nicht mit ihm schlafen, um das Gefühl zu haben, ganz nah bei ihm zu sein. Manchmal konnte es vorkommen, dass wir, ohne uns die Hand zu halten, im Prater spazieren gingen und mich ein Schauer überkam. Es war wie ein Kälteschauer, der meinen ganzen Körper erfasste; bald kam dieser Schauer, bald blieb er aus. Wenn er ausblieb, war ich traurig, wenn er kam, wusste ich: das ist die Liebe, das ist die Verbindung, die ich zu Julian fühle. Dann fragte ich ihn, ob er denn in diesem Augenblick ähnliches empfunden hätte und wenn er das verneinte, war ich zwar betrübt, erklärte dies aber damit, dass auch er diesen Schauer empfunden hätte, ohne ihn aber, weil er so übermächtig war, einordnen zu können, weshalb er behauptete, er hätte nichts empfunden. Wir lebten also unter einem Dach zusammen und übten dementsprechend oft den Beischlaf aus, morgens, abends; mittags auch, wenn Julian zuhause war. Bald fing ich an, bald er. Das war mein Leben, ebenso wie es noch im Jahr davor darin bestanden hatte, mich selbst zu befriedigen und dabei nach Augenblicken eines kurzen sonnigen Glücks in Trübsal zu verfallen. Nach einem Beischlaf mit Julian, verfiel ich nicht der Trübsal. Wir hielten uns in den Armen und schliefen bald darauf ein; manchmal weckte er mich auch in der Nacht, wenn er Lust hatte; und ich wachte auf, als ob ich nur darauf gewartet hätte, von ihm geweckt zu werden. Bei einem Beischlaf dieser Art – ich kann mich an wenige konkret erinnern, an diesen aber sehr wohl – hatte ich das Gefühl, er dringe nicht nur physisch in meinen Körper ein, sondern – ich weiß, es klingt platt, aber ich spreche es aus unter der Gefahr, sprachlich daneben zu greifen, in dem Bemühen, wahrhaftig zu sein – in meine Seele. Schon wenige Augenblicke später musste ich an die Skulptur der Heiligen Teresa von Bernini denken: ‚Das war es also', fühlte ich. Es wäre zu wenig, wenn ich sage, ich war von Wärme erfüllt, von Liebe, von einer Einheit, die ich danach in dieser Form, außer in seltenen Augenblicken beim Malen, kaum wieder empfunden habe. Seit dieser Nacht war ich Julian, hatte ich ihn vorher „nur" leidenschaftlich geliebt, verfallen. Er wurde zu meinem Abgott, zu meinem Erlöser. Er hätte mir befehlen können, mich von der Spitze des Stephansdoms aus Gründen, die nur ihm geläufig waren, in den Tod zu stürzen und ich hätte es gemacht. Er war in mein Fleisch eingedrungen, in meine Seele. Ich liebte ihn wie eine Geliebte, wie eine Mutter, wie eine Schwester, ich war alles für ihn und wollte alles für ihn sein; ich ließ es ihn spüren. Als seine Schwester war ich das kleine Mädchen, das er beim Essen piesacken und mit Brotkrümeln bewerfen konnte, als Mutter war ich die erwachsene Anna, die ihm das Frühstücksbrot schmierte, als Geliebte war ich die nackte Frau im Bett, die ihre Nägel in seinen Rücken krallte und mich ihm unterwarf. Er war mein Gott. Und von einem Gott lässt man sich alles gefallen, oder besser: dass man sich etwas „gefallen ließe", kommt einem bei einem Gott gar nicht in den Sinn. Der Gott befiehlt und man lebt dafür, den Befehl auszuführen. An die Heilige Teresa zu denken, war nicht abwegig, es war konsequent.

Julian war ein Sportstudent. Er verbrachte die meiste Zeit bei den Vorlesungen, beim Training, bei Tutorien und auch wenn er zuhause war, trainierte er oder ging in den Prater laufen. Ich war infolgedessen, weil ich begonnen hatte, mein Studium zu vernachlässigen, um meinem Gott zu dienen, viel zuhause. Ich kochte, kaufte ein, war die Schwester in der Früh, wenn ich ihm das Frühstücksbrot schmierte; die Mutter, wenn ich ihm die Schuhe putzte und abends die Geliebte, wenn er mit mir schlafen wollte. Ja, ich sage, wenn „er" wollte, denn ich hätte mich auch seinem Willen gefügt, wenn er gesagt hätte: „Du wirst von jetzt an meine Dienerin sein, ich will keinen Sex mehr mit dir haben." Ich hätte ihm geantwortet: „Nach dieser einen Nacht habe ich bekommen, wonach ich mich jahrelang gesehnt hatte. Wenn du es befiehlst, bleibe ich den Rest meines Lebens keusch.“ Ich weiß: das klingt platt; aber so dachte ich. Zumindest meinem Tagebuch zufolge, dem ich diesen Satz entnehme, den ich vor sieben Jahren notiert habe. Dieser Satz war nie ausgesprochen worden; ich hatte ihn mir notiert, um mir zu beweisen, dass ich alles für Julian getan hätte. Ich befand mich, wie man sieht, in einem Zustand höchster, unüberbietbarer Unterwerfung, die mich nicht quälte, im Gegenteil, die die nächsten zwei Jahre meines Lebens bestimmte.

Zwei Aspekte stellen bei der Beschreibung meines Lebens zu jener Zeit eine Schwierigkeit dar, erstens, die Tatsache, dass ich nun ein Leben führte, das mit der gewöhnlichen Alltäglichkeit, die ich bis dahin gekannt hatte, nicht zu vergleichen war; ich befand mich in einem Zustand nicht nur kurzfristiger, sondern permanenter Berauschtheit, die – wie ich glaube – nur durch den Kontrast zu meinen bisherigen Erfahrungen wahrscheinlich erscheint, wie ich sie in meiner Kindheit und Jugend gemacht hatte, sodass, wie oben erwähnt, ich nicht umhin konnte, diese zu schildern; wodurch, zweitens, das Pathetische und Sentimentale zwar nachvollziehbarer, aber darum nicht weniger zweifelhaft erscheint. Dessen bin ich mir bewusst. Aber ich schreibe diese Aufzeichnungen nicht, um Beweise zu liefern. Jemand, der Liebeserfahrungen dieser Art nie gemacht hat, wird auch nach einer tausend Seiten langen Schilderung seine Zweifel hegen, ob ich im Nachhinein nicht beschönige und übertreibe. Das kann ich nachvollziehen, weil ich selber unglaublich finde, was mir passiert ist. Keiner meiner Freundinnen ist es zu diesem Zeitpunkt ergangen wie mir; alle beneideten mich um meine leidenschaftliche Liebe, die, wie jede Leidenschaft, nur für sich lebte und den Rest der Welt behandelte, als habe er aufgehört zu existieren. Auf den Fotos dieser Zeit sieht man Julian und mich eng umschlungen und angeschmiegt; gerade so, als ob wir außerhalb unseres Betts jenen Zustand der Vereinigung nicht nur körperlich, sondern auch seelisch fortsetzen wollten. Dass dabei ich diejenige war, die sich immer an ihn drängte und sozusagen zwanghaft seine Nähe suchte, hätte mir damals bewusst werden können; aber auf Grundlage des Gesagten, wird es niemanden verwundern, dass mir nichts bewusst war, ja dass der Zustand der Bewusstlosigkeit gerade den Dreh- und Angelpunkt meiner Liebe zu ihm ausmachte, was sogar soweit ging, dass ich in meinem umnebelten Geist die Theorie aufstellte, das, was wir mit Julian erlebten, sei die Liebe schlechthin: bewusstlose Unterwerfung in einem Äther von wohliger, warmer Geschlechtlichkeit, in deren Ausübung es keine verdunkelnde Wolke gibt. Dass dies aber das Gegenteil der Liebe sein könnte, wäre mir damals nicht in den Sinn gekommen; denn hätte mir jemand einzutrichtern versucht, dass die Liebe sich vor allem auszeichne durch Vernünftigkeit, Verantwortung und ausgeglichene Fähigkeit, sowohl die guten als auch die schlechten Seiten des Partners zu sehen und anzunehmen: ich würde dem vehement widersprochen haben, dabei Julian in den siebensten Himmel lobend. Ich war überspannt; ebenso wie ich während meiner Schuljahre überspannt gewesen war.

Anspannung und Kollaps beherrschten meine Vorgehensweise auch in der Liebe. Davon verstand ich aber noch nichts. Meine Eltern jedoch versuchten mich behutsam auf meine Lage, die ihnen gefährlich erschien, aufmerksam zu machen. Das ging so vor sich: Ich wohnte in Julians Wohnung, in der Nähe vom Prater. Man betrat den Altbau über ein Vorzimmer; dann kam gleich die in grauen Farbtönen eingerichtete Küche; links unser Schlafzimmer und geradeaus ein weiteres Zimmer, in dem ich meine Staffelei aufgestellt hatte, ohne aber freilich fähig zu sein, nur einen Strich zu machen. In der Küche stand ein wackeliger Holztisch, um den herum vier wackelige und quietschende Holzstühle standen. Über den Tisch hatte ich eine Decke mit Blumenmotiven gebreitet; ich hatte auch in unserem Schlafzimmer und in dem kleinen Staffeleizimmer die Vorhänge gewechselt. Darin hatte meine ganze Tätigkeit nach dem Zusammenzug mit Julian bestanden. Den Rest der Zeit nahm er in Anspruch; ich vernachlässigte mein Studium, sodass meine Eltern sich eines Sonntags veranlasst sahen, mir einen Sorgenbesuch abzustatten. Julian und ich saßen nebeneinander auf den zwei quietschenden Küchenstühlen, uns gegenüber meine Eltern; zwischen uns die Teller mit den Bröseln des soeben verzehrten Guglhupfs. Nach einem zu Beginn eigentlich sehr freundlichen Gespräch mit Julian, brachten meine Eltern das Thema auf mein Fortkommen. Das hatte ich schon Tage vor diesem Besuch befürchtet, sodass ich in einer dementsprechenden Anspannung lebte, die inzwischen die Zeit gehabt hatte, sich zu einem regelrechten inneren Streitgespräch mit meinen Eltern zu verdichten, in welchem ich ihnen mitteilte, wie sehr ich sie verachtete, weil sie mich nicht verstünden: endlich hätte ich die Liebe meines Lebens gefunden, nach Jahren der Qual und Tortur und jetzt kämen sie daher, um mir zu sagen, dass ich studieren solle. Dieses innere Zwiegespräch mit meinen Eltern hatte sich zu einer förmlichen Hasstirade gegen sie ausgeweitet, sodass ich, als meine Mutter das Thema, ohnedies schon ängstlich bestrebt, mich nicht zu verletzen – denn meine Eltern kannten meine Art – ansprach, plötzlich zu schreien anfing: „Ihr versteht mich nicht!" – Und da ging's los. Julian versuchte mich zu beruhigen; und vielleicht schrie ich umso mehr, um meinen Eltern zu beweisen, was für einen verständnisvollen Partner ich hatte, der, während ich die Nerven verlor, mich liebevoll zu beruhigen suchte. Das empfand ich natürlich nur unbewusst. Bewusst war mir vielmehr ein Gefühl der Missachtung, der Verachtung und des Hasses jenen Menschen gegenüber, die mir zeit ihres Lebens gerade das Gegenteil gegeben hatten.

Ein schlechtes Gewissen beschlich mich, nachdem ich mich wieder beruhigt hatte; und verwirrt war ich, nachdem meine Eltern – ergebnislos – wieder nachhause gegangen waren. Am Abend dieses Tages weinte ich sehr lange. Ich konnte gar nicht mehr aufhören.

Ich lag schluchzend in unserem Bett, Julian angezogen neben mir; ich verstand die Welt nicht mehr. Der quälende Zweifel entbrannte hauptsächlich an der Frage, wie in aller Welt es denn sein könne, dass Menschen, die mich doch lieben mussten, mich so lieblos behandelten; denn es war für mich zu diesem Zeitpunkt eine ausgemachte Sache, dass meine Eltern mich mit ihrem Gesprächsversuch lieblos behandelt hatten. Sie waren, im Zuge meiner Hysterie, zu meinen Feinden geworden. Ich weinte, weil ich mir einbildete, sie würden mich hassen; denn wenn sie mich wirklich liebten, dann würden sie doch nicht verlangen können, dass ich weiterstudierte und mich meinen Pflichten widmete; denn für mich gab es zu diesem Zeitpunkt meines Lebens keine anderen Pflichten als diese allein: Julian.

Dass meine Eltern das nicht verstehen wollten und konnten, kam mir nicht in den Sinn. Wie hätte es mir auch in den Sinn kommen können, dass jemand an meinem Gott zweifelte? So sehr hatte ich gewünscht, dass meine Eltern meinem Gott huldigen würden; stattdessen – um in diesem Bild zu sprechen – zogen sie es vor, meinem Gottesdienst fern zu bleiben und ihr eigenes goldenes Kalb zu schlachten. Das hätte mich nicht so sehr zur Verzweiflung gebracht, wäre mein Verhältnis zu meinen Eltern nicht so eng gewesen; wären sie mir gleichgültig gewesen, so hätte es mich nicht betrübt, hätten sie mir zu verstehen gegeben, dass sie meinem Gottesdienst fernzubleiben beabsichtigen und überdies wünschten, dass auch ich ihm fernbliebe. Jetzt aber fühlte ich mich wie ein alleingelassener Priester, der auf seine Gemeinde gehofft hatte; und der ganz allein vor seinem Altar stand. Ich fühlte, dass ich „jetzt stark sein müsse". Nachdem ich das erkannt hatte, flammte meine leidenschaftliche Liebe für Julian noch mehr auf und ich liebte ihn mit einer verzehrenden Kraft des „Alles oder Nichts". Das war mein Trost in jener Nacht, da ich weinend neben ihm einschlief. In der Nacht nach dem Besuch meiner Eltern wachte ich gegen ein Uhr morgens auf. Julian war voll bekleidet neben mir eingeschlafen. Ich musste auf die Toilette gehen und versuchte, mich möglichst geräuschlos zu erheben; als ich auf der Toilette saß, hatte ich plötzlich so etwas wie eine Erkenntnis. Diese verdichtete sich in dem Satz „Das ist jetzt mein Leben". In diesem Satz schwang alles Wesentliche meiner Lage mit: der Umstand, dass ich liebte und wiedergeliebt wurde; die Tatsache, dass ich Künstlerin werden wollte, verwoben in eine helle Gewissheit, dass ich es „schaffen" würde. Mir war, kurzum, mit einem Mal klar, dass, egal, was mir widerführe, ich es schaffen, ich alle Herausforderungen bewältigen würde. Mir kamen, wie ich da auf der Toilette saß, vor lauter Freude und Lebenstrotz die Tränen. Ich sage absichtlich „Lebenstrotz“, denn ein Teil dieser Erkenntnis verdankte sich dem Umstand, dass ich meinen Eltern getrotzt und meine „Linie“ durchgezogen hatte. Ich fühlte mich mit einem Mal nicht mehr schwach und ausgeliefert, den Forderungen meiner vermeintlich mitleidlosen Eltern ausgesetzt, sondern wie um Jahre geistig gereift. Als ich wieder ins Bett stieg, war ich nicht mehr die junge Frau, die noch am Vortag die Eltern wie eine vierzehnjährige Teenagerin angeschrien hatte, sondern ich war eine reife Frau, die wusste, was sie wollte.

Mit Rührung betrachtete ich Julian und legte mich behutsam, um ihn nicht aufzuwecken, ins Bett; er aber dürfte mich schon beim Eintreten ins Zimmer gehört haben, denn er wandte sich zu mir, legte seine Hand zuerst auf meine Brüste, begann mich zu streicheln und zu küssen und wenig später schliefen wir ermattet ein.

Am nächsten Morgen hatte ich das Gefühl, dass dieser nächtliche Beischlaf sozusagen eine Bestätigung der Erkenntnis war, die ich auf der Toilette gehabt hatte. Ich war am nächsten Morgen doppelt glücklich; und dreifach glücklich, als Julian mir erzählte, er müsse den ganzen Tag wegen irgendeiner Sportveranstaltung bis spätabends fortbleiben. Sein Fortbleiben gab mir die erste Möglichkeit, mein Vorhaben, „es zu schaffen“, in die Tat umzusetzen. Ich war dem Schicksal dankbar für diese unverhoffte

Wendung und freute mich auf einen einsamen, langen Tag, an dem ich ganz allein sein wollte, um das Glück der letzten Nacht und das Glück, die Qual des Wartens zu erleben, ganz auszukosten. Nachdem Julian gegangen war, stellte ich mich erst einmal vor das Haus ins Freie. Wir lebten, wie gesagt, in der Nähe des Praters, am Ende der Straßenbahnlinie 1. Aus unserem Schlafzimmer sah man ins Grüne; vor dem Hauseingang begann die Prater Hauptallee. Es war Herbst. Der Nebel schwebte überall; die Raben krächzten und ich hatte das Gefühl, dieses Bild, das sich mir hier bot, niemals vergessen zu dürfen; schon stellte ich mir vor, wie es gemalt aussähe und wie man die Stimmung, die mich gerade erfasste, motivisch umsetzen könnte. Ich hatte seit Langem schon nicht mehr an Bilder und an meine schöpferische Entfaltung gedacht und das, obgleich meine Liebe zu Julian ohne die Freude, die Kunst nun auch offiziell ausüben zu dürfen, nicht vorstellbar gewesen wäre. Das eine – meine Freiheit, endlich Künstlerin sein zu dürfen – floss ins andere, in meine Liebe zu Julian. Den Zusammenhang beider Elemente erkannte ich damals nicht; instinktiv aber fühlte ich, dass das eine ohne das andere nicht denkbar war, wodurch meine dreifache Freude sich sozusagen erneut verdoppelte und eine sechsfache wurde, als ich endlich wieder einmal an die Kunst dachte. Beschwingt ging ich zurück ins Haus und begann, wie immer, bevor ich mit Skizzen anfing, aufzuräumen. Die Küche war noch von unserem

Frühstücksgeschirr vollgestellt. Mit liebevoller Behutsamkeit, wie sie mir eigen war, wenn ich Dinge berührte, die Julian vor mir berührt hatte, räumte ich das Geschirr weg, darunter auch ein langes und scharfes Messer, das er auf dem Tisch liegengelassen hatte, um ein Stück Salami abzuschneiden, die Jaromir uns vor zwei Wochen aus Rom mitgebracht hatte. Ich betrachtete das Messer und hätte es beinah geküsst. Es hatte einen hölzernen Griff und erinnerte an ein Jagdmesser; vielleicht war es sogar eines, ich weiß es nicht. Es hatte ursprünglich Julians Großvater gehört, der es seinem Enkelsohn geschenkt hatte. Ich hielt das Messer eine Zeitlang in der Hand, wendete und drehte es, sodass mich die Reflexionen der Deckenlampe auf der scharfen Klinge blendeten. Dann legte ich es rasch ins Waschbecken zu den anderen Sachen. Ich wusch ab, saugte Staub, lüftete; kurz, ich tat das, was ich immer tat, bevor ich einige Skizzen anfertigte.

Am späten Nachmittag – ich war nur schleppend vom Fleck gekommen, was sich für mich aber wie gefühlvolle Gründlichkeit in meiner Kunst anfühlte und mich nicht störte, so wie es mich heute stören würde, wenn ich zu lang für ein Werk brauche, weil mir dies ein Zeichen dafür zu sein scheint, dass es das falsche Werk oder das falsche Motiv ist, mit dem ich mich zwanghaft befasse – fuhr ich mit der Straßenbahn zum nächsten Supermarkt und kaufte ein; so wie ich mit liebevoller Wehmut und gefühlvoller Langsamkeit aufgeräumt hatte (auch hier galt die Veränderung des Zeitempfindens, wie ich sie zum ersten Mal bei unserem Waldspaziergang erlebt hatte), suchte ich mit wehmütiger Gefühlsseligkeit die notwendigen Nahrungsmittel aus; wobei ich der Versuchung, eine meiner Freundinnen anzurufen einfach dadurch widerstand, dass ich mein Handy zuhause gelassen hatte. Ich hoffte, weder im Geschäft noch in der Straßenbahn einer Kollegin oder Freundin zu begegnen; ich wollte, dass dieser Tag ganz meiner Wehmut und meiner Liebe gehörte. Als ich dann, unentdeckt, wieder zuhause war, fühlte ich mich erleichtert und froh. Der Abend sollte aber noch zwei unerwartete Wendungen bringen.

Julian kam, wie versprochen, um zwanzig Uhr heim. Das Essen war noch nicht fertig. Schon bei seinem Eintreten hatte ich gemerkt, dass er nachdenklich dreingeschaut hatte. Nachdem er sich im Badezimmer erfrischt hatte, fragte er mich – aus seiner Stimme hörte ich, dass er in Gedanken ganz woanders war –, wann der Gemüsestrudel endlich fertig sei. Ich antwortete ihm, in etwa zwanzig Minuten. Er grummelte und seufzte, als ob er sagen wollte: ‚Immer muss man bei dir warten.' Ich spürte das. Mein Herz begann zu klopfen. Während Julian in unser Schlafzimmer ging, um etwas auf dem Computer zu arbeiten, kamen mir plötzlich die Tränen. Ich hatte das Gefühl, dass er mich mit diesem ganz bestimmten Klang in seiner Stimme brüsk von sich gestoßen hatte. Das konnte ich aber nicht zulassen, denn ich hatte diesen ganzen Tag in einem Zustand entrückter Seligkeit verbracht und musste nun fordern, dass er darauf einginge; deshalb ging ich zu ihm ins Schlafzimmer, legte meine Hand auf seine Schultern. Er reagierte nicht; starrte stattdessen auf den Bildschirm, wo er Bilder von Tennisschlägern auf und ab scrollte. Plötzlich – ich weiß nicht mehr, was es war, aber es überkam mich so wie vielleicht die heilige Teresa ihre Verzückungen überkamen: unerwartet und keinen Aufschub duldend – warf ich mich, ruckartig zur Seite wendend, ihm zu Füßen und begann zu heulen: „Was ist los mit dir, was ist los!", schrie ich. Ich wollte zugleich „Du liebst mich nicht mehr!" ausstoßen, biss mir aber in die Lippen und wartete, was er sagen würde. In diesem Augenblick hätte mir schon klar sein müssen, dass ich aus Berechnung handelte. Ich aber glaubte immer noch, dem inneren Drang einer heiligen Liebe zu folgen; diese Täuschung erlaubte es mir, mich selbst rührend zu finden und mir, während ich litt, die ganze Szene von außen vorzustellen: er auf seinem Sessel, ich, die Leidende, zu seinen Füßen. Ich musste Julian furchtbar erschreckt haben, denn er fuhr auf und – ich konnte es beglückt an seiner Stimme erkennen und bekam somit, was ich gewollt hatte – ergriff mich an den Schultern.

„Was ist denn los, Anna? Alles okay?", sagte er. Der plötzliche Wechsel seiner Stimme ins Besorgte und Liebevolle versetzte mir einen bittersüßen Stich ins Herz. Was wie eine platte Redewendung klingt, fühlte sich aber genauso an. Ich empfand es im Herzen und dann in der Brust: ein Gefühl, als ob abwechselnd heißes und kaltes Wasser in meinen Lungen wallt. Ich stieß einen Seufzer aus und legte meinen Kopf in seinen Schoß. Ich spürte seine Hand auf meinem Kopf, umklammerte seine Beine, sein Gesäß und fuhr mit den Händen bis zu seinem Rükken herauf, wo es mir gelangt, sein T-Shirt zu lüften. Ich spürte, wie er aufzuckte und wie sich sein ganzer Rücken anspannte. Wir beide schwiegen; ich bewegte meine Hände langsam in Richtung seiner Gürtelschnalle, aber er kam mir, immer noch schweigend und meinem Seufzer mit eigenen Seufzern antwortend, zuvor. Als er kurz davor war, sein Glied zu entblößen, klingelte das Telefon.

„Das ist deins", sagte er.

„Egal, egal", flüsterte ich und sah, wie meine Hände, als wären sie nicht von mir gelenkt, seine Boxershort herunterzureißen versuchten, was aber schwierig war, denn Julian saß ja immer noch auf dem Sessel. Das Handy läutete unaufhörlich. Meine Hände zitterten.

„Aber wenn's deine Eltern sind", sagte er. Da fühlte ich, wie es mich noch zu allem Überfluss erregte, dass, während ich ihn zu entkleiden versuchte, jene Menschen mich störten, die ich trotzig zu hassen mir vorgenommen hatte; das Gefühl einer allgemeinen Überspanntheit fand darin eine erneute Bestätigung. Ich wurde fast wahnsinnig vor Begierde, meine Hände zitterten; es war wie bei einem Ohrensausen: ein inneres Geräusch – die Stimme der Begierde – zwang mich zu handeln, während um mich herum die ganze Welt hätte zusammenstürzen können. Endlich erhob sich Julian, ich riss seine Hose herab und, immer noch auf dem Boden kniend, überkam mich das heftige Verlangen, mich – um es sozusagen allen potentiellen Zusehern meines Lebens zu „zeigen" – vor ihm zu erniedrigen, sodass ich etwas tat, was ich bis dahin nie getan hatte, weil ich mir in meiner Unbedarftheit solche Praktiken weder als besonders erregend noch meiner würdig betrachtet hatte: mich überkam also das Verlangen, ihn oral zu befriedigen, weil mir meine Begierde unbewusst einflüsterte, dass ich die größte Liebe dadurch erweisen könne, auf meine eigene zumindest unmittelbare Befriedigung zu verzichten. Das Handy hatte aufgehört zu läuten; stattdessen hörte man mehrere Male hintereinander das Eintreffen von Textnachrichten.

„Aber wenn es ein Notfall ist", sagte Julian und ich spürte – denn ich hatte inzwischen meine Augen geschlossen, mich ganz der inneren Stimme hingegeben – wie er sich entfernte. Ich griff ins Leere. Julian war weg. Er hatte sich mir entzogen. So kniete ich auf dem Boden, öffnete die Augen und wurde vom hellen Licht im Zimmer geblendet. Mir war, als wache ich aus einem verwirrenden Traum auf. Ich rührte mich eine Zeitlang nicht, kniete weiter auf dem Boden, starrte ins Leere und merkte erst nach einer Weile, dass vor mir die Eingangstür in unser Schlafzimmer war. Ich spürte, wie sich allmählich ein Lächeln auf meinem Gesicht breitmachte, das Lächeln – und das war mir schon im selben Augenblick bewusst – einer Frau, die verschmäht worden war und die dies als Zeichen ihrer eigenen großen Liebe und Hingabe auslegen musste. Ich kniete und ließ mich dann zuerst auf den Bauch fallen, dann drehte ich mich um, sodass ich auf die Decke schaute. Julian war inzwischen zu meinem Handy gegangen, denn er sagte mit einer Stimme, die mich gewissermaßen wieder zurück in meine eigenen vier Wände versetzte: „Das ist eine SMS von Oliver, an dich."

„Gib her", flüsterte ich und erhob, auf dem Boden liegend, meine Hand. Mechanisch ergriff ich das Handy, öffnete die angekommenen Nachrichten und las, sinngemäß, den Satz, dass er, Oliver, von Amélie erfahren hätte, dass ich mit Julian zusammen sei. Er hätte gedacht, wir wären ein Paar; ich hätte ihn getäuscht; er sei am Boden zerstört und wolle sich das Leben nehmen. So ruckartig wie ich vorhin zu weinen begonnen hatte, erhob ich mich, wobei mir der Kopf entsetzlich wehtat; das Licht blendete mich und mir war auf einmal übel.

„Er will sich umbringen!", rief ich.

„Was? Wer?", fragte Julian, der sich inzwischen die Hose zumachte; ich sah das aus dem Augenwinkel und spürte, wie diese Geste mich restlos der Realität zurückgab. Die daraus folgende verzweifelte Ernüchterung verdichtete sich in einem lodernd aufflackernden Wutausbruch: „Oliver!“, schrie ich; um aber eine Sekunde später meinen Ausbruch zu bedauern. Aber jetzt, nachdem Julian den Reißverschluss seiner Jeanshose geschlossen hatte, wagte ich es nicht mehr, den ersten Impulsen zu folgen, die sich in meinem Inneren erhoben; einer davon hätte gewünscht, mich erneut Julian zu Füßen zu werfen. Ich unterdrückte jede Regung; fand mich dabei heroisch. Die Anspannung aber, gemischt mit dieser erschreckenden Meldung, führte doch wieder dazu, dass ich zu weinen anfing; aber nicht, weil ich um Olivers willen Angst hatte, sondern weil ich das deutliche Gefühl hatte, dass dieser ganze Tag verdorben worden sei, durch mich, einzig und allein durch mich, durch meine dumme Unbedachtheit.

„Was riecht da so?“, fragte Julian.

„Scheiße!“, schrie ich, weinend, glucksend, rannte in die Küche, öffnete den Herd, aus dem es leider nur allzu unübersehbar heraus qualmte. Das gab mir den Rest. Ich konnte meinen Zorn und meine Trauer nicht mehr bremsen; alles war schiefgegangen; und zu essen hätten wir für heute Abend auch nichts.

Julian kam aus dem Zimmer, sah mich vor dem Herd knien, ergriff ein Küchentuch und fuchtelte damit den Qualm fort; dann umarmte er mich.

„Ach komm, lass doch, wir holen uns eine Pizza“, sagte er flüsternd. Ich weinte: weil ich alles verdorben hatte. Ich fühlte mich wie das dümmste Mädchen auf der ganzen Welt; und ich weinte, weil mein Geschenk an Julian verkohlt war. Ich hätte in den Boden versinken können, alles war mir peinlich, ich fühlte mich erbärmlich und da kam mir wieder in den Sinn, dass auch noch dieser Oliver sich töten wollte. Ich stieß einen verzweifelten Schrei aus und tastete nach dem Handy, das ich in meine Gesäßtasche gesteckt hatte.

„Er – bringt – sich – um ….“, weinte ich und fand es im selben Augenblick mehr als nur konsequent von Oliver: wegen eines so dummen Mädchens, das seinem Freund nicht einmal einen Gemüsestrudel backen kann, kann man sich ja nur umbringen, Recht hat er!

„Einen Scheiß wird er“, sagte Julian, entriss mir das Handy, wählte Olivers Nummer, ging in der Küche auf und ab und verschwand schließlich im Schlafzimmer, wobei er hinter sich die Türe zuknallte.

Ich stand in der Küche, sah vor lauter Tränen nichts und hatte in diesem Augenblick auch noch das Gefühl, dass aus meiner Kunst niemals etwas werden würde. Während ich schniefte und nach Luft schnappte, hörte ich Julians Stimme hinter der geschlossenen Tür. Er kam mir in diesem Moment wie ein überirdischer Held vor. Ich wusste nicht, ob ich so einen Helden lieben oder nicht vielmehr eigentlich nur hassen konnte. Was war denn ich im Ve gleich zu ihm? Ein kleines, nach Sex und Zuneig gieriges Mädchen, das – wäre sie nicht ins Zimmer gegangen, um ihren Freund beim Tennisschlägeraussuchen zu stören – sich und ihrem Freund einen schönen Abend hätte bereiten können, das aber mit ihrer Gier und Geilheit alles zerstört hatte.

Plötzlich schämte ich mich meines Körpers, meines ganzen Wesens, das sich ja in den Forderungen des Körpers Ausdruck verschafft hatte: ‚So ein Flittchen also bin ich, so eine bedürftige Nutte'. Das war alles, was ich fühlte. Ich wäre, würde man mir in diesem Augenblick ein Gelübde abverlangt haben, auf der Stelle und ohne mit der Wimper zu zucken, Nonne geworden. Ich hatte das dringende Bedürfnis mich zu waschen, mich zu säubern. Ich hoffte, durch die äußere Sauberkeit auch innerlich wiederhergesellt zu werden. Ich stellte den angebrannten Strudel auf die Herdplatte, hustete wegen des Qualms, ging ins Badezimmer, zog mich aus und duschte mich mit heißem Wasser und einer Menge Duschgel.

5

Ich könnte mehrere ähnliche Erlebnisse mit Julian erzählen, die deutlich illustrieren, dass zwei Elemente meine Beziehung zu ihm beherrschten: nämlich die Unterwerfung und die Bewusstlosigkeit. Das Beispiel mit dem Sprung von der Spitze des Stephansdoms bezieht sich auf die Unterwerfung; die Bewusstlosigkeit an einem konkreten Beispiel zu veranschaulichen, ist etwas schwieriger, zumal sie die Atmosphäre jeder noch so kleinen Handlung durchtränkte und man – bevor man die konkrete Handlung erzählt – erst einmal aufschlüsseln muss, worin der Unterschied besteht, sie bewusst oder unbewusst auszuführen. Am ehesten zeigt sich die damalige Bewusstlosigkeit einem Außenstehenden darin, dass ich all die Dinge, die ich jetzt aufzuschreiben imstande bin, zu jenem Zeitpunkt nicht im Entferntesten hätte sehen, geschweige denn zu Papier bringen können. Der Kontrast zwischen meiner vergangenen Unfähigkeit, etwas zu sehen und wahrzunehmen einerseits und meinem derzeitigen Sehvermögen ist der sprechende Beweis dafür, wie ich mich entwickelt habe; freilich könnte jemand behaupten, ich hätte damals genauso gut gesehen wie jetzt, denn man könne ja nicht überprüfen, ob ich nicht nur aus Berechnung gehandelt hätte;

zumal ich erwähnte, dass, wie ich vor Julian kniete, ich mir vorgestellt hätte, jemand beobachte uns. Ja, das stimmt: aber solche Momente der „Berechnung“ waren weniger berechnend denn einfach nur sentimental; außer, dies ließe den Schluss zu, dass Sentimentalität eine sublimierte oder zumindest sublime Form der Berechnung sei, was ich nicht ausschließe. Trotzdem: Wenn ich kurzfristig in Zustände des Bewusstseins verfiel, dann nicht, weil ich damit bestimmte Ziele verfolge, sondern weil ich meiner eigenen Rührung und Rührseligkeit bewusst wurde und es manchmal schade fand, dass mir keiner, außer Julian, bei jenen Szenen, die ich ihm machte, zusah. Natürlich fand ich mich damit ab, dass mir keiner zusah und faktisch war es mir natürlich auch lieber so; denn ich konnte mich in der Öffentlichkeit immer schon beherrschen und ich bin nicht exhibitionistisch veranlagt (außer, jemand ist der Ansicht, dass diese Aufzeichnungen etwas Exhibitionistisches an sich haben; der Meinung bin ich selber nicht: aber über Begriffe zu streiten, hat wohl keinen Sinn).

Die leise Trauer, die mich beim Gedanken überkam, dass wir beide mit unseren Szenen ganz allein waren, rührte eher vom Bewusstsein, dass sie bald vorbei wären. Mein verändertes Zeitempfinden war die seelische Antwort auf dieses Dilemma, indem es mich fühlen machte, als ob die Dinge in die Länge gezogen würden; dadurch wurde ich noch rührseliger und sentimentaler und – weil ich in einem Zustand der Unbewusstheit lebte – merkte inicht, dass ich Julian damit auf die Nerven ging. Nur ein Beispiel: wir feierten unseren ersten Jahrestag damit, dass wir gleich in der Früh ein Gläschen Sekt tranken. Ich hatte am Vortag eine Flasche besorgt. Natürlich wusste ich, dass Julian es eilig hatte; aber ich drängte ihn noch, ein paar Minuten zu bleiben. Er ließ sich umstimmen und sagte, fünf Minuten, dann müsse er gehen. Nach fünf Minuten aber bat ich ihn inständig, er möge noch weitere fünf Minuten bleiben; und da verlor er die Geduld. Und das Interessante: ich hatte mit seiner Wut gerechnet und sie sozusagen in meine Bitte miteinbezogen, in der Hoffnung, dass sie mir ein neuer Anlass wäre, die Größe meiner Liebe durch den Verzicht zur Schau zu tragen. Ich weiß: manches davon klingt sicherlich etwas wirr oder sogar unfreiwillig komisch; auch ich muss heute bei manchen Erlebnissen lachen; bei Erlebnissen, die mich damals aber keineswegs zum Lachen, sondern zum Weinen brachten. Denn natürlich erhob sich Julian, zog sich an und machte sich auf den Weg. In Erinnerung an mein Versagen an jenem Abend, da mein Gemüsestrudel angebrannt war, hatte ich mir vorgenommen, ihm fortan keine Szenen mehr zu machen. Mir stand aber der Sinn nach einer Szene; ich hielt mich zurück und fand mich umso heroischer und großartiger. Während er sein Selbstgefühl aus seinem Studium, aus dem Sport und seinem Ehrgeiz bezog, schöpfte ich ganz aus meiner Liebe zu Julian, indem ich mich ihm unterwarf. Die Stimmung, die mich dabei durchdrang, war eine Mischung aus Wehmut (und das, obwohl Julian und ich ja in einer Wohnung wohnten), Ängstlichkeit und sentimentaler Rührung, was sich am ehesten anhand meiner Gedanken vor der Praterallee im Nebel illustrieren lässt. Der Verzicht, zu dem ich kopflos bereit war, hätte mir schon damals deutlich machen können, dass meine Liebe unter Überspanntheit litt; dass sie zwar eine echte Liebe war – denn ich verlangte nicht nur, ich gab ihm auch sehr viel und forderte nie etwas zurück und würde auch heute nicht im Traum daran denken, das ihm Geschenkte, ob in seelischem oder materiellem Sinne, zurückzuverlangen –, aber eine echte Liebe unter der Verzerrung eines ihr vorausgegangenen Verzichts, der es mir einerseits so leicht machte, weiterhin zu verzichten; der mir aber auch das Gefühl einflößte, ich hätte das Recht, mich mit meiner Liebe ihm ganz zu schenken und aufzuopfern. Es ist schon seltsam: erst heute, nach Jahren der Entfernung von Julian, frage ich mich manchmal, wie weit die Liebe gehen kann. Sie wird überhöht, gewünscht, ersehnt; und wenn man sie einmal „hat“, dann glaubt man, mit ihr alles zu haben und alles machen zu dürfen; auch auf Kosten des Menschen, den man liebt: „Denn ich tue es ja deinetwegen.“ Dass man damit aber in Zweifelsfällen dem geliebten Menschen gar nichts Gutes tut, fällt einem im berauschten Stolz der eigenen Verliebtheit nicht ein. So erging es mir damals. Um nicht falsch verstanden zu werden: ich forderte von Julian nichts, was er nicht freiwillig ohnedies schon gegeben hatte; ich lebte nur – und das ist der wichtige Unterschied – in dem Bewusstsein, von ihm fordern zu dürfen. Ich legte mein Leben in seine Hände, so wie man sich einem Gott opfert, ohne mir dabei die Frage zu stellen, ob Julian mich denn darum gebeten hatte. Ich nahm es einfach als gegeben an, dass er es wünschte; dass er es vielleicht gar nicht wünschte oder niemals gewünscht hatte: hätte mir das jemand klarzumachen versucht, ich würde diesen „jemand" als meinen Feind betrachtet haben. In gewisser Weise hatte die Mission meiner Eltern ja darin bestanden, mich auf den Pfad der Vernunft zurückzuführen, eben dadurch, dass sie mir klarzumachen versuchten, wie ich Julian und mich in meiner Art womöglich überforderte. Zumindest behauptete meine Mutter das Jahre später; zu einem Zeitpunkt, als ich schon imstande war, über das Ausmaß meiner Gefühle zu lachen, ohne mich selber dabei auszulachen. Denn auch das möchte ich festhalten: dass ich heute zwar über die alte Anna lachen kann; dass ich aber immer noch hinter ihr stehe, denn wie verrückt so manches in ihrer Seele damals auch gewesen sein mag: dieselbe Seele steckt noch in meinem Körper. Ja, sie hat sich gewandelt und ernüchtert, ist reifer und erwachsener geworden. Aber heute etwas zu erkennen, was ich damals nicht erkannt habe, heißt nicht, mein altes Ich zu verdammen; denn das hieße doch, mich von Jahr zu Jahr, da ich mich entwickle, immer wieder aufs Neue zu verdammen und zu hassen, sodass am Ende meines Lebens nur noch eine Ruine meiner selbst übrigbliebe. Und gerade das möchte ich, indem ich diese Aufzeichnungen mache, vermeiden (worin übrigens, für mich jedenfalls, der Beweis besteht, dass ich nicht exhibitionistisch bin).

Das heißt: ich würde so heute nicht mehr handeln; aber ich verstehe, dass ich damals so handeln musste. Das ist jetzt leicht gesagt; aber bedeutete für Julian und mich oft eine große Herausforderung und Anstrengung. Je gewagter und größer ich die Herausforderung und Anstrengung empfand, desto größer erschien mir meine Liebe. Der aufmerksame Beobachter wird wieder das Muster von Anspannung und Kollaps erkennen. Letzterer stellte sich tatsächlich ein, indem er sich in einem zweiten bedeutsamen Erlebnis Ausdruck verschaffte, das ich hier kurz erzählen möchte. Wie man sich vorstellen kann, war eine Liebe dieser Art körperlich und seelisch auslaugend; sie war zugleich beglückend, aber vor allem in einem mir bisher ungekannten Maße erschöpfend. Es konnte vorkommen, dass ich an Vormittagen, da Julian unterwegs war, allein in unserem Bett lag, auf die Decke starrte und das Gefühl hatte, meine Erkenntnis, die ich in der Nacht auf der Toilette gehabt hatte (dass ich es „schaffen" würde), sei nichts mehr wert: ich fühlte mich müde, ausgelaugt und fragte mich, ob alle Menschen, die ich kenne, die Liebe in dieser Art empfunden hätten und wenn ja: warum ich zu schwach sei, die Liebe zu ertragen, während die anderen scheinbar mühelos mit ihr umgehen und umspringen, als wäre sie eine ewige Tändelei. Ich war zu jenem Zeitpunkt natürlich noch nicht imstande, mir die Umstände meiner Erschöpfung aufgrund meiner Lebens- und Kindheitsgeschichte zu erklären. Ich fühlte mich einfach erschöpft und traurig und dachte oft daran, dass ich auf ganzer Linie versagt hätte. Der Perfektionismus und seine verheerenden Folgen hatten wieder die Oberhand über mich ergriffen und mich, ohne dass ich es gemerkt hätte, in ihrer Gewalt. Ich wollte alles für Julian sein: Schwester, Mutter und Geliebte. Dass es ausgereicht hätte, nur die Geliebte zu sein, wollte mir nicht in den Kopf gehen, was vor allem daran lag, dass ich den Wunsch, alle drei Rollen auszufüllen, niemandem gegenüber geäußert hatte; was aber nicht daran lag, dass ich mich dessen geschämt hätte, sondern, banaler, daran, dass ich mir dieses überspannten Wunsches nicht bewusst war. An diesem Punkt wird man verstehen, wie Perfektionismus und ein unbewusstes Leben Hand in Hand gehen. So war ich also erschöpft und zugleich überglücklich, einen Mann an meiner Seite zu haben, dem ich so viel geben wollte und konnte.

Wenn ich malte – und ich hatte wieder angefangen zu malen – und Julian mich unterbrach, dann opferte ich meine Zeit ihm gern, ohne auf den Gedanken zu verfallen, dass er etwas von mir forderte, was ich ihm eigentlich gar nicht geben wollte. Ich wäre nicht imstande gewesen, ihm klarzumachen, dass die Malerei für mich denselben Stellenwert besaß wie das Laufen und Trainieren für ihn; dass er es von sich aus nicht begriff, war mir ein Zeichen dafür, dass ich diejenige war, die Unrecht damit hatte, sich das Recht auf eigenständige künstlerische Betätigung herausgenommen zu haben. Denn schließlich war ja er mein Gott und Götter haben immer recht. Es war nicht gerade so, dass Julian mich systematisch am Malen gehindert hätte; aber ich hatte meistens nur abends Zeit dazu, mich vor die Staffelei zu stellen, da ich tagsüber wieder ein paar Vorlesungen besuchte, als Nachhilfelehrerin arbeitete und den Haushalt besorgte; abends, wenn ich Zeit hatte, wollte Julian aber unterhalten werden. Es war mir also eine Selbstverständlichkeit, für ihn da zu sein, ihm die Füße zu massieren, mit ihm ausgedehnt beim Essen zu sitzen oder für den Beischlaf zur Verfügung zu stehen. Ich hatte oft Lust, aber nicht immer. Julian hingegen schien, überhaupt nach jenem missglückten Oralverkehr, geradezu immer und überall Lust zu haben.

Ich fühlte mich – und hasste mich für diesen Anflug eines Gedankens – manchmal von ihm verwendet und gebraucht; traute mich aber nicht, es ihm zu sagen, weil ich den Gedanken ursprünglich unterdrückt hatte, musste ich ihn doch wie ein Sakrileg gegen meinen unfehlbaren Gott empfinden. Im Gegenteil: ich fand mich als schlecht und böse, wenn ich mich dabei ertappte, dass meine innere

Stimme ein paar kritische Worte gegen Julian fallen ließ. Ich wollte das nicht dulden und entschuldigte alles mit seiner Schönheit, seiner Feinfühligkeit und seiner Tadellosigkeit, die sich für mich in seiner Selbstdisziplin und Selbststrenge widerspiegelte: ein Mensch, der so diszipliniert sei, fühlte ich, kann kein böser Mensch sein. Die Böse hier war ich, was man ja daran erkennen konnte, dass mich manchmal so sträflich meine Kräfte verließen und ich ausgelaugt morgens im Bett herumlag. Ja, ich war die Böse, die Böse, redete ich mir ein und wurde ganz schwindlig davon, während Julians Bild in meiner Seele umso heller erstrahlte und ich mich wieder bei dem Gedanken ertappte, ihn nicht lieben zu können, sondern hassen zu müssen, wie an dem Abend, als Oliver angerufen und Julian mir das Telefon aus der Hand gerissen hatte.

Wenn Julian Gäste geladen hatte (ich traf mich mit meinen Freundinnen meistens nur in der Stadt), herrschte am Abend meistens Unordnung in der Wohnung: selbstverständlich war ich es, die sich dafür verantwortlich fühlte, aufzuräumen und zu putzen. Das war, nebst all den anderen Opfern, ein weiteres Opfer, bei dessen Bewältigung mir niemals in den Sinn gekommen wäre, Julian um Hilfe zu bitten; denn nachdem seine Freunde gegangen waren, legte er sich entweder schlafen, während ich noch in der Küche stand, um Teller abzuwaschen oder er setzte sich vor den Computer, um an seinen Seminararbeiten zu schreiben oder im Internet zu surfen. Die kritische Stimme meldete sich in solchen Augenblicken immer öfter und hauchte mir ein, dass Julian doch auch einen Finger im Haushalt rühren könne, zumal das doch seine Wohnung sei; aber immer, wenn ich diese Stimme hörte, erwachte zugleich mit ihr die erbarmungslose Selbstkritik, die mich denken ließ, dass ich boshaft, dumm und kleinlich sei: wegen der drei, vier Teller und des einen Topfs, den man auskratzen musste, bräuchte ich keine Hilfe. ‚Ja, aber du könntest die halbe Stunde für dein Bild nutzen', sagte die Stimme. Und ich flüsterte ihr sozusagen innerlich zu, dass sie schweigen solle. ‚Ja, aber dein Bild, dein Bild' – und je mehr mein Gewissen mich auf meine Kunst und meine Pflichten verwies, umso mehr hatte ich das Gefühl, eine unzulängliche, böse Hexe zu sein, die weder im Bett noch als Freundin etwas taugt. Ich begann über dieses Problem mit Lulu und Luise zu sprechen. Dass Lulu mir mit ihren Emanzipationsreden kommen würde, hatte ich ebenso erwartet wie dass Luise, anstatt auf meine Fragen einzugehen, diese zum Anlass nahm, über sich selber und ihre Probleme mit ihrem Freund zu reden, um es kurz zu machen: keiner verstand mich und ich mich am wenigsten.

Was ich aber erzählen wollte, ist dieses: eines Sonntags saßen Julian und ich beim Frühstück. Ich hatte am Vortag frisches Obst gekauft und Müsli, Joghurt und Eier und mir vorgenommen, uns beiden ein richtig schönes Frühstück zu machen. Ich wollte, dass wir's an diesem Sonntag morgen besonders gemütlich hatten; denn Julian hatte in der Woche davor freigehabt und war mit seinem Bruder Jaromir drei Tage lang in Deutschland gewesen, um den Vater zu besuchen, sodass ich genug Zeit gehabt hatte, zu malen und über mich und mein Leben nachzudenken. Dabei war ich zu dem Schluss gekommen, dass ich tatsächlich eine böse Hexe gewesen sei, was ich damit begründete, dass Julian aufgrund seiner schweren Kindheit alles Recht hätte, von mir bemuttert und gepflegt zu werden. Ich hatte meine behütete Kindheit mit der meines Freundes verglichen und war zu dem Schluss gelangt, dass ich mich falsch verhalten hatte, der Stimme meiner Selbstkritik nachzugeben. Meine neueste Erkenntnis bestand darin, dass mein Selbstgefühl, das damals in der Nacht auf der Toilette auf dem Höhepunkt gewesen war, sich erneuert hatte, mit der Folge, dass ich meine Anstrengungen um Julians Wohlsein vermehrte. Ich kochte besser, putzte gründlicher und versuchte, alles für ihn zu tun, alles. Ich hätte erkennen müssen – und habe es natürlich nicht erkannt –, dass diese neue Selbstkraft sich aufgrund von Julians dreitägigem Fortbleiben verstärkt hatte. In der Zwischenzeit nämlich hatte ich reichlich Zeit gehabt, mich auszuruhen und ein kleines Bild zu vollenden. Die seelische Kraft, die ein fertiggestelltes Kunstwerk verleiht, war die Ursache für meine erneuten Bemutterungsfähigkeiten gewesen. Das hatte ich nicht erkannt und glaubte stattdessen, dass ich wegen einer neuen „Erkenntnis“ so handelte wie ich handelte. Kurzum: ich hatte sehr viel Kraft, Vorbereitung und Liebe in dieses Frühstück gesteckt, hatte den Tisch schön gedeckt, war eigens eine Stunde vorher aufgestanden, um Palatschinken zu braten und hatte alles getan, um uns einen schönen Anfang dieses gemeinsamen Sonntags zu bereiten.

Als Julian sich endlich an den Küchentisch setzte, nachdem er überdies zwei Stunden länger geschlafen hatte als von mir erwartet (ich war in der Zwischenzeit abwechselnd traurig und zornig geworden), merkte ich, dass er die Nase rümpfte. Noch sagte ich nichts. Er schenkte uns Kaffee ein, strich sich die Butter aufs Brot, begann zu essen; sprach aber zuerst kein Wort mit mir. Ich entschuldigte das mit seiner Reisemüdigkeit vom Vortag und betrachtete ihn mit liebevoller Rührung. Das war ihm nicht entgangen; er ergriff über den Tisch hinweg meine Hand. Schon in diesem Augenblick kamen mir vor dankbarer Zärtlichkeit fast die Tränen; dann aber entzog er die Hand wieder, räusperte sich und aß weiter. Ich aß inzwischen eine Palatschinke und fragte mich, warum Julian noch selber keine gekostet hatte. Wir hatten inzwischen angefangen uns über ein politisches Thema zu unterhalten, das zu dieser Zeit gerade die Medien beherrschte; sein Vater hatte die Berichterstattungen in Deutschland aus beruflichem Interesse mit Neugierde verfolgt und deshalb war es nicht abwegig, dass, indem mir Julian über seine Erlebnisse in Deutschland erzählte, auch dieses Thema immer einfloss. Dann schälte er ein Ei und ließ, beiläufig und ohne böse Absichten, die Bemerkung fallen, weshalb denn da die Marillenmarmelade stehe; ob ich denn nicht wisse, dass er Marille nicht möge. Hätten wir eine Erdbeermarmelade im Eiskasten gehabt, wäre ich freudig aufgestanden und hätte ihm eine gegeben; aber da wir keine vorrätig hatte, war mir, als versetze er mir mit dieser Frage einen Stich ins Herz. Es war wie an jenem Abend, als ich vor ihm niederkniete, diesmal nur negativ, als wollte er sagen: ‚Ist ja klar, dass du immer alles falsch machst.' Wie an jenem Abend, schossen mir plötzlich – ich konnte sie nicht mehr aufhalten – die Tränen in die Augen; ich bekam das, was man mit Fug und Recht einen hysterischen Anfall nennen kann. Von einer Sekunde auf die andere sah und hörte ich nichts mehr; nur dumpf hörte ich Julians Stimme hinter meinem Geschrei, von wegen: „Schon wieder dieses Geheul." Da war mir, als ob er sagen wollte: ‚Ich halte das nicht aus, packe meine Sachen und verschwinde von hier.' Ich erhob mich ruckartig, der wackelige Küchensessel knallte zu Boden, ich stand aufrecht da, heulte, schrie und hatte das schmerzliche Gefühl, dass Julian tatsächlich gesagt hätte, er wolle mich verlassen. Ich keuchte, bekam keine Luft mehr, spürte nur, wie auch Julian aufgestanden war, um mich zu umfassen. Er schüttelte mich und ich hörte, wie er sagte: „Halloo, Anna, was ist los mit dir!“ In meinen Ohren klang das wie ein ‚Halt den Mund, du gehst mir auf die Nerven!‘ Ich zitterte am ganzen Körper und hasste mich dafür, dass es keine Erdbeermarmelade gab. Julians Frage, ob ich denn nicht wisse, dass er Marillen nicht möge, war in diesem Moment die Bestätigung dafür, dass ich versagt hatte, als Mutter, als Schwester, als Geliebte. Ja, ich hatte versagt, endgültig. So empfand ich seine Frage.

Ich hatte keine Erdbeermarmelde gekauft. Ich hatte vergessen können, dass er Marillen nicht ausstehen kann. Kurz: ich war eine böse Hexe. Ich war unfähig. Meine Liebe taugte nichts. Und jetzt wollte er mich verlassen. Recht hatte er! Keuchend rannte ich zur Küchenlade, riss sie auf und entnahm ihr mit zitterenden Händen das Messer mit dem Holzgriff, jenes, das ich einmal hatte aus Rührung küssen wollen. Ebenso wie zu jenem Zeitpunkt, da ich vor Julian gekniet war, mir deutlich bewusst gewesen war, wie ein Beobachter die Szene gesehen haben würde, so war mir auch jetzt klar, welches Bild ich abgab. Aber je mehr ich mich wie von außen sah, desto erbärmlicher und hexenartiger fühlte ich mich, sodass es vom Ergreifen des Messers nur ein kurzer Schritt dazu war, es in tödlicher Absicht gegen mich selber zu richten.

„Scheiße, was machst du da!“, hörte ich ihn schreien; und zugleich fühlte ich, dass ich genau das gewollt hatte. Er war ja schließlich mein Held; und ich hatte mir so sehr gewünscht, dass mein Held mich errettet aus der Gefahr, die mir droht. Ich holte aus, war gerade im Begriff, das Messer gegen meine eigene Brust zu richten, als ich spürte, nein, vielmehr hörte, wie es auf den Tisch geschleudert wurde und etwas mich zu Boden riss. Julian hatte mich zu Boden gerissen, um das zu tun, wonach ich mich so sehr gesehnt hatte: mich zu retten, mich zu erlösen.

Da lagen wir nun, ich in seelischer Ermattung keuchend, Julian aus Angst; ich in einer Mischung aus Freude, endlich das bekommen zu haben, wonach es mich gelüstet hatte und Selbsthass, weil es mir wieder einmal gelungen war, ein schönes gemeinsames Essen zu ruinieren; er in der Angst, die ich ihm einflößte und die mir, wieder einmal, eine Bestätigung für meine Verworfenheit war, gerade so, als ob ich nach Beweisen dafür suchte, dass Julian mir haushoch überlegen sei. Und das war er. Ich liebte ihn dafür und hasste ihn zugleich; auch mir selbst gegenüber hegte ich ähnliche Gefühle; nach dem Zustand der Anspannung befand ich mich also, wie unschwer zu erkennen ist, in der Atmosphäre des Kollaps, der mir seinerseits jene Entfremdung bestätigte, die ich empfunden hatte, als Julian nach meinem Versuch, ihn oral zu befriedigen, aufgestanden war, um sich die Hose zuzuknöpfen. Er hatte es getan, weil, wie ich bereits erwähnt habe, er ein Mensch der Disziplin war. Alles in seinem Leben war genau getaktet und eingeteilt. Ich hatte ihn in einem Augenblick gestört, da er in Ruhe nach Tennisschlägern suchen wollte; die Folge dieser unterschiedlichen Willensbemühungen hatte also zu einer Entfremdung geführt, der aber seltsamerweise etwas Positives anhaftete, da sie mich über meine Minderwertigkeit Julian gegenüber belehrte und mir bestätigte, dass ich nur richtig daran getan hatte, in ihm einen Gott zu sehen.

Zugleich, als wir nach meinem – ich nenne ihn einmal so – Selbstmordversuch auf dem Boden lagen, gelang es mir, die seit jenem misslungenen Oralverkehr schmerzlich empfundene Entfremdung dadurch zu überbrücken, dass ich meinerseits über Julian eine gewisse Macht ausübte, und sei es auch nur dadurch, dass ich ihn gezwungen hatte, mich zu trösten und mich zu halten, während ich halb besinnungslos auf dem Boden in seinen Armen lag. Dabei verließ mich natürlich – trotz der Stimme des Gewissens, die mir sagte, wie böse und schlecht ich sei – die ganze Zeit das Gefühl nicht, alles, was ich getan hatte, mit gutem Recht getan zu haben. Was ich darüber heutzutage denke, habe ich hier bereits notiert. Ich war mir dieses Rechts meiner Handlungen ganz sicher; nicht durch vernünftige Gedanken, sondern dadurch, dass ich Julians Wärme auf meinem Körper spürte und seine Stimme hörte, die mir flüsterte, ich solle mich beruhigen, alles werde gut. Ich konnte also wieder sicher sein, ihn unter meiner Gewalt zu haben, nachdem ich in einer Schrecksekunde nicht daran gezweifelt hatte, dass meiner Wahnvorstellung, er wolle mich wegen der Marillenmarmelade verlassen, etwas Wahres und Berechtigtes zugrunde lag. Ich lebte im Gefühl. Das Gefühl war alles. Es war Argument, Vernunft und Struktur und ersetzte die Gedanken und ich war stolz, es „Liebe“ nennen zu können.

6

Unser zweites und letztes gemeinsames Jahr verlief in etwa nach demselben Muster, das ich anhand zweier Beispiele oder Szenen zu verdeutlichen versuchte; wie gesagt: ich könnte noch viele Vorkommnisse darstellen, aus denen aber insgesamt nicht mehr ersichtlich würde, als was jetzt schon ersichtlich geworden sein sollte: dass Julian und ich uns zwar mochten und liebten; dass aber die Verfasstheit unserer Beziehung uns beide früher oder später zermürben musste. Mich, weil ich so viel empfand und ihn, weil ich ihm zu viel zumutete. Natürlich war ich dabei der Meinung, nur das Beste für ihn und mich zu wollen und zu tun; und dies trotz meiner periodischen Schwächeanfälle, die ich aber mit Selbstanklagen übertünchte anstatt aus ihnen irgendwelche Schlüsse zu ziehen. Ich wäre gar nicht fähig gewesen, Schlüsse zu ziehen; woraus folgt, dass der Nüchternere von uns beiden, wollte er uns aus der Sackgasse befreien, in die wir geraten waren, sich zur Tat aufgefordert sah.

Nach jenem missglückten Versuch, Julian unterwürfig, unter Verzicht meiner eigenen Lust, Befriedigung zu bereiten, hatte er, wie erwähnt, so gut wie jeden Tag Lust auf den Beischlaf. Es war, rückblikkend betrachtet, beinah komisch: zermürbte ich ihn durch meine Rührseligkeit und Weinerlichkeit, so schien er mich durch seine körperlichen Forderungen ganz in seine Gewalt bringen zu wollen, mit dem Ziel, mich zu schwächen und mich von allen anderen Tätigkeiten abzuhalten. Ich habe erzählt, wie ich es empfand, wenn er gerade Lust hatte, während ich hatte malen wollen: ich fügte mich ihm und betrachtete es als großes Opfer, das ich ihm damit brachte. Es war nicht so, dass ich bei diesen Geschlechtsakten gar keine Lust empfunden hätte, das nicht; es mischte sich in sie bloß das Gefühl eines gewissen Trotzes, als ob ich ihm heimlich zugeflüstert hätte: ‚Wir können gern miteinander schlafen, aber dann musst du wissen, dass du damit angefangen hast.' Ich wäre nie auf den Gedanken gekommen, mich ihm zu verweigern, außer natürlich aus konkret körperlichen Gründen, wie dies ab und zu vorkam; für die Julian zwar Verständnis hatte, die ihn aber immer sehr missmutig stimmten, mit der Folge, dass ich wieder nur das Gefühl hatte, eine schwache, zerbrechliche Frau an der Seite eines Mannes zu sein, der immer „funktioniert", wie eine aufgezogene Uhr. So erreichten wir den seltsamen Zustand, äußerlich als ein Paar zu erscheinen, das in den höchsten Wonnen des Begehrens lebte, während wir spürten, dass wir eigentlich jeweils nach etwas anderem strebten. Es war an dem Stärkeren von uns, das heißt an dem, der weniger liebte, den entscheidenden Schritt zu setzen, aus dem sich zwischen uns weitenden Graben die letzten Konsequenzen zu ziehen. Deshalb zitiere ich oben die Passage aus André Gides Buch.

Kurz nach unserem zweiten Jahrestag veranstalteten wir eine kleine Party in unserer Wohnung. Es war Ende August, es hatte viel geregnet und der Herbst kündigte sich schon an. Ich hatte den ganzen Vortag damit verbracht zu kochen, Strudel und, meine Spezialität, verschiedene Brotaufstriche zu machen; einen von Hermine gebackenen Kuchen sollte es auch geben. Sie war zwei Tage vor der Party in die Wohnung gekommen und hatte da zum ersten Mal mit einer Offenheit, die ich an ihr bisher nicht gekannt hatte, von ihrer Beziehung zu meinem Onkel Klaus gesprochen. Ich werde später noch davon reden; hier nur so viel: bei ihnen beiden ist es immer Klaus gewesen, der Hermine geliebt hat, während sie aus Gründen, die ich noch später kurz ausführen möchte, nur aus Mitleid bei ihm geblieben ist. Ich natürlich, immer noch von Julian und meiner großen Liebe zu ihm berauscht, überhörte alles, was nicht mit meiner Liebe und Julian zu tun hatte. Nur beim Wort „Mitleid", daran kann ich mich noch lebhaft erinnern, war ich ein bisschen stutzig geworden. Hermine saß, als sie es aussprach, am Küchentisch, vor sich die Tischdecke mit dem Blumenmuster, rauchte und blickte, als ob sie einem großen Gedanken nachhinge, ins Leere. Ich war inzwischen damit beschäftigt, Nüsse zu knacken. Julian war, wie fast immer, mit Freunden beim Trainieren unterwegs. Ich hatte bei Hermines Worten den leisen Verdacht, als ob sie mir etwas sagen wollte, als ob sie eine Botschaft an mich hätte; aber wenn es eine gewesen sein sollte, so war ihr diese auch nicht ganz klar, denn sie wechselte, wie aus einer Verträumtheit erwachend, schnell das Thema und half mir beim Aufbrechen der Nüsse.

Einen eigentlichen Anlass für die Party an jenem Samstag gab es nicht; wir beide hatten, aufgrund unserer Lebenslage, schon lange unsere Freunde nicht auf einem Haufen gesehen und darum beschlossen, dass es wieder an der Zeit sei, vor Beginn des Semesters, einige davon einzuladen und zu bekochen; weil ja mit Herbstbeginn alle wieder mit ihren eigenen Plänen und Terminen beschäftigt sein würden. Zu essen gab es reichhaltig, weil auch andere etwas Essbares beigesteuert hatten. Wir saßen in der Küche, in unserem großen Schlafzimmer, wohin Julian und Jaromir einen Tisch platziert hatten; und sogar im Badezimmer standen die Leute und unterhielten sich: Lulu hielt dort einem Freund Julians fast zwei Stunden lang einen Vortrag über den Kommunismus, was den Rest der Partygesellschaft ziemlich belustigte. Ich hatte einige meiner alten Schulfreundinnen eingeladen, zwei Kolleginnen, die ich bei Malkursen kennengelernt hatte; und natürlich waren auch unsere gemeinsamen Freunde gekommen: Amélie, die durch ihre Rolle als Fischerin in dem Norwegischen Film einiges Aufsehen erregt hatte, bildete unbestreitbar, neben Lulu, einen der, wenn man so will, gesellschaftlichen Mittelpunkte der Feier, was mich aber nur freute; denn es entlastete mich und gab mir die Zeit, mich in Ruhe um die anderen Gäste zu kümmern und auch zwischendurch ins Freie zu gehen oder Teller abzuwaschen.

Ich hatte mich schon lange nicht mehr so entspannt und zufrieden gefühlt. Als ich einmal hinausging, um den voll gewordenen Müllsack zu entleeren, bleib ich absichtlich länger im Innenhof stehen. Durch die geöffneten Fenster drang das Licht unserer Wohnung in den Hof; die gedämpfte Musik flutete ins Freie und mir schienen alle Zustände, die ich in den Monaten und Wochen davor erlebt hatte, übertrieben und überspannt. ‚So wie jetzt könnte es eigentlich immer sein', fühlte ich und fragte mich ernsthaft, was Julian und mich wesenhaft daran gehindert hatte, so eine Beziehung zu führen wie Jaromir und Viktoria. Julians Bruder hatte die Kunststudentin auch vor zwei Jahren kennengelernt; die beiden schienen niemals miteinander zu streiten, immer ausgeglichen, fröhlich und ausgeschlafen zu sein; und Julians Berichten zufolge waren sie es tatsächlich. Der Schein hätte nach außen hin trügen können; aber er trog nicht. Jaromir benahm sich Viktoria gegenüber wie ein ausgesuchter Gentleman und Viktoria strahlte eine dermaßen gebremste und elegante Zurückhaltung aus, dass man sich die beiden gar nicht in wilder Umarmung im Bett vorstellen konnte. Über eine gemeinsame Freundin habe ich erst neulich, nach drei Jahren Abstand, gehört, dass die beiden sich mit dem Plan tragen zu heiraten. Das lag schon damals in der Luft; und wie ich so im Hof stand und über mein und Julians Leben nachdachte, konnte ich nicht umhin, Jaromir und Viktoria um die tänzelnde Leichtigkeit ihrer Beziehung willen zu beneiden. Sie wirkten immer so ausgeglichen; so, als ob sie einander immer aufs Neue kennenlernen würden und eigentlich gar keine intime Beziehung zueinander hätten, sondern vielmehr geistig und seelisch verbunden wären; und zwar ausschließlich geistig und seelisch. Dieser Gedanke trat mir in den Sinn, als ich draußen bei den Mülltonnen stand und versetzte mir, weil ich mich in ihn vertiefte, jenen berühmten Stich ins Herz, den ich stets als eine Aufwallung von Wärme und Kälte erlebte. Ich hatte das Gefühl, dass Jaromir und Viktoria ein Geheimnis hüteten, welches mir und meinem Freund verschlossen war. Der Neid, den ich dabei empfand, verwandelte sich, von einer Sekunde in die andere, wie die Sagengestalt des Proteus, in Hass; dann in Rührung, dann in Selbstverachtung; und schließlich wurde ein Zweifel aus all dem, sodass ich die Gedanken an dieses mich verletzend perfekte Paar verscheuchen musste, um nicht noch in Tränen auszubrechen. Mich erfasste dabei plötzlich das Bedürfnis, Julian unter vier Augen zu sprechen. Ich kam also zu mir, verließ den Hof und ging wieder hinauf in die Wohnung, wo ich ihn mit Amélie in einem anregenden Gespräch vorfand. Die Partygäste unterhielten sich, wie ich erleichtert feststellte, aufs Beste; zu essen und zu trinken gab es genug und alles schien wie am Schnürchen zu laufen, sodass ich, ohne mir haushälterische Sorgen zu machen, direkt auf Julian zuging und ihn bat, mich kurz hinaus zu begleiten. Er runzelte die Stirn, als ob er sagen wollte ‚Was ist denn jetzt wieder?'. Da kam er wieder, der Stich ins Herz. Ich unterdrückte eine Mischung aus Wut und Enttäuschung. ‚Du musst dich zusammenreißen', befahl ich mir. Und ich hatte Recht: es durfte nicht sein, dass Julian und ich uns jetzt eine Szene machten, vor allen Leuten. Ich hatte uns schon zweimal ein Essen durch meine sentimentale Rührseligkeit verdorben, ich durfte nicht schon wieder meine Nerven verlieren. Und so lächelte ich ihm liebevoll zu, wechselte noch ein paar Worte mit Amélie, die – ich sah es aus dem Augenwinkel, ohne mir gleich etwas dabei zu denken – Julian einen leichten Klaps auf sein Hinterteil versetzte und zog ihn ins Freie. Da standen wir nun, der Mann meines Lebens und ich, im Hof, bei den Mülltonnen.

„Was ist denn, Anna?", fragte er mich, gar nicht mehr böse, wie mir schien. Das ließ meine ganze Gereiztheit mit einem Schlag verfliegen. ‚Er liebt mich doch', fühlte ich und umarmte ihn auf einmal; wie ich merkte: ein bisschen zu stürmisch. Ich hatte Angst, dass er dachte, es würde nun wieder eine dieser Szenen folgen; und deshalb löste ich die Umarmung, strich sein Hemd glatt – Julian trug zum Anlass der Party ein schönes grünes Hemd, das ihm sein Vater zum Geburtstag geschenkt hatte – und versetzte mich aus der Rolle der Geliebten in die der Mutter: „Geht's dir gut, alles okay?", fragte ich ihn; aber schon schien mir diese Frage lächerlich und etwas drängte mich, rasch in die Rolle der Schwester zu schlüpfen, um diesen erneuten Fauxpas wettzumachen.

„Ja, schon, warum?", fragte er verwundet und trat dabei einen Schritt zurück, als ob er Angst hätte, es käme jetzt doch eine Szene. ‚Er denkt wohl, ich bin total gestört', fühlte ich in diesem Augenblick und das ließ wieder meine Wut gegen mich selber in mir auflodern. Ich unterdrückte dieses Gefühl aber und sagte: „Ist doch toll, dass so viele Leute da sind, oder? Ich meine: ich wollte nur wissen, wie's dir geht, ob alles okay ist?"

„Aber ja, sicher. Wieso kannst du mich das nicht drinnen fragen?" Ich spürte, dass in seiner Stimme wieder der Zweifel und die Ungehaltenheit wach wurden. Ich bekam es plötzlich mit der Angst zu tun. Die Rolle der Mutter kam nicht an. Ich musste also wieder die Geliebte werden; und erneut schmiegte ich mich an seine Brust, diesmal bestrebt, dabei sein Hemd nicht zu zerknittern.

„Ich liebe dich", flüsterte ich; und fand mich dabei so rührend, dass ich zu weinen anfing. Er spürte es.

„Ach, Anna", sagte er und trat wieder einen Schritt zurück. Meine Tränen hatten auf dem grünen Hemd Flecken hinterlassen.

„Das ist nur Wasser“, sagte ich; in einem ärgerlichen Ton. Denn ich fühlte mich von ihm weggestoßen. Er muss meinen ärgerlichen Tonfall wahrgenommen haben; und nun ebenfalls bestrebt, keine Szenen zu machen, seufzte er und nahm mich erneut in eine Arme.

„Ich weiß, ich weiß“, sagte er. Das genügte mir. Diesmal überhörte ich den seufzend-verdrossenen Tonfall seiner Stimme. Er legte seine Hand auf meinen Kopf und streichelte mich. Das hatte er schon lange nicht gemacht; ich musste deshalb wieder weinen.

„Ach, komm schon“, sagte er, diesmal, wie ich spürte, amüsiert und zärtlich. Da flammte meine ganze Leidenschaft für ihn auf und ich drückte ihn so fest, dass er lachen musste.

„Du bist ja eine echte Schmusekatze, du“, sagte er, löste sich aus meiner Umklammerung und gab mir einen Kuss; ich antwortete, indem ich meine Zunge herausstreckte; er antwortete, indem er dasselbe tat. Und so küssten wir uns, ich mit geschlossenen Augen, ziemlich lange, während oben aus der Wohnung die Partymusik und das Gemurmel der Gäste drang.

„He, ihr zwei Turteltauben da unten!“, unterbrach uns Lulus Stimme. Ich war einen Augenblick lang wie berauscht; es war wie das Ohrensausen, nur sozusagen mit positivem Vorzeichen. Ich war so selig, dass mir nicht einmal mehr die Tränen kamen. In Gedanken sah ich Jaromir und Viktoria vor mir und hatte das Gefühl, über beide einen Triumph davongetragen zu haben.

„He, Hallo, Hausfrau, mehr Bier!“, rief Lulu lachend.

„Wo ist das verdammte Bier!“, lachte sie.

„Die ist schon besoffen“, flüsterte mir Julian zu. Der Umstand, dass er flüsterte, erregte mich sehr; denn die Verbindung, die ich durch sein Gespräch mit Amélie verloren glaubte, wurde dadurch wiederhergestellt. Wir waren wieder „wir zwei“, wir zwei gegen den Rest der Welt. Ich drückte ihm die Hand, drehte mich um und rief hinauf: „Im Eiskasten, du dumme Kuh!“

„Selber dumme Kuh!“, lachte Lulu hinunter; es war ihre Art, mich im Scherz, und zur Profanierung ihrer feministischen Tendenzen, „dumme Kuh“ zu nennen, wobei sie eigentlich der Ansicht war, dass keine Frau eine Kuh genannt werden dürfe und schon gar nicht eine dumme.

Der Kuss, den Julian und ich uns an diesem Abend im Innenhof bei den Mülltonnen gaben – und deshalb habe ich ihn geschildert – war der letzte dieser Art.

Wie bereits erzählt, gelangte man von unserer Küche aus in ein zweites kleines Zimmer, wo ich meine Staffelei aufgestellt hatte; nachdem gegen drei Uhr in der Früh schon fast alle Gäste gegangen waren, saßen Julian und Amélie, in ein Gespräch vertieft, auf dem kleinen Bett in diesem Zimmer, während ich, schon ziemlich müde, letzte Worte mit Viktoria wechselte. Jaromir war schon vor drei Stunden heimgegangen, weil er am nächsten Tag arbeiten musste. Ich begleitete Viktoria noch, die sich, weil sie leicht beschwipst war, torkelnd ihre Weste anzog, ins Freie, wo sie mich stürmisch umarmte und mir zuflüsterte, wie sehr sie mich und Julian beneide. Dann machte sie sich auf den Weg. Ich erinnere mich gut, wie ich ihr verwundert nachblickte; ihr, die ich vor wenigen Stunden selber noch so beneidet hatte. Nachdem sie winkend um die Ecke verschwunden war, stand ich noch eine Weile im Freien, bis mir plötzlich in den Sinn kam, dass Julian und Amélie ja noch immer in der Wohnung wären. Ich musste plötzlich schlucken und ich hatte das Gefühl, mein Mund würde ganz trokken. Mich überkam, von einem Auenblick auf den nächsten, eine entsetzliche Angst. Meine Knie zitterten, meine Hände wurden ganz schlaff und schwach und als ich das eiserne Geländer hinauf zur Haustür berührte, um mich festzuhalten, war mir, als schösse die ganze Kälte des Eisens durch meinen Körper. Es war wie ein überfallsartiger Schüttelfrost. Es war August, aber schon ziemlich kalt. Ich wunderte mich, woher die Kälte mich denn so unerwartet überkommen hatte. Ich blieb vor der Haustür stehen und, am ganzen Körper zitternd, begann zu lauschen. Ich legte mein Ohr an die Außentür, hörte aber nichts. Dabei wusste ich nicht einmal, worauf ich lauschte oder was ich eigentlich hätte hören sollen oder wollen. Der Kälteschauer klang allmählich ab und erinnerte mich an jene Kälteschauer der Liebe, die ich manchmal bei intimen Augenblicken, die aber kein Beischlaf waren, mit Julian verspürt hatte. Eine erneute Welle der Zärtlichkeit durchflutete dabei meinen Körper und ich fand mich ziemlich dumm beim Gedanken, Angst vorm Eintreten in meine eigene Wohnung zu haben. Wovor sollte ich denn Angst haben? Da öffnete ich ruckartig die Tür, trat ein und knallte sie hinter mir zu. Im selben Augenblick noch fragte ich mich, welchen Sinn dieses Zuknallen gehabt hätte; ich spürte, dass ich nicht zufällig so gehandelt hatte, sondern dass ein bestimmter Sinn dahinter stand; einer, der sich mir aber erst enthüllte, als ich, wieder mit zitternden Knien, mich dem Staffeleizimmer näherte, dessen Tür nur leicht angelehnt war. Aus dem Türspalt drang Licht. Es war mucksmäuschenstill im Zimmer, man hörte gar nichts. Ich versuchte meinen Atem zusammenzupressen. Dann hörte ich, wie mein Herz zu klopfen begann und spürte, wie es in meinen Ohren sauste. Da war es wieder, das Ohrensausen. Diesmal aber eines, wie ich wusste, das nichts Gutes zu bedeuten hatte. Ich erkannte es daran, dass es ‚hysterisch' sauste: es war ein klagevoller Ton; wie der Schrei eines Menschen, nach welchem dieser einen Hilfeschrei nachfolgen lassen will, ohne aber dazu die Kraft zu haben. Das war mir unheimlich. Mein Kopf brummte und ich hatte ernsthaft das Gefühl, ohnmächtig zu werden. Der Lichtspalt an der Tür blendete mich und ich stieß in einem Bewusstsein die Tür auf, das jenem ähnelte, welches ich beim Herausreißen des Messers aus der Küchenschublade gehabt hatte. Das, was ich sah, war so sehr eine Bestätigung dieses Bewusstseins, dass es mich nicht mehr schreckte, sondern mich fast über mich selber tröstete, als ob ich mir sagen wollte: ‚Schau, wie du recht gehabt hast. Du bist doch nicht so wahnsinnig wie du immer glaubst.'

Julian saß nackt im Bett; das gelbliche Licht des kleinen Zimmers beleuchtete seinen Körper; und das Sonderbarste an ihm war etwas, wovon mir schien, dass ich es niemals zuvor in dieser Art erfasst hätte: die mir gewaltig, ja fast grotesk erscheinende Größe seines Glieds, das, schlaff geworden, auf dem Bett gleichsam aufruhte. Mein Herz krampfte sich zusammen; ich war wie gebannt von seinem Glied, vor allem von der Vorstellung, die es in Verbindung mit meiner Angst vorhin erregt hatte; mein Herz pochte so stark, dass ich es bis in den Hals hinauf fühlen konnte. Ich verstand nichts, wäre nicht imstande gewesen, auch nur ein Wort zu sagen; ich war nur Auge. Ich sah alles und es prägte sich mir ein, als ob ich ein Foto stundenlang angestarrt hätte, um jedes Detail daran auswendig zu lernen. Amélie lag, ebenfalls nackt, so da, dass eines ihrer Beine auf Julians Oberschenkel ruhte. Ich stand in der Tür, sah, was ich sah. Die beiden blickten in meine Richtung. Dann schloss ich die Tür, ging, ohne zu denken, in einer Art „höheren Wissens", zum Vorzimmer, zog mir meine Schuhe an und begann meinen Spaziergang.

Ich dürfte wohl keine drei Stunden lang unterwegs gewesen sein, denn schon bald dämmerte der Morgen. Ich hatte die erwachende Stadt noch nie um diese Uhrzeit gesehen. Die Straßen lagen da, so ruhig und beschaulich und in ein zartes Rosenrot getaucht. Ich fühlte mich dabei frei. Ja, das war es, wie ich mich fühlte: frei. Ich bekam plötzlich Hunger und wollte auf mein Handy schauen, wie spät es wäre; ob denn schon die Bäckereien geöffnet hätten; und da erst fiel mir auf, dass ich das Telefon zuhause gelassen hatte. Ich ging durch die Rotenturmstraße. Kein Mensch unterwegs; nur die ersten Lieferantenautos standen da und dort herum und entluden ihre Waren. Ich bog in eine der vielen Seitengassen in der Nähe des Stephansdoms ein und fand eine geöffnete Bäckerei. Ich bestellte eine Topfengolatsche und einen Cappuccino. Ich nahm auf einem der Hocker jener Bäckerei Platz und verzehrte mein Essen. Dabei dachte ich an meine Zukunft. Ich sah sie ganz deutlich vor meinem inneren Auge: ich sah Bilder, Ausstellungen; ich sah mich selber vor meiner Leinwand stehen und malen. Während ich aß, erfüllte mich ein Gefühl hoffnungsfroher Beschwingtheit. Als ein alter Herr das Lokal betrat, lächelte er mir zu und wir unterhielten uns.

„Morgenstund hat Gold im Mund", sagte er und erzählte, dass er einen sehr frühen Termin bei seinem Zahnarzt habe, der ihn außerhalb der Ordinationszeiten empfange.

„Und da dürfen Sie vorher was essen?“, fragte ich. Und er erzählte mir, dass es sich nur um eine rasche Kontrolle, eigentlich nur so etwas wie eine Befundbesprechung, handle.

Als ich die Bäckerei verließ, hatte ich das seltsame Gefühl, nicht eigentlich ich selber zu sein. Das Bild, das sich mir beim Öffnen der Tür geboten hatte, war tatsächlich nur ein Bild gewesen, das aber nichts mit mir selber zu tun hatte. Ich hatte nur etwas gesehen. Ich hatte es in aller Deutlichkeit gesehen; Amélies roter Slip auf dem Boden, die unter Julians rechter Hand zerknitterte Bettdecke; sein mir grotesk groß scheinendes Glied, das an die Penisse römischer Satyren erinnerte; den halbgeschlossenen Vorhang im Zimmer; das Seidentuch, das ich am Vortag über die Staffelei geworfen hatte: alles, jedes Detail, hatte in meiner Seele zu leben begonnen; aber mehr wie in einem Traum, aus dem man verwundet erwacht, wobei man sich fragt, wie man um alles in der Welt so realistisch und bunt träumen kann.

Ja, es war mein Traum gewesen, keine Frage. Aber jetzt, spätestens nach dem Frühstück in der Bäckerei, war ich aus diesem Traum erwacht. Und da schien mir alles bis dahin Erlebte in einen Schmelz von Unwirklichkeit und Entrücktheit getaucht, sodass ich zeitweilig, beim Zurückgehen zu unserer Wohnung, das Gefühl hatte, unwirklich und irreal zu sein. Als ich beim Heimgehen vor einer Auslage stehenblieb und mich selber in dieser gespiegelt fand, erschrak ich. Ich kann mich erinnern: ich habe mich lange in dieser Auslage betrachtet und für einen kurzen Augenblick war mir, als ob ich meinen eigenen Namen vergessen hätte. Dann fiel er mir wieder ein: Anna. Ich sprach den Namen laut aus: „Anna".

Dann nickte ich und ich spürte, wie ich zu lächeln begann. Da überkam mich eine entsetzliche Müdigkeit. Die Sonne war aufgegangen, der Verkehr auf den Straßen hatte eingesetzt und als ich die Wohnung erreichte, fühlte ich mich wieder klein, schmutzig, ungewaschen und dreckig. Mein Bedürfnis nach Sauberkeit hatte mir das Bild der Dusche und meines Betts in den schönsten Farben ausgemalt. Da fiel mir ein, dass es ein Sonntagmorgen war; ich wunderte mich über die Lieferautos und fragte mich, welche Geschäfte wohl am Sonntag Lieferungen empfingen. Diese Frage ging mir, wie ein Ohrwurm, nicht mehr aus dem Sinn. Ich betrat die Wohnung. Ich sah Julian in jenem Bett liegen, wo er und Amélie Liebe gemacht hatten. Aber keine Amélie. Ihre Schuhe und ihre Jacke waren weg. Julian lag allein in dem Bett und schlief.

Ich stellte mich unter die Dusche, dann zog ich die Vorhänge in der ganzen Wohnung zu; betrachtete das Durcheinander der Party mit einem Gefühl von Traurigkeit und Ekel und legte mich in Julians und mein Bett. Da lag ich, allein. Ich starrte auf die

Decke und spürte nichts mehr; nur Müdigkeit, entsetzliche Müdigkeit. Ich erinnerte mich an ein Gedicht, das ich einmal gehört hatte: „Schlafen, schlafen, nichts als schlafen, kein Erwachen, keinen Traum.“ Ich versuchte mich zu erinnern, von wem diese Zeile stammte; dieser Denkversuch verdrängte die Frage nach den Lieferantenautos.

Ich wollte mir Tränen entlocken, aber meine Augen blieben ganz trocken. Dann drehte ich mich zur Seite und merkte, dass da der Tisch mit den ganzen Essensresten herumstand. ‚Nur schlafen, nur schlafen‘, fühlte ich und irgendwann spürte ich, wie ein elektrisches Zucken durch meinen Körper fuhr; dann eine wohlige Wärme an meinen Füßen, ein Kribbeln in den Händen und an meiner Scham, sodass ich meine rechte Hand zwischen die Beine steckte und die Wärme genoss, die allmählich auf die erkaltete Hand überging; und dann schlief ich ein.

7

Spätestens nach dieser Nacht war auch mir klar, dass wir getrennte Leute waren. Würde man aus dieser Erkenntnis jedoch schließen, ich hätte am nächsten Tag meine Koffer gepackt und hätte Julian verlassen, so hätte man ein verkehrtes Bild der Lage. Mehrere Monate noch lebten wir unter einem Dach, in einer angesichts des Geschehenen beinah grotesken Eintracht, die nur dadurch ein wenig getrübt wurde, dass wir in verschiedenen Betten schliefen, ich in unserem Doppelbett, Julian in dem kleinen Bett, wo er mit Amélie geschlafen hatte. Wir wachten morgens auf, frühstückten gemeinsam, besprachen die Dinge des Tages und fühlten uns – zumindest ich fühlte mich so – wie zwei Reisende am Bahnhof, die wissen, dass sie bald weiterfahren müssen, die an der Fahrt jedoch durch wetterbedingte Umstände gehindert werden, sodass sie, eingeschneit und von der Außenwelt abgeschnitten, wohl oder übel, aber auch nicht ganz freudlos, unterm selben Dach miteinander auskommen müssen.

Die Phase dieser seelischen Bahnhofsexistenz dauerte, wie gesagt, einige Monate, die nicht einmal zu den schlimmsten mit Julian gehörten. Wir gingen – gerade so, als ob wir ganz genau wüssten, dass wir es nachher nicht mehr so tun würden – in dieser

Zeit einige Male ins Kino, ein paar Mal gut essen und machten sehr einträchtige Spaziergänge im Prater und in den Steinhofgründen am Wilhelminenberg. An einen dieser Spaziergänge erinnerte ich mich noch sehr gut: es wurde Abend, während wir in dem großen Areal herumgingen.

Wir saßen noch auf einem Holzstrunk inmitten der weitläufigen Wiese, von der aus man an klaren Tagen den Schneeberg sehen kann. Es dämmerte also; Zwielicht breitete sich aus; vereinzelte Jogger liefen allmählich zum Ausgang des Parkareals, während sich Julian an mich lehnte und ich auf den Mond schaute, der, unerwartet fast, hinter einer Wolkenwand hervorkam. Er lehnte sich nur an mich; aber wir fassten uns nicht an den Händen, wie wir es noch wenige Wochen davor getan hätten. Dann, als ob er merkte, was er tat, rückte er von mir ab und schlug vor, dass auch wir endlich heimgehen sollten. Wir waren uns also nahe; lebten aber in der Gewissheit, dass wir uns, als ob ein Gesetz es verbieten würde, nicht mehr berühren durften. Je länger dieser Zustand des Berührungsverbots andauerte, als desto unerträglicher empfand ich unsere Lage; nicht nur weil ich solch verzehrende Sehnsucht gehabt hätte nach Julians Nähe; sondern weil ich Mitleid mit uns beiden zu empfinden begann. Ich fand uns erbärmlich und fühlte, dass ich unserer Lage ein entschiedenes Ende setzen musste, zumal Julian zu diesem Schritt anscheinend nicht imstande war; sei es aus Rücksicht mir gegenüber, sei es aus Feigheit, weil er nicht derjenige sein wollte, der die Entscheidung träfe, kurz: bei einem unserer Spaziergänge im Prater bat ich ihn, dass er sich auf eine Bank setzen solle; ich hätte ihm etwas zu sagen. Und da sagte ich, dass wir endgültig Schluss machen müssten, denn so ginge es nicht mehr weiter. Wir könnten, sagte ich, noch die nächsten dreißig Jahre so verbringen; und es wäre nicht einmal unbehaglich, wenn wir in dem Wissen lebten, nicht allein zuhause zu sitzen, sondern immer jemanden an der Seite zu haben, mit dem man reden könnte; aber ich empfände, sagte ich, die Lage deshalb allmählich als untragbar, weil ich das Gefühl verspürte, wir hätten uns etwas zu sagen, ohne aber imstande zu sein, uns zu öffnen; weil so etwas wie eine unerwartete Schamhaftigkeit über uns beide gekommen sei, die es uns verbiete, zu sprechen. Julian nickte die ganze Zeit, als ob er sagen wollte ‚Ja, genau dasselbe habe ich mir auch gedacht.' Das Einverständnis, das wir an jenem Nachmittag auf der Parkbank empfanden, war natürlich Versuchung und Hoffnung in einem. Versuchung, weil mir schien, dass, wenn wir uns so gut verstünden, ja eigentlich kein Anlass bestehe, die Beziehung zu beenden; und Hoffnung, weil ich nun einmal inständig hoffte, dass jenes Gefühl der Freiheit, das ich an jenem Morgen, da ich allein in der Stadt spazieren gegangen war, nachdem Julian und Amélie miteinander geschlafen hatten, keine Illusion gewesen sein möge. Ich hatte sozusagen Geschmack an dieser Freiheit gefunden. Es war nicht so, dass ich Julian, den ich noch vor wenigen Monaten wie meinen Gott geliebt hatte, nun einfach „abservieren" würde, nur weil er sich einmal als untreu erwiesen hatte; ich wäre durchaus imstande gewesen, diese Untreue zu ertragen. Zumindest scheint mir das heute so. Nein, es war vielmehr der leise Verdacht, dass wir beide, je länger wir außerstande wären, durch eine konkrete Handlung das Geflecht des Schweigens zu durchbrechen, umso mehr uns ins Geflecht der Lüge verstricken würden; und davor hatte ich am meisten Angst. Denn ich hatte Julian aus ganzem Herzen – so schien es mir damals zumindest und auch heute, trotz aller Analyse meiner Zustände, bin ich mehr und mehr der Ansicht, dass, wenn man alle meine krankhaften Zustände subtrahiert, dabei ein Kern wahrer Zuneigung und Liebe übrigbleibt – geliebt und hätte es nicht ertragen, mit dem Mann, den ich liebte, lügenhaft unter einem Dach zu leben; da war es mir lieber, ohne ihn zu leben, dafür aber wahrhaftig zu sein: sowohl mir als auch ihm gegenüber. Als wir auf dem Holzstrunk in den Steinhofgründen saßen, wurde mir das beim Anblick des Mondes klar. Ich weiß nicht, was es war, was mich in diesem Augenblick überkam oder erfüllte: aber irgendwie beschlich mich das Gefühl, dass ich nicht in einem Zustand der Unreinheit leben könne, wo es doch so etwas Reines wie den Mond gab und immer geben wird. Für einen kurzen Augenblick beneidete ich den Mond. Das klingt womöglich etwas skurril oder pathetisch; aber ich möchte damit eigentlich nur ausdrücken, dass ich beim Anblick des Mondes etwas verstanden hatte, was mir bis dahin verschlossen gewesen war. Das war in den Steinhofgründen.

Julian willigte, auf der Bank im Prater sitzend, in meine Entscheidung ein, wir gingen nachhause und waren beide, nachdem wir unsere Entscheidung getroffen hatten, der besten Laune. Wir machten etwas, was wir schon lange nicht mehr gemacht hatten und was für einen Außenstehenden wohl ebenso skurril erscheinen wird wie das mit dem Mond: wir kochten gemeinsam, setzten uns auf unser Doppelbett und schauten uns, als wäre nichts gewesen, einen Film an. Waren wir noch vor wenigen Stunden als schweigsames Paar in den Park gegangen, so saßen wir jetzt als lachende Freunde (es war eine Komödie) auf dem Bett und aßen dabei unsere Spaghetti. Trotzdem: diese auch für mich im Nachhinein fast kitschig anmutende Eintracht darf nicht darüber hinwegtäuschen, dass die nächsten Wochen und Monate schwierig waren. Nachdem ich Claudias Zusage erhalten hatte, dass sie mit mir eine Wohnung teilen wolle, rief mich Hermine an, dass wir beide in ihre alte Wohnung umziehen durften; in diejenige, wo ich jetzt sitze, um diese Zeilen zu schreiben.

Mein Vater hatte einen Kastenwagen gemietet, um meine Habseligkeiten zu transportieren. Ich zog also um, Julian blieb in seiner eigenen Wohnung und damit waren wir räumlich getrennt. Diese

Trennung hinderte uns aber nicht daran, uns sonntags manchmal in der Stadt auf einen Kaffee zu treffen. Wir trafen einander gerne, weil wir – nachdem die Entscheidung getroffen worden war und damit das Schweigen ein Ende gefunden hatte – uns viel zu erzählen hatten. Aber auch eine Aussage wie diese läuft Gefahr, das Bild einer beneidenswerten Eintracht heraufzubeschwören, wie sie vielleicht nur in wenigen Minuten bestanden hat; wenn wir uns neckten; wenn wir uns über unsere alten Gewohnheiten lustig machten; wenn wir auf Dinge anspielten, die nur wir beide wussten. Kurz aber nach solchen Anspielungen und Neckereien wurden wir beide wieder schlagartig ernst, als ob wir gespürt hätten, einer gefährlichen Grenze zu nahe gekommen zu sein. Wir saßen eines Morgens in einem Café, als ich nach dem Zuckerstreuer griff und ihn, wie ich das meistens mache, schüttelte, bevor ich den Inhalt behutsam in meinen Kaffee schüttete. Julian neckte mich, indem er mich anschubste und „alte Neurotikerin" nannte; das hatte er zuhause auch immer gemacht. Ich musste unweigerlich lächeln. Dann spürte ich, wie ich plötzlich eine ernste Miene aufsetzte und sah aus dem Augenwinkel, dass auch Julian ganz ernst wurde, wobei er diesen Ernst mit einer politischen Darstellung, in der ich ihn mit meinem Zuckerstreuergeschüttel unterbrochen hatte, aufrecht zu erhalten suchte. So sehr ich die Augenblicke der Neckereien sentimental genoss, so sehr verdross mich unser schreckhafter Ernst; weil er mir vor Augen führte, dass noch so manches unausgesprochen in der Luft lag. Es mussten – und das wusste ich damals noch nicht – Jahre vergehen, ehe wir auch diese ungemütlichen Ungereimtheiten auszusprechen wagten, ohne dabei Scham zu empfinden, zu erröten oder auf andere Themen zwangsweise auszuweichen. Solange wir das aber taten, fühlte ich mich unbehaglich, weil mir diese Szenen unmittelbar und unmissverständlich vor Augen führten, dass wir aufgrund meiner Entscheidung getrennt waren. Ich hatte die Entscheidung gefällt; fühlte mich aber deshalb an manchen Tagen nicht weniger einsam. Ich zog diese Einsamkeit der angespannten Lügenhaftigkeit zwar vor; trotzdem fragte ich mich, ob ich denn nicht überstürzt gehandelt hatte und inwieweit meine Entscheidung die Folge verletzter Eitelkeit gewesen war. Heute weiß ich, dass ich richtig entschieden habe; in den ersten zwei Jahren nach unserer Trennung jedoch plagte mich oft der Gedanke, dass ich genauso dumm gehandelt haben könnte wie viele, die gleich nach der ersten Streitigkeit das Handtuch werfen und sich woanders Trost suchen, wie trotzige, liebesbedürftige kleine Kinder. Der Gedanke, ebenso ein kleines, trotziges Kind zu sein und damit um keinen Deut besser als alle anderen Menschen, die jedes halbe Jahr ihren Partner wechseln, kränkte mich; er kränkte mich sehr, weil ich bis dahin gedacht hatte, ich sei selbstständig, könne auf meinen eigenen Beinen stehen und bedürfe keiner Liebesbekundungen wie erniedrigte und beleidigte Menschen, die mehr Liebe brauchen als dass sie fähig wären, Liebe zu geben. Ja, es kränkte mich, weil – wie ich erzählt habe – ich ja bisher solche Freude daran gehabt hatte, Liebe zu schenken; und jetzt, da sich mir einmal die Gelegenheit geboten hätte, sie zu schenken und die Kraft meiner Herzensgröße zu beweisen, hatte ich versagt. Dann aber dachte ich wieder: Nein, ich habe nicht versagt, denn Julian hat getan, was er getan hat; und was er getan hat, hatte einen Grund; und ich war die Stärkere von uns, aus diesem Grund die uns beiden vorteilhafteste Konsequenz zu ziehen. Dann aber nahm wieder der andere Gedanke überhand und so ging das mehrere Jahre lang. Dabei zweifelte ich wesenhaft an meiner Liebesfähigkeit, von der ich gedacht hatte, sie sei beinah übermenschlich. Wie gesagt: es kränkte mich, wie eine Frau gehandelt zu haben; ich hätte am liebsten gehandelt wie ein Priester vor seinem Gott. Was mich kränkte, fühlte ich, war die Tatsache, dass ich eine Frau war, der eine andere Frau vorgezogen worden war. ‚Das also ist die Liebe?', fragte ich mich und da merkte ich, dass die Liebe von uns Menschen etwas dermaßen Kleinkariertes an sich hat; sodass ich beschloss, mich der Liebe in Zukunft gänzlich zu verschließen; denn meine Handlungsweise hatte nicht dem Ideal entsprochen, dass ich mir von mir selber und meiner Kraft zur Liebe gebildet hatte.

Dieser Entschluss wurde durch den konkreten Umstand bestärkt, dass durch das wiedergewonnene

Gefühl der Freiheit auch meine eigenen Fähigkeiten nach Entfaltung verlangten. Überdies hatte ich ein schlechtes Gewissen, da ich oft dachte, ich hätte nur mit Julian Schluss gemacht, weil ich in Wirklichkeit eine böse Hexe und Egoistin sei, der ihre Bilder und ihre Kunst wichtiger sind als ihr Partner. Ich verspürte seit Langem wieder Lust auf Malen. Meine Skizzenbücher füllten sich; es entstand eine richtige Unordnung an Material, die ich erst einmal bändigen musste. Ich legte neue Hefte und Mappen an, mistete aus, tat also all das, was ich immer tat, wenn ich etwas Neues in Angriff nahm; diesmal nur mit dem Unterschied, dass ich, abgesehen von den Stunden mit Claudia, die ganze Zeit der Welt für mich selber hatte.

Ich besuchte wieder regelmäßig die Vorlesungen, kümmerte mich darum, das Versäumte nachzuholen, verschaffte mir einen Überblick über die Semesterstruktur, die Pflichtfächer und Kurse und zwang mich, nachdem ich einen genauen Plan erstellt hatte, diesem penibel zu folgen. In diesem Plan habe ich drei Jahre gelebt. Er bestand hauptsächlich darin, mein eigenes Fortkommen zu gewährleisten, ohne Abweichungen zu dulden. Er hatte etwas Striktes und Neurotisches an sich; er half mir, das innere Schwanken im Zaum zu halten und verschaffte mir jene Arbeitsruhe, die ich als Künstlerin brauche. Ich ging auf keine Partys und Feiern mehr, ich folgte einem genauen Zeitplan, mit der Folge freilich, dass, je penibler ich auf meine Tagesstruktur erpicht war, mich das Gefühl beherrschte, die Zeit zerrinne mir zwischen den Fingern. Je genauer ich meine Zeit einteilte, desto mehr hatte ich das Gefühl, sie scheue und galoppiere davon. Ich war wieder, ohne es zu merken, in das Muster meiner Jugendjahre verfallen. Vorbei die Zeiten, da man sechs Stunden im Wald spazieren gegangen war und dabei gedacht hatte, es wären nur zwei Stunden vergangen; vorbei auch die Zeiten, da ich Julian stundenlang einfach nur hätte anschauen können, ohne zu merken, wie die Stunden zerrinnen. Jetzt galt ein anderes System: ich musste das Verpasste nachholen, ich hatte mir zu diesem Zweck eine genaue Tagesplanung und Studienplanung erstellt und jeder Mensch, auch meine mir Liebsten, begann ich als Hindernis zu betrachten. Hatte ich früher noch manchmal beim Gespräch mit Ferdinand oder meiner Mutter die Stunden achtlos vergeudet, spürte ich, wie eine Uhr unaufhörlich tickte. Ich dachte dabei entweder an meine in Arbeit befindlichen Werke oder an andere zu erledigende Pflichten. Ich verschloss mich vor der Außenwelt, aber keineswegs wie gekränkte Menschen, die die Vorhänge zuziehen und solange Heavy-Metall-Musik hören, bis sie wahnhafte Halluzinationen haben, wie Lulu es eine Zeitlang gemacht hatte, sondern eher wie Mönche, die auf der Stelle nervös werden, wenn das Mittagessen fünf Minuten länger dauert als geplant: je genauer der Mensch nach der Uhr lebt, desto unausstehlicher wird er; sowohl sich selbst als auch anderen gegenüber. Ich wusste das und erfuhr es bald am eigenen Leib; aber es war mir egal, denn ich hatte ein Ziel: ich wollte Künstlerin werden. Und ich wusste, dass ich dieses Ziel, Kunst zu machen, niemals erreichen würde, wenn ich keinen Mut hätte, unausstehlich zu sein. Dabei empfand ich mein neues Leben und meine neue Zeiteinteilung nicht als unausstehlich. Ich genoss es, früh aufzustehen und störungslos an meinen Bildern zu malen oder in die Pflichtveranstaltungen zu gehen, mit dem Ziel, das Studium zu beenden. Ich genoss es so sehr, dass mich an Wochenenden manchmal ein Gefühl der Leere und Langeweile überkam, die in Unruhe überging, aus der heraus, im besten Fall, wieder neue Bilder erwuchsen. Dass diese Unruhe etwas Positives und Lebensförderndes an sich hatte, merkte ich daran, dass, wenn ich mich selbst befriedigte, diesem Vorgang nicht mehr, wie noch in der Schulzeit, Überdruss und Ekel folgten, sondern tatsächliche Entspannung. Deshalb tat ich es auch sehr selten, um die Augenblicke der Entspannung voller genießen zu können; ich musste mich dabei auch nach Claudia richten, denn ich wollte es nicht tun, wenn sie in der Wohnung war. Ich wollte diese Momente der Entspannung ganz und gar genießen, sie auskosten und sie mir sozusagen als kleine Geschenke nach einer harten Arbeitswoche gönnen.

Meine Freundinnen begannen mich für das zu beneiden, wofür sie das Wort „Disziplin“ hatten.

Lulu, die künstlerische Aspirationen gehabt hatte, ohne über diese „Disziplin“ zu verfügen, beneidete mich am meisten; mal neckte sie mich deshalb, mal wurde sie richtiggehend garstig und boshaft zu mir. Aber das machte mir nichts aus, denn ich wusste, was ich wollte; boshafte Kritik perlte an mir ab und berechtigte Kritik nahm ich begierig auf, weil ich wusste, dass dadurch mein Werk gefördert würde. Der Umstand, dass ich berechtigter Kritik mit teilnehmender Offenheit begegnete, war mir immer wieder eine freudige Bestätigung dafür, dass ich mit einem Bild den richtigen Weg eingeschlagen hatte; wenn ich hingegen ein Bild herzeigte und ich die Kritik, sollte sie auch berechtigt gewesen sein, als boshaft oder als gegen mich gerichteten Angriff empfand, dann wusste ich, dass etwas mit dem Bild nicht stimmte; dass die Kritik sozusagen nur eine wunde Stelle in mir selber aufgerissen hatte, die aber nur wund war, weil ich selber unbewusst sehr gut wusste, mit dem Bild etwas Falsches getan zu haben. Deshalb war mir Kritik jeder Art recht: wenn ich sie ertrug, spürte ich, dass das Bild gut werden würde; wenn ich sie nicht ertrug, dann wusste ich, dass ich die Leinwand wegwerfen oder übermalen und etwas Neues anfangen musste. In dieser Art vergingen drei Jahre. Die Zeit verlief rückblickend schnell; manchmal hatte ich auch das Gefühl, dass die Tage in nur wenigen Stunden vergingen: vor allem, wenn ich vormittags gemalt hatte. Denn während ich malte, befand ich mich in einem Zustand der Versenkung, in welchem es für mich kein Gefühl der Zeit gab; deshalb erschrak ich oft, wenn ich wusste, dass ich um sieben Uhr in der Früh mit einem Bild begonnen hatte und es plötzlich dreizehn Uhr war. Die sechs Stunden waren wie in einer Stunde vergangen. Beim Malen widerfuhr mir also dasselbe, was mir damals mit Julian im Wald widerfahren war; und das bestätigte nur meine Ahnung, dass ich mit Liebe tat, was ich tat. Das gab mir einerseits Kraft, erfüllte mich aber auch mit einem Gefühl der ängstlichen Verantwortung: es besser und besser zu machen, genauer zu planen, vorsichtiger vorzugehen und es nie zu überstürzen. Die Zeit verging wie im Fluge; dann aß ich, dann fanden vielleicht die Kurse statt; und schon war es Abend und der Tag war in sozusagen vier Stunden wieder vorbei. Das erschreckte mich manchmal wirklich sehr und ich fürchtete mich deshalb eine Zeitlang vor den Abenden, weil ich sie mit nichts anderem verbringen konnte, als auf den Morgen zu warten; wodurch ich, vor lauter Aufregung und Vorfreude, eine Zeitlang schlaflose Nächte hatte, sodass ich wiederum nur unkonzentriert arbeiten konnte. Ebenso wie ich mich in die Liebe zu Julian „gestürzt" hatte, stürzte ich mich in meine Kunst. Das Muster von Anspannung und Kollaps drohte mich wieder zu überrollen; und obgleich ich ein Leben ohne Partys und Ausgehen, ohne flüchtige Bekanntschaften und neue Freunde lebte, lebte ich in gewisser Weise im Exzess. Äußerlich machte ich diesen

Eindruck sicherlich nicht; aber in mir ging es zuweilen drunter und drüber. Ich war oft fahrig, nervös, ungeduldig und eilig; ich nahm mir wenig Zeit für meine Kontakte, begann überdies wieder mit dem Rauchen und vernachlässigte meine Familie. So heroisch wie ich mich zu Beginn mit Julian gefühlt hatte, empfand ich mich auch jetzt; nur mit dem Unterschied, dass mir bewusst war und dass ich mich damit tröstete, dass dieser Heroismus zumindest nicht unfruchtbar war.

Julian und ich trafen uns noch manchmal zum Kaffeetrinken oder Essen; aber ich war dank meiner künstlerischen Bemühungen ihm gegenüber vollkommen abgekühlt. Das machte mir sogar Spaß, denn ich sah Dinge an ihm, die ich früher nie gesehen hatte, weil ich in einem Rausch der Liebe gelebt hatte; so sah ich einige seiner Fehler, Eigenheiten und merkte auch, dass er zwar ein schöner Mensch war, aber auch nicht perfekt. Er bekam allmählich Geheimratsecken. Das stand ihm zwar nicht schlecht; aber ich musste innerlich darüber lächeln; mehr vielleicht darüber, dass ich es sah und wahrnahm als darüber, dass Julian Haare verlor. Ich spürte, wie der skeptische Blick sich von Tag zu Tag auch auf die anderen Dinge und Menschen in meiner Umgebung bezog: ich sah in der Beziehung meiner Eltern Zustände, die ich früher nicht gesehen hatte, weil ich zu sehr mit meinen eigenen Gefühlen und Zuständen beschäftigt gewesen war; und auf einmal wurde mir auch Hermines und ihres

Gatten Lebenslage klar. Dieses klare Sehen tat zwar gut; aber es zermürbte mich manchmal, sodass ich immer mehr Abstand von den Menschen brauchte, um sie nicht bemitleiden zu müssen. Mein altes, großes Problem trat dabei auf den Plan: das Mitleid. Hatte ich es früher als schmerzhaft empfunden, kam es mir beim Verständnis der Menschen entgegen; es konnte sich noch immer zu einem Schmerz auswachsen, aber nicht zu einem mich erschlagenden Schmerz, da ich lernte, früh genug dagegen anzukämpfen, indem ich mich entzog oder mir bewusst machte, dass es vielen Menschen so gehe wie denen, die ich glaubte bemitleiden zu müssen. Dabei trat eine weitere wichtige Beobachtung auf: dass ich, je mehr ich mir meines eigenen sozusagen glücklichen und privilegierten Lebens bewusst wurde, umso mehr fähig wurde, andere zu bemitleiden, denen es nicht so ging wie mir. Hatte ich früher, als junges Mädchen, mehr mich selbst bemitleidet, sodass das Mitleid sich mehr auf meine Lage bezog als auf die tatsächliche der anderen Menschen, so spürte ich, wie das Mitleid allmählich mich dazu befähigte, gleichsam aus mir herauszutreten (ähnlich wie beim Malen, wo ich mich selbst vergaß und dadurch auch das Gefühl für die Zeit vollkommen verlor) und wirklich nur das zu sehen, was „da" war und nicht das, was ich in die anderen Menschen hineininterpretierte. Man könnte einwenden, dass ich hier „Mitleid" und „Skepsis" zusammenwerfe und verwechsle; aber das stimmt nicht. Skepsis, so empfand ich es, war bloß die Brille, durch die ich die Dinge überhaupt erst sah; Mitleid war das Gehirn, das die angeschauten Objekte verarbeitete. Vielleicht hinkt dieses Beispiel. Was ich damit aber sagen möchte, ist einfach: vermittels der Kunst, die ich ausübte, war und bin ich prädestiniert dazu, genauer hinzusehen.

Jedenfalls, um nicht abzuschweifen: so vergingen die drei Jahre, arbeitsreich, in seelischer Verschlossenheit, dabei aber alles andere als unglücklich; im Gegenteil, sehr glücklich darüber, keinen Freund zu haben, keine Beziehung führen zu müssen und so viel wie möglich allein zu sein, um nachzuholen, was ich versäumt hatte, um zu lernen, zu studieren, um zu malen und zu arbeiten. Das Gefühl der Freiheit, das ich an jenem Sonntagmorgen nach der Entdeckung von Julian und Amélie empfunden hatte, verwirklichte und konkretisierte sich in den darauffolgenden drei Jahren; meine Freundinnen verstanden nicht, wie ich so asketisch und streng leben konnte und ich freute mich darüber, dass sie mich um dieser Verschlossenheit willen beneideten und bewunderten; mein Gefühl hatte mich nicht getrogen. Und weil mich mein eigenes Gefühl nicht betrogen und getrogen hatte, konnte ich gar nicht anders, als in dem Bewusstsein zu leben, das Richtige zu tun. Es kam niemand auf die Idee, mich für das, was ich tat, ernsthaft zu kritisieren; und wenn jemand einmal doch ein leicht kritisches oder neidisches Wort fallenließ, dann störte es mich nicht: was mir wieder ein Beweis dafür war, dass ich mich richtig entschlossen hatte.

Nach Ablauf von diesen drei Jahren lud Linda, Ferdinands heutige Frau, zu einer Feier zum Anlass ihres dreißigsten Geburtstags ein. Ich konnte natürlich nicht absagen und hatte diesmal auch keine Lust; ab und zu hinauszukommen, sagte ich mir, schade nicht; also fuhr ich mit Ferdinand nach Gumpoldskirchen, wo – es war August und sehr warm – die Feier mitten in den Weinbergen in vollem Gange war. Linda ist aus gutem Hause; ihre Eltern besitzen eine Villa in Wien-Döbling; und das sah man den Feiernden deutlich an. Ich kam mir unter all diesen wohlsituierten, gut angezogenen, gemessen und zugleich so ausgelassen plaudernden Menschen deplatziert vor. Ich ließ es mir aber nicht anmerken, erstens, weil ich Linda keine Umstände machen wollte und zweitens, weil, wie gesagt, ich lange nicht mehr aus meiner Wohnung gekommen war und infolgedessen mir dieses ganze Getue auch nicht viel ausmachte, im Gegenteil, es amüsierte mich, solange ich nur eine Zuschauerin blieb. Weiße Partyzelte standen auf einer weiträumigen Wiese, die Teil eines Grundstücks war, an dessen unterem Ende sich, gegen das Tal hin, eine Heurigenwirtschaft befand. Alles, was bei solchen etwas gehobeneren Feiern geboten werden musste, wurde geboten: Weinverkostungen, Häppchen, Aperitifs, Live-Musik; eine Tanzbühne gab es; die Gäste, nachdem Lindas Vater eine kleine Rede gehalten hatte, zerstreuten sich in behaglicher Plauderseligkeit über das gesamte Areal. Das reichhaltige Essen war natürlich gratis und die Stimmung wurde vor allem durch die schöne Landschaft beherrscht, die Hügel, die Weinberge, den anbrechenden Abend, den man mit roten Lampions, die zwischen die Partyzelte gespannt waren, begrüßte. Es war eine für meinen Geschmack etwas zu „aufgedonnerte" Veranstaltung, die durch den Anlass, fand ich damals, nicht wirklich gerechtfertigt wurde. Ich begann schon so etwas wie Mitleid mit meinem Bruder zu empfinden: wenn Lindas Geburtstag schon so groß begangen wird, sagte ich mir, wie werden ihre Eltern dann erst die Hochzeit aufführen?

Ich stand, ohne Begleitung, wie dies damals meiner mir sehr genehmen Lebenslage entsprach, bei einem Grüppchen von Lindas Freunden, sodass ich unweigerlich in ein Gespräch mit einem Herrn verwickelt wurde, den mir Laura, Lindas Schwester, als Markus Ebental vorgestellt hatte. Es war schon längst dunkel geworden, die Lampions leuchteten, die Livemusik spielte auf und, wenn man sich etwas abseits begab, hörte man die Grillen zirpen. Ich hatte eigentlich schon vor einer Stunde nachhause fahren wollen, denn es wartete, wie immer, ein Bild auf mich. Ich wollte am nächsten Tag, einem Sonntag, daran weiterarbeiten; und war deshalb in jene Unruhe verfallen, wie sie mich immer befällt, wenn sich mir lästige gesellschaftliche Situationen künstlich in die Länge ziehen. In dieser Unruhe unterhielt ich mich also mit Herrn Ebental, indem ich versuchte, möglichst nett und freundlich zu lächeln, ohne dabei ständig an die Uhr zu denken. Ich merkte, dass Markus Ebental, der fünf Jahre älter als Linda war, also siebenunddreißig, mich die ganze Zeit auf eine sehr seltsame Art und Weise angeschaut hatte; in einer Mischung aus galanter Höflichkeit und vorsichtigem Flirt. Ich war auf diesen Blick nicht eingegangen, außer man fasst meinen Versuch, freundlich und nett zu sein, als unbewusste Antwort auf jene Sympathie auf, die Markus mir entgegenzubringen schien. Er war charmant, denn er fragte mich, nachdem er sich vorgestellt hatte, ob wir uns duzen oder siezen sollten. Diese charmante, etwas altmodische Art gefiel mir. Aber nicht, weil mir Markus gefallen hätte; das wäre eine falsche Schlussfolgerung; sondern weil diese Frage jener seelischen Distanziertheit, die ich in den letzten Jahren um meines Fortkommens willen errichtet hatte, entsprach. Ich dürfte wohl auf seine Frage hin sehr sympathisch gelächelt haben; woraufhin er mein Lächeln wohl falsch ausgelegt haben dürfte, weil es in den nächsten zwei Jahren nicht bei diesem Lächeln geblieben war. Ich hatte also den ersten Fehler gemacht und hatte, durch meine distanzierte Unbedachtheit sozusagen, einen Stein ins Rollen gebracht, ohne zu merken, was ich tat. Ich unterhielt mich also mit Markus Ebental; dabei stellte sich heraus, dass er seit einem Jahr Lehrer an einem berühmten Wiener Privatgymnasium war; er unterrichtete Geschichte und Deutsch, las gerne Thomas Mann und – dies erfuhr ich von Linda – schrieb selber Gedichte im Stil von Rilke. Linda schien, was ich erst bei der Heimfahrt nach Wien mit belustigtem Missmut merkte, mich mit Markus verkuppeln zu wollen. Und es ist ihr, zumindest bis zu einem gewissen Grad, gelungen; was ich ihr, im Nachhinein, gar nicht zum Vorwurf machen will; denn sie war zu diesem Zeitpunkt glücklich: sie wurde gefeiert, war frisch in Ferdinand verliebt und konnte nur davon ausgehen, dass auch alle anderen ähnlich dachten und fühlten wie sie. Und da ich, ihrer Meinung nach eine schöne, junge Frau, keinen Freund hatte, war es geradezu ihre Pflicht, mir so einen zuzuschanzen. Kaum war ich zuhause, ärgerte ich mich über diese Verwicklungen, denen ich, wie mir schien, noch gerade rechtzeitig entkommen war; denn eine neue Beziehung war das Letzte, was ich gerade brauchte. Ich wusste nicht viel; so wusste ich etwa nicht, wie es mit meinen gerade in Arbeit befindlichen Werken weitergehen würde; oder in welche Richtung mich das Leben, was meine Kunst betraf, noch stoßen und führen würde und das war schließlich alles, was mich interessierte. Sehr wohl wusste ich, dass für mich noch lange nicht die Zeit gekommen war, eine neue Beziehung einzugehen, zumindest keine feste, da mir jede Art der Bindung als eine potentielle Gefahr für meine Kunst erschien, die ich mit allen Mitteln halten, verteidigen und fördern musste. Allein die Vorstellung, es wieder mit einem Mann zu versuchen, versetzte mich angesichts des mit Julian Erlebten in Angst und Schrecken. Ich hatte Julian wie eine Wahnsinnige geliebt; er hatte meine Gedanken und Gefühle derart in Beschlag genommen, dass weder Zeit noch Kraft für andere Tätigkeiten übriggeblieben waren. ‚Nein', sagte ich mir, ‚so etwas darf nicht mehr geschehen.' Wenn ich mit Claudia oder Lulu über dieses Thema sprach – und das tat ich wirklich selten, – dann waren sie der Ansicht, ich fürchte mich bloß vor einer neuen Bindung; dass sie nicht zu verstehen schienen, dass es weniger Furcht war, als der Versuch, Ordnung in mein durch die Liebe durcheinandergeratenes Leben zu bringen, ärgerte mich. Nach solchen Gesprächen beschlich mich das Gefühl, Lulu und Claudia hätten gar keine Ahnung von der Liebe; darüber, mit welcher Kraft und Gewalt sie einen am eigenen Leben hindern kann. Leicht haben sie reden, dachte ich oft, mir eine neue Beziehung aufzuschwatzen: wenn sie wüssten, wie mich das Zusammensein mit einem Mann zermürbt hat, würden sie nicht so reden. Ich war also nicht nur verärgert, sondern empfand auch schmerzlich die Unfähigkeit, anderen meine Gefühlserlebnisse zu vermitteln; vor allem dann, wenn die Menschen nur von sich und ihren eigenen Erlebnissen ausgingen, indem sie von diesen auf die anderer schlossen. Nicht nur ärgerte mich diese Denkweise, sie erschien mir auch dumm. Infolgedessen kam ich mir klug und erfahren vor und ließ meine Freundinnen einfach quatschen und reden und dachte mir dabei meinen Teil.

Eine Woche nach jenem für mich vollkommen bedeutungslosen, weil von meiner Unruhe, endlich nachhause zu kommen, um am nächsten Tag weiterzuarbeiten, bestimmten Gespräch, erhielt ich eine E-Mail von Markus Ebental, in welcher er mir, in wohlgesetzten Worten, mitteilte, dass er sich sehr gefreut habe, mich kennenzulernen; und es schön fände, wenn wir einander „auf ein Gespräch" treffen würden. Ich war geschmeichelt und verärgert. Die Frau in mir fühlte sich von dieser persönlichen Ansprache geschmeichelt; die Künstlerin in mir verärgert. Irgendeiner unserer gemeinsamen Bekannten, von Ferdinand bis Lindas Vater war alles möglich, hatte Markus meine Adresse gegeben, im wahrscheinlich „gut gemeinten" Glauben, ich würde mich, als junge, hübsche Frau, die ich nun einmal bin – wie mir alle versicherten – über seine Avancen freuen. Das tat ich aber nicht. Oder besser: natürlich freute es mich, dass mich jemand so sympathisch gefunden hatte, dass er mich fragte, ob wir das Gespräch fortsetzen könnten; aber es freute mich so wie ein Kompliment für ein noch unfertiges Bild: es ärgerte mich, weil ich mich fragte, wie um alles in der Welt sich der Lobende das Recht herausnehmen könne, etwas Angenehmes über mich zu sagen: da ich mich selber als unfertig empfand wie ein zur Hälfte vollendetes Bild. Ich musste mir daher sagen, dass Markus nicht wusste, wovon er da sprach; weshalb ich wiederum einen leichten Ärger empfand, weil das ja hieß, dass er einfach nur platte Phrasen drosch, kurzum: ich hätte ihm, hätte ich mich nicht beherrscht, eine saftig kurzangebundene Antwort zurückgeschrieben. Aber da ich, nach den Erlebnissen mit Julian, gelernt hatte, mich zu beherrschen, stand ich erst einmal auf, ließ einen Tag vergehen und schrieb ihm am nächsten zurück, dass einem Treffen nichts im Wege stünde. Hatte ich mit meinem netten Lächeln bei der Party den ersten Fehler begangen, so beging ich nun, ohne es gleich zu merken, den zweiten, der die Verkettung an seelischen Missverständnissen zur Folge hatte, von denen ich im Folgenden erzählen will, etwas straffer als über meine Erlebnisse mit Julian, die ich ausführlicher schildern musste, um das, was mir mit Markus passiert ist, verständlich machen zu können. Dabei geht es mir vor allem um eine Erkenntnis, die ich während des Gewurstels, das nun folgte, hatte; eine Erkenntnis, die – ähnlich wie jene auf der Toilette in Julians Wohnung – mir einiges verdeutlichte; nur mit dem Unterschied, dass sie diesmal von allen Wahnvorstellungen der Liebe befreit war und deshalb eine wirkliche Erkenntnis genannt werden kann und nicht nur eine situative Aufwallung von Hoffnung und Ekstase.

Also, ich hatte meinen zweiten Fehler abgeschickt und mir zuerst dabei noch nicht viel gedacht; umso mehr denke ich heute daran, um belustigt festzustellen: es war nicht nur die Beherrschung, die mich daran gehindert hatte, Markus' Mail unbeantwortet zu lassen; sondern es war zweifelsohne ein kurzes Aufflackern meiner Eitelkeit, die mich dazu gedrängt hatte, nicht gleich Nein zu sagen, sondern dem erstbesten Angebot eines mich umschwärmenden Mannes nachzugeben. Jetzt lache ich darüber; vor einem halben Jahr hatte ich deshalb noch Magenschmerzen.

Markus hatte mir gefallen; aber auch wieder nicht gefallen. Sein Äußeres erinnerte mich ein wenig an das von Oscar Wilde; es spielte bei Markus nur etwas mehr ins Männliche; bei Oscar Wilde habe ich das Gefühl, sein Gesicht habe durch seine ovale Rundheit etwas Weibliches und Schlaffes an sich gehabt. Das war bei Markus nicht so. Daran war sicherlich auch der Dreitagebart schuld. Markus war etwa so groß wie ich, also nicht sehr groß; wirkte aber größer und stattlicher, weil er sich sehr gerade und elegant hielt. Vielleicht wird sich später noch die Gelegenheit ergeben, ein paar Worte über seine Herkunft zu sagen; aber jetzt nur so viel: er kommt aus bürgerlichem, gutem Hause. Seine Eltern besitzen eine Villa in Döbling (sie sind Nachbarn von Lindas Familie) und ein Landhaus bei Tölz in Bayern, in das er mich in den zwei Jahren, da er sich um mich bemühte, vergeblich zu locken versuchte. Er kam mit immer neuen Angeboten, wollte mir das Haus schmackhaft machen, meinte, dass es mir „als Künstlerin" dort sicherlich sehr gefallen würde. Daran zweifelte ich keinen Augenblick; aber ich sah nicht ein, meine Zeit für solche Urlaube vor die Hunde gehen zu lassen. Wie oft habe ich Markus dies zu verstehen gegeben und wie beharrlich hat er trotzdem versucht, mich umzustimmen, bis zuletzt ergebnislos.

Nach meiner unbedachten Antwortmail trafen wir einander an einem Septemberabend in einem Café am Ring. Er war, wie schon bei der Party, sehr gut angezogen. Vor allem seine Schuhe fielen mir auf: sie glänzten wie die Schuhe von Menschen der Oberschicht auf alten Schwarzweißfotos. Das verlieh seiner Gestalt zugleich etwas sehr Elegantes, aber auch Vulgäres. Während wir uns im Café unterhielten, musste ich die ganze Zeit an eine Fotografie denken, die ich einst gesehen hatte: Menschen, die nach dem Untergang der Titanic, in New York auf den Straßen stehen, um an Plakaten die von der Presse verlautbarte Tragödie zu lesen; auf dem Bild steht ein piekfein angezogener Mann mit Mantel und Bowler, Spazierstock und Lorgnon und seine Schuhe strahlen einen unnatürlichen Glanz und eine Sauberkeit aus, die darauf schließen lässt, dass er sie sich kurz vor diesem Schnappschuss von einem der Straßenschuhputzer hat putzen lassen. In diesem „Putzenlassen“ war für mich etwas Vulgäres; warum, kann ich nicht genau erklären; es war einfach ein Gefühl. Dieses Bild ging mir nicht aus dem Kopf, sodass ich unweigerlich dachte, dass auch Markus sich von anderen die Schuhe putzen ließe; und das färbte auf mein Bild ab, das ich mir von ihm machte. Während er lächelnd sprach und plauderte, um das Gespräch in Gang zu halten, unterdrückte ich meinen Widerwillen ihm gegenüber. Es war nicht so, dass ich ihn verachtet hätte, weil er ein Mensch war, von dem ich wusste, dass seine Eltern in Döbling wohnten; das war mir herzlich egal. Es war kein kommunistisches Ressentiment, das in mir aufstieg und mir einflüsterte, ich dürfe so einen Mann nicht sympathisch finden. Nein, es war einfach die Vorstellung, dass er sich die Schuhe putzen lasse und dabei selber keinen Finger rühre; mir war, als erfasste ich in *einem* Moment Markus' ganzes Wesen; und das machte ihn mir unsympathisch, weil für mich dieses Wesen darin bestand, dass er einer war, der sich die Schuhe putzen lasse anstatt es selber zu tun; die Selbstverständlichkeit des Bedientwerdens, von der er wohl glaubte, mir mit ihr imponieren zu können, widerte mich an. Während er zu glauben schien, dass er mich mit seiner Nonchalance und bürgerlichen Lässigkeit beeindrucken könnte, durchschaute ich ihn ganz; während er nicht durchschaute, dass ich ihn durchschaute, sodass auch dies meinen Missmut nährte. Allein aus dieser Darstellung, die ich hier gebe, wird jeder, der mir bis hierher gefolgt ist, den Schluss ziehen können, dass das, was ich für Markus empfand, weit entfernt war von dem, was ich für Julian empfunden hatte. Und trotzdem: Markus verhielt sich wie ein Gentleman, flirtete nicht in grotesker Überzeichnung und ließ auch keine anderen Kommentare fallen, aus denen man hätte den Schluss ziehen können, er habe nur ein Ziel: nämlich sich auf mich zu stürzen. Er hatte dieses Ziel tatsächlich gar nicht, sondern ein viel größeres, das er – wie er mir zwei Jahre später aufgelöst beichtete – mir aus Angst nicht hatte gleich zumuten wollen: er wollte, dass ich seine Frau würde. Damit sei es jetzt schon ausgesprochen. Ich merkte, wie sehr ich ihn auch durchschaute (denn dass ich es tat, bestätigten die weiteren Erlebnisse) und wie klar ich meine Lage auch erkannte, das Wesentliche nicht. Für mich bestand dieses erste Treffen darin, einem bei der Feier sympathisch wirkenden Menschen die Chance zu geben, ein bisschen mit mir zu plaudern. Hätte ich gleich nach dem ersten Gespräch mit ihm gewusst, worauf er verzweifelt hinauswollte: ich hätte seine E-Mail gelöscht und wäre nicht im Traum darauf verfallen, auch nur ein Wort mit ihm zu wechseln. Aber ich empfand es als meine menschliche Verpflichtung, von der Eitelkeit einmal abgesehen, mich nachgiebig und freundlich zu verhalten; ohne aber die Konsequenzen meines Verhaltens und ihre Wirkungen auf mein Gegenüber zu bedenken. Diese Gedankenlosigkeit rührte daher, dass ich die letzten drei Jahre, wie erzählt, so sehr für mich und mein Werk verbracht hatte, dass ich, allmählich zufrieden mit meinen Leistungen, nicht auf den naheliegenden Gedanken verfiel, dass, wenn Mann und Frau sich treffen, sowohl die Ursachen als auch die Folgen sehr eindeutig sein können. Für mich war das Treffen in jenem Café nur eine kleine Abwechslung und ein Plausch, den ich einem auf den ersten Blick netten Menschen gewährt hatte. Für Markus – und das erkannte ich ja erst später – bestätigte ich allein durch mein Erscheinen im Café, dass ich ihm gewogen war; sodass er sich Hoffnungen machen konnte darauf, mich bald seinen Eltern vorstellen zu können.

Als er darum bei unserem zweiten Treffen schon von seinen Eltern sprach und mich fragte, ob ich Lust hätte, sie kennenzulernen, regten sich erste Zweifel in mir. Ich verdrängte sie aber mit dem Argument, dass seine Eltern ja auch bei Lindas Party gewesen waren und ich ja schon dort die Gelegenheit gehabt hätte, sie kennenzulernen; dass Markus' Frage also nicht so dramatisch und folgenreich war, wie ich zuerst in einem Moment des Schreckens aufgefasst hatte. Und trotzdem gab ich ihm zu verstehen, dass meine Umstände es nicht zuließen. Er nahm es mit Fassung und Humor, was mir wieder das Gefühl gab, seine Absichten seien durchaus nicht von der ernstzunehmenden Sorte; sondern meinen eigenen vergleichbar. Hätte er nach dieser Frage anders reagiert – nämlich mit Zorn oder Verschlossenheit, würde ich schon am selben Abend jede Verbindung mit ihm abgebrochen haben. Aber immer wenn ich ihn zurückwies – und das sollte das Muster der nächsten zwei Jahre werden –, hielt er sich tapfer, als ob er sagen wollte: ‚Na ja, so ernst ist es mir mit dir gar nicht!' Er hielt sich aus Berechnung zurück, weil er glaubte, mich dadurch umso eher für sich gewinnen zu können; ich erkannte das nicht und hielt die Berechnung für Gleichgültigkeit, sodass ich weniger Angst hatte, ihn zu treffen. Er selber grub sich durch seine kühle Distanziertheit die Grube, in die ich ihn am Ende, nachdem ich seine Absichten durchschaut hatte, fallen ließ. Wäre er gleich von Anfang an ehrlich gewesen, indem er seine Absichten klar und unmissverständlich aufgedeckt hätte, würde ich ihm gesagt haben: ‚Tut mir leid, mit mir nicht.' Er aber nahm meine abschlägigen Antworten mit einer Gemütsruhe hin, die mir das Gefühl einflößte, auch er wolle nur eine Freundschaft mit mir pflegen; wenn auch eine erotische, wie sich nach dem dritten Treffen klar herausstellte. Wir gingen – es war schon dunkel geworden – an einem Abend auf der Ringstraße zu unseren Straßenbahnen, als wir, von einem Radfahrer überholt, nahe zusammenrücken mussten, sodass Markus plötzlich nach meiner Hand greifen konnte. Er hielt sie in der seinen; ich ließ ihm die Hand und spürte, dass ich wieder einen Fehler machte. Aber ich vermochte nicht, mich gegen Markus' Annäherungsversuche zu stemmen; warum? Weil mir schien, auch er habe ein Recht darauf, ein bisschen zärtlich zu sein; und weil ich nicht bösartig sein wollte, in Erinnerung an mein altes Ich, dem Julians Zärtlichkeiten so viel bedeutet hatten. Ich wollte Markus also ein wenig von meiner noch für Julian heiß flakkernden Liebesflamme abgeben, oder besser, ich wollte nicht so unmenschlich sein, es nicht zu tun, obgleich mich alles dazu drängte, es nicht zu tun und ihn wegzuschicken, um endlich meine Ruhe zu haben. Lulu hatte einmal zu mir gesagt, ich sei ‚viel zu nett zu allen Menschen'. Wäre der Sinn dieser Aussage mir in diesen Augenblicken klargeworden (und nicht nur der Sinn, sondern auch die Folgen dieser Nettigkeit), so hätte ich ihm meine Hand brüsk entzogen und wäre entschieden davongegangen. Ich aber glaubte, nett und freundlich sein zu müssen; empfand aber bei Markus' Hand in meiner nichts. Er drückte sie mir zärtlich; wir blieben stehen, er betrachtete mich und küsste mich. Ein Jahr später behauptete er, ich sei diejenige gewesen, die mit dem Kuss begonnen hätte; und ich merkte bald, dass es vollkommen sinnlos war, ihm vom Gegenteil zu überzeugen. Er beharrte auf seiner Behauptung, um mir zu beweisen, dass auch ich unsere Beziehung gewollt hätte; und als ich ihm deutlich zu machen versuchte, dass ich sie nicht gewollt hatte, wiederholte er seine sich ewig um sich selbst drehenden Fragen, was ich denn bei unseren Küssen empfunden hätte; warum er so viel empfunden habe; denn er würde nicht so viel empfunden haben, hätte auch ich nichts empfunden usw. Aber ich greife vor, wie ich merke.

Wir küssten uns also und trennten uns dann bei unseren Straßenbahnen; er stieg in seine Tram ein und winkte mir selig und lächelnd aus dem Fenster zu. Ich stand auf der Straße und spürte, wie mein Herz zu klopfen begann; aber nicht aus Seligkeit, sondern aus Verdruss. Ich beschloss zu Fuß nachhause zu gehen, in der Hoffnung, dass die Bewegung meine ärgerliche Erregung etwas mildern würde. Das tat sie dann auch. Denn als ich zuhause war, sagte ich mir, dass ich schön blöd gewesen sei, mich so aufzuregen. Ich würde ihm, redete ich mir ein, beim nächsten Mal einfach klipp und klar sagen, dass ich keine Beziehung mit ihm wollte, das müsste er doch verstehen! Mit diesem beruhigenden Gedanken legte ich mich an diesem Abend zu Bett. Am nächsten Morgen klingelte das Telefon. Da ich immer dann male, wenn ich am frischesten und ausgeschlafensten bin, also in der Früh, hasse ich es – und dieses scharfe Wort bezeichnet das gut – am Vormittag gestört zu werden. Ich hob nicht ab und empfand es als Triumph meiner Selbstständigkeit: denn Markus hatte mich angerufen. Er schickte mir danach eine Textnachricht, in der er mich fragte, ob wir uns an diesem Abend wieder auf einen Spaziergang treffen könnten. Ich fand diese Einladung gut; aber nicht, weil ich meinem Entschluss plötzlich untreu geworden wäre; sondern weil ich mir vornahm, ihn bei diesem Spaziergang zu verkünden, dass er sich eine Beziehung mit mir aus dem Kopf schlagen solle, ein für allemal.

8

Bei dem telefonisch vereinbarten Treffen am nächsten Tag bestätigte sich zu meinem Ärger Lulus Aussage, ich sei immer zu nett zu allen Menschen; ich hatte vorgehabt, diesen Spaziergang im Stadtpark dazu zu nutzen, Markus meine unverrückbare Absicht – nämlich diejenige, keine nähere Beziehung mit ihm einzugehen – mitzuteilen, fühlte mich aber von ihm und seinen Annäherungsversuchen gelähmt. Es war ein sonniger Tag; man spürte schon den Herbst und wir beide hatten unsere Winterjacken angezogen. Wir trafen uns beim Straußdenkmal und schlenderten von dort aus zuerst einmal ziellos durch den Park, ohne uns an der Hand zu halten; ich lebte in der Hoffnung, nach diesem Spaziergang Klarheit in mein kaum begonnenes Verhältnis zu Markus zu bringen, während er, wie sich herausstellen sollte, in dem Wunsch lebte, sich Klarheit zu verschaffen, nur eine ganz anders geartete. Als die Dämmerung einsetzte, nahmen wir auf einer Parkbank unweit des Wienflusses Platz. Ich hielt die Hände im Schoß und hoffte, unser Gespräch werde bald von selbst eine Richtung einschlagen, die für meine Pläne vorteilhaft sei. Wir hatten über Belanglosigkeiten gesprochen; ich hatte damit, aus Verlegenheit und um eine gewisse nüchterne Gleichgültigkeit an den Tag zu legen, angefangen. Markus hatte diese Plauderei aber ganz anders aufgefasst, wie ich erschrocken bemerken musste: nämlich als eine entzückende Verlegenheit einer jungen Frau, die es nicht wagt, den ersten Schritt zu machen; er glaubte also, mir gegenüber seine Männlichkeit unter Beweis stellen zu müssen, sodass nach kaum fünf Minuten auf der Parkbank, seine Hand, die ganz warm war, in meine abgekühlte Hand glitt und sie presste. Dann rückte er näher ran; mein Herz begann inzwischen wieder zu klopfen; und ich spürte, wie die von mir herbeigesehnte natürliche Gesprächssituation, in der es mir möglich gewesen wäre, ihm meine Wünsche zu erläutern, zwischen meinen Fingern zerrann. Ich spürte, dass mir nur zwei Möglichkeiten blieben: entweder Markus' Annäherung nachzugeben; oder brüsk aufzuspringen, um ihm zu sagen, dass er sich in mir getäuscht habe. In Erinnerung an meine hysterischen Anfälle vor Julian, die mich und auch ihn beschämt hatten, hatte ich, wie erwähnt, gelernt, mich zu beherrschen. Ich beherrschte mich also auch jetzt und tat, was ich eigentlich nicht hatte tun wollen: ich beließ meine Hand in seiner. Markus konnte also gar nicht anders, als diese Geste positiv aufzufassen. So rückte er noch näher, umfasste mich um die Taille und steckte mir zum ersten Mal die Zunge in den Mund. Ich hatte das Gefühl, als müsse ich, wie beim Zahnarzt, still halten; nur still halten und mich nicht bewegen. Gehorsam und „nett", wie ich laut Lulu ja pflichtgemäß war, steckte auch ich meine Zunge raus, sodass Markus erneut glauben musste, ich hätte mich ganz freiwillig dem Zungenkuss hingegeben. Mein Rücken begann wehzutun, da ich mich während der ganzen Zeit, da er mich umfasst hielt, in einer unnatürlichen, wenig entspannten Position befand. Wir küssten uns heftiger und je länger der Kuss dauerte, desto inniger wünschte ich, dass es endlich aus sei; in meinem Kopf hatte sich in der Zwischenzeit ein Film zusammengebraut, in dem ich, nach dem Kuss, aufstand, um Markus, freundlich, aber ehrlich zu sagen: ‚Es tut mir leid, aber du hast mich ganz falsch verstanden.' Dann sah ich ihn in diesem Film galant aufstehen, sich vor mir verbeugen und sich entschuldigen und mir seine Freundschaft anbieten. Sogar in Gedanken konnte ich mich von der Vorstellung nicht lösen, mit ihm in irgendeiner Form verbunden sein zu müssen, während ich aber in Wirklichkeit den Wunsch hegte, ihn loszuwerden; zumindest bis das zwischen uns zu rasch angewachsene Missverständnis aus der Welt geschafft wäre. Denn: es war ja nicht so, dass ich Markus unsympathisch fand. Ja, an seinen Schuhen hatte mich das Putzenlassen gestört und überhaupt hatte ich, je länger er mich küsste, das Gefühl, er sei einer jener Menschen aus der Oberschicht, die es zeit ihres Lebens gewohnt sind, alles Gewünschte zu bekommen, wodurch sie verlernt haben, sich in die Wünsche anderer Menschen hineinzuversetzen und sich diesen gegebenenfalls anzupassen. Diese Feststellung erfüllte mich ihm gegenüber mehr mit Mitleid als mir Ärger. Dieses zwischenmenschliche Mitleid, wenn man das Gefühl so nennen möchte, machte ihn mir sympathisch. Mir war dies bereits auf der Parkbank bewusst; ebenso wie mir bewusst war, dass ich die Fehler, die ich an Markus gleich erkannte, bei Julian erst Jahre später bemerkte. Was mich an Markus gleich gestört hatte, war ein kleiner Sprachfehler: manchmal, wenn er zu schnell sprach, verwechselte er die harten und weichen Konsonanten; was einem Unbeteiligten wie eine kleine „Marotte" vorgekommen wäre, war für mich der Anlass, mich innerlich mehr und mehr von Markus zu entfernen. Ein anderer Fehler, den er hatte und der sich als besonders schwerwiegend herausstellen sollte, war der, dass er – wenn er etwas Bedeutungsvolles sagte – davor ein Gähnen ausstieß, dessen Sinn darin bestand, die Aussage herabzumindern; das ärgerte mich, aus zwei Gründen: erstens, weil ich es mir gegenüber unaufrichtig fand und zweitens, weil mir schien, dass Markus diesen Tick selber gar nicht bemerkte. Auch ärgerte es mich, weil sich die bedeutungsvollen Aussagen zumeist auf mich bezogen, sodass ich dem Gähnen entnahm, dass er seine Vorschläge gleichsam verschleiern und vor mir verdunkeln wollte; wodurch ich den Verdacht schöpfte, dass er Pläne hegte, die er mir verheimlichte. Wenn er also ansetzte dazu, etwas Bedeutungsvolles zu sagen und dabei zuerst gähnte, wusste ich gleich: jetzt kommt eine Aussage oder ein Vorschlag, der meine Entscheidung erfordert. Da mir Markus aber gleichgültig war und ich infolgedessen in seine Entscheidungssphären nicht hineingezogen werden wollte, ärgerte mich das Gähnen umso mehr, da es mir ein ganz deutlicher Hinweis darauf war, dass er meine Gesten richtig gedeutet hatte, sie aber nicht bis in sein innerstes Verständnis durchsickern ließ; wodurch ich das Gefühl vermittelt bekam, er nehme mich nicht ernst und drücke mit aller Gewalt seinen eigenen Willen durch. Freilich wusste ich das alles nicht in dieser zusammenhängenden Deutlichkeit wie es mir jetzt erscheint. Ich ahnte das alles nur, sodass mein Ärger mir umso gegenstandsloser erschien und ich immer wieder dachte, ich sei eine schön blöde und böse Hexe, mich einem so netten Menschen so krampfhaft zu verschließen. Ich konnte aber nicht anders, als mich verschließen: wenn Markus nicht immer vor seinen Aussagen, die ihm wichtig waren, gegähnt hätte; und wenn er gleich mit der Wahrheit herausgerückt wäre, wäre er mir sympathischer gewesen. Er tat es aber nicht, was, wie erwähnt, zu jener Verkettung von Missverständnissen führte, in deren Folge er seine Aussagen relativierte, sodass ich immer im Glauben gelassen wurde, er stelle für mich in Wahrheit gar keine so große Gefahr dar. Ich weiß: das ist alles ein wenig abstrakt; aber jeder, der einmal Ähnliches erlebt hat, wird mir folgen können. So unterbreitete Markus mir einmal den Vorschlag, mit mir gemeinsam nach

Tölz fahren zu wollen; vor dieser Frage aber gähnte er, als ob er sagen wollte: Ach, komm nur, wenn du magst, aber eigentlich ist es mir nicht so wichtig; wenn du nicht magst, dann nehme ich einen anderen Freund mit. Sein Gähnen schien genau das sagen zu wollen, während er in Wirklichkeit dachte: ‚Bitte komm mit, ich liebe dich so sehr. Ich möchte dir unser Haus zeigen und dort mit dir Liebe machen.' Er sagte also das eine, meinte aber das andre. Das spürte ich; das nährte von Woche zu Woche meinen Verdacht, ohne dass ich imstande gewesen wäre anzugeben, woher mein Verdacht sich nährte. Da ich außerstande war, das zu sehen, fühlte ich mich als die Böse und Frigide; darin lag auch die Ursache meiner zwanghaften Hingabe auf der Parkbank. Ich wollte ihn nicht küssen, mein ganzer Körper stemmte sich dagegen, mein Herz klopfte, meine Hände wurden kalt; ich tat es aber trotzdem. Und Markus, der unbewusst durch die Bagatellisierung seiner Wünsche meinen Willen mittelfristig gebrochen hatte, meinte, ich gäbe mich ihm aus voller Seele hin. Er täuschte sich also über meine vermeintliche Hingabe und wurde von Monat zu Monat leidenschaftlicher.

Wir saßen auf der Parkbank, es wurde dunkel; er schob seine Hand unter meine Weste, bis er meine Brüste zu spüren bekam. So etwas wie ein elektrischer Schock durchfuhr mich, halb erregend, halb unangenehm. Das benahm mir fast den Atem, ich musste mich erheben und sagte „Nein, lass das jetzt." Und Markus, ganz Gentleman, folgte meiner Bitte, entschuldigte sich und erhob sich ebenfalls. Ich war erleichtert, seiner Umarmung entkommen zu sein; während er meiner Geste eine keusche Hingabe entnahm, die sich nicht auf der Parkbank, sondern, gebührlich, im eigenen Bett schenken wollte. Die Missverständnisse also setzten sich fort; genährt durch die Tatsache, dass Markus seine eigentlichen Wünsche hinter seinem lässigen Gähnen verschleierte; und dadurch, dass ich mir selber einredete, sein zwischenzeitliches Nachlassen von der Erotik bedeute ein grundsätzliches Nachlassen. Ich war nach den Berührungen, die wir teilten, dermaßen verstört – ein anderes Wort fällt mir nicht ein –, dass ich unfähig war, meine Gedanken sinnvoll zu sammeln, um aus ihnen womöglich den Schluss zu ziehen, dass Markus nicht nachlassen werde, bis er bekommen haben würde, was er immer gewollt hatte. Ich hoffte, mein einmaliges Nein sei für ihn ein grundsätzliches Nein; er hingegen fasste mein grundsätzliches Nein als ein einmaliges auf und lebte weiterhin in der Vorstellung, ich – und keine andere – sei die Frau für sein Leben.

Wir trennten uns an diesem Abend ergebnislos: Markus, weil er mich nicht besessen hatte; ich, weil ich nicht imstande gewesen war, ihm meine Lage darzulegen. Ich begann mich zu fragen, was mich hindere, zumindest seine Freundin zu werden. Er war nicht hässlich, er war nicht brutal oder plump, er hatte Witz, er konnte sogar über sich selber lachen; er war gut angezogen und hatte Haltung: viele Vorteile wies er auf, Vorteile, die man so schnell nicht wiederfinden würde. Und so fragte ich mich hin und her, bis meine Staffelei mich in die Realität zurückversetzte: sie war der Grund. Ich hatte nicht drei Jahre lang nur für meine Kunst gelebt, um jetzt wieder die Unordnung einer Beziehung in mein Leben zu lassen. Ich fühlte mich noch unfertig; ich war nicht die Künstlerin, als die ich mich sehen wollte. Ich musste noch an mir arbeiten. Hatte ich also am Nachhauseweg in meine Wohnung noch gegrübelt und gezweifelt, verscheuchte meine Staffelei mit einem Schlag alle Zweifel und ich nahm mir erneut vor, Markus beim nächsten Mal zu sagen, dass er sich eine Beziehung aus dem Kopf schlagen könne. Zuerst aber entzog ich mich, indem ich ihm Textnachrichten schrieb, in denen ich ihm zu verstehen gab, dass ich ihn mehrere Tage lang wegen der Arbeit nicht treffen könne; und anstatt traurig oder gereizt zu reagieren, vernahm ich durch seine Textnachrichten wieder das bekannte Gähnen, das mir das Gefühl gab, er sei wirklich ein netter Mensch, mit dem sich's leben lasse: charmant, ein Gentleman und Verständnis hat er auch noch. Mit dieser Feststellung wurden aber wieder die Zweifel wach: ‚Warum bin ich dann so dagegen, mich Markus zu öffnen? Wäre er nicht vielleicht wirklich der richtige Mann an meiner Seite? Wann finde ich jemals wieder so einen, der so viel Verständnis für meine Arbeit aufbringt, ohne nachzubohren und lästig zu werden?' Dann aber wieder der Blick auf die gegen die Wand gelehnten Leinwände und ich sagte mir: Nein, es geht nicht. Nein, nein …

Inzwischen versuchte ich an einem Bild zu malen, das ich schon vor mehreren Wochen geplant hatte; jenes, an welches ich bei Lindas Party denken musste und das die Unruhe in mir verursacht hatte. Ich kam bei diesem Bild nicht vom Fleck. Nach jenem Spaziergang im Stadtpark, da Markus zum ersten Mal meine Brüste gestreichelt hatte, stand ich nun, am nächsten Morgen, vor dem Bild und hatte das Gefühl, ich fände gar keinen Zugang zu ihm. Es sagte mir nichts, wurde ganz bedeutungslos und ich war deshalb mehr als nur einen Vormittag lang wie am Boden zerstört. Claudia entging meine schlechte Laune nicht; sie war übrigens die einzige, der ich von meiner Annährung an Markus erzählt hatte. Ihre Reaktion verlief dabei erwartungsgemäß: sie glaubte mir gratulieren zu dürfen und mich beneiden zu müssen; denn sie selber war damals gerade auf der Suche nach einem neuen Mann. Claudias Neid hatte dabei etwas durchaus Anteilnehmendes an sich: sie wollte Markus kennenlernen und meinte, wir sollten ihn einmal zum Essen in unsere Wohnung einladen.

Als Markus also das nächste Mal anrief – diesmal an einem Nachmittag, nachdem ich ihm erklärt hatte, dass ich am Vormittag nicht erreichbar sei, was er zuerst nicht verstehen wollte, was er dann aber hinnahm, da er nach mehreren vergeblichen

Anrufen am Vormittag hatte anerkennen müssen, dass keiner abhebt –, lud ich ihn zu uns zum Essen ein; um eine Minute später meine Unbedachtheit zu bereuen. Ich hatte jetzt das Gefühl, mich endgültig gegen meinen Willen in etwas zu verwikkeln. Andererseits fühlte ich, dass dieses gemeinsame Essen auch eine Gelegenheit darstellen könnte, Markus das klarzumachen, was ihm klarzumachen mir im Stadtpark misslungen war. Dass eine Einladung zum Essen aber geradewegs den gegenteiligen Effekt haben könnte, hätte ich spätestens nach meinem Erlebnis mit Oliver wissen müssen; aber meine im Zusammenhang mit Markus gereizte Gedankenlosigkeit ließ keine klaren Gedanken zu. Ich lebte dabei immer nur von Moment zu Moment und war schon erleichtert, wenn er mich nicht anrief, weil ich hoffte, mich in ihm wirklich nicht getäuscht zu haben: da ich ja gehofft hatte, ich sei ihm so egal wie es sein Gähnen vorzugeben schien. Ich war ihm aber nicht egal; und deshalb nahm er die Einladung mit Freude an. Claudia fand ihn sehr charmant und bestärkte mich in meinem Wunsch (sie meinte, ich hegte so einen), seine Freundin zu werden. Ich fühlte mich danach umso mehr wie eine kalte, böse, frigide Person: die beste Freundin macht einem Mut; der Mann zeigt sich, galant und ohne auch nur eine Grenze des Anstands zu überschreiten, von seiner vorbildlichsten Seite und ich denke an nichts anderes als daran, wie ich ihn loswerden könnte. Meine Kälte begann mir langsam verdächtig zu werden. Natürlich: meine Bilder und der Gedanke an mein Werk holten mich immer wieder auf den Boden des Tatsächlichen zurück; trotzdem musste ich denken, ich sei – während alle anderen normale Beziehungen führen oder, wie Claudia, zumindest die starke Sehnsucht haben nach Liebe – eine kalte, gefühlserstarrte, ja entartete Person, die überdies egoistisch und bösartig ist und die, anstatt sich der Liebe zu öffnen, innerlich zu Eis erstarrt, während ein Mann ihre Brüste streichelt, sodass sie – ganz offensichtlich – nur unter Aufbietung der größten Willenskräfte ein Erregungsgefühl unterdrücken kann. Ich zweifelte bei solchen aufflackernden Gedanken an meiner ganzen Fähigkeit zur Liebe. Dann aber kam mir, wie eine plötzliche Erleuchtung, in den Sinn, dass ich durchaus fähig gewesen war zu lieben: war das mit Julian nichts gewesen? All die Tränen, all die Aufopferungen, all die Zeit, die ich damit verbracht hatte, seine Schuhe zu putzen, ihm Essen zu kochen, seine Wäsche zu waschen, einkaufen zu gehen und ganz für ihn da zu sein? ‚Moment einmal!', rief ich mir innerlich zu: ‚Du bist fähig zur Liebe! Du brauchst dir gar nicht einreden, dass du's nicht bist!' – So sprach ich zu mir selber in meinen starken Momenten, während die schwachen Momente die Frage aufwarfen, warum ich denn dann so abweisend sei, wenn mir jemand nahekomme. Ich musste – denn dieser Gedanke war mir zu jenem Zeitpunkt noch nicht präsent – mir dabei vor Augen führen, dass ich nur deshalb abweisend war, weil ich Zeit brauchte, um das Versäumte nachzuholen; ich durfte nicht wieder die Dienerin eines Mannes werden; ich durfte nicht und ich wollte nicht. Und Markus war ein Mann. Und folglich eine potenzielle Gefahr. ‚Aber warum', fragte ich mich dann, ‚lässt du dich nicht einfach von ihm vögeln und sagst ihm, er soll sich ansonsten von mir fernhalten?'. Darauf war meine Antwort unklar. Sie lautete dahingehend, dass ich es bisher vermieden hatte, um dem Missverständnis vorzubeugen, das jeder körperliche Kontakt mit sich bringt: nämlich das Missverständnis des Liebenden, ein Recht auf das Objekt seiner Liebe zu haben. Der Gedanke, jemandem das Recht einzuräumen, über mich ‚verfügen' zu können, schreckte mich am meisten. Ich wollte niemandes Liebesobjekt sein. Aber immer wenn ich an Markus dachte, hatte ich das Gefühl, dass ich für ihn nichts anderes war; was daher rührte – und das war mir durchaus klar –, dass ich ihn nicht liebte. Er würde mich also nehmen; und was dann? Als nächstes würde er dieses verlangen und jenes, dann würde er das wollen und dies und wo wäre das Ende? Lulu – auch das wusste ich in meinen verzweifelten Selbstgesprächen – hätte in so einem Fall pragmatisch gehandelt: sie hätte sich geholt, was ihr Befriedigung verschafft hätte; dann hätte sie mit einem scharfen oder zynischen Satz ihren Verehrer abgewiesen und damit basta. Dazu jedoch fühlte ich mich außerstande. ‚Da haben wir's also wieder', dachte ich: ‚Lulu hat recht. Ich bin einfach viel zu nett zu allen Menschen.'

Nun hatte ich den Kern des Problems erfasst: wäre ich imstande, mich befriedigen zu lassen und dann sozusagen den Mann auf den Kompost zu werfen: ich hätte es getan. Ich fühlte mich aber zu so einer Handlungsweise außerstande. Das gab mir einerseits das Bewusstsein einer gewissen moralischen Größe; andererseits vermehrte es in mir das Gefühl der Bedrängnis, der Angst und des Zwangs: nämlich des Zwangs, von Markus zu etwas von mir nicht Gewünschtem gedrängt zu werden.

Ich musste aber Menschen, die mir nahegekommen waren, nett und freundlich behandeln. Warum? Nun, weil ich einfach nicht anders konnte; weil ich so gut verstand, was in ihnen vorging und weil ich selber am eigenen Leib gespürt hatte, wie Liebe ist und wie es sich anfühlt, wenn man liebt und wie es sich anfühlt, wenn man plötzlich nicht mehr geliebt oder, anders gesagt, betrogen wird. Ich musste ja nur an Julian und Amélie denken, um in mir dieses Gefühl wachzurufen und um daraus den Schluss zu ziehen, dass ich andere Menschen nicht so behandeln wollte, wie ich von ihnen behandelt worden war; Claudia hielt mich für diesen meinen Charakterzug fast für eine Heilige; ich selber fand mich alles andere als heilig. Ich hatte vielmehr die Überzeugung, dass es nicht nötig ist, dass Menschen einander solche seelischen Schäden zufügen, wie ich sie selber, aufgrund meiner eigenen Überspanntheit, erlitten hatte; welchen Sinn hätte es denn, die eigenen Kränkungen auf die anderen abzuladen? Claudia bewunderte mich für diese Haltung; ich fand sie nur lästig, denn sie hinderte mich daran, den einmal eingeschlagenen Weg einfach abzukürzen. So sehr ich versuchte, es zu tun, es gelang mir nicht; zumindest lange nicht.

Konnte ich also – mit meinem ausgeprägten Gefühl für Mitleid und Anteilnahme – jemanden mehr oder weniger grundlos brutal behandeln? Nein, ich konnte es nicht. Denn ich wusste: immer wenn ich jemanden auch nur ein wenig verletzt hatte, hatte ich schreckliche Gewissensbisse; ich war unfähig zu schlafen, stellte mir vor, was der von mir beleidigte Mensch nun ausstehen musste, kurz: meine Phantasie ging mit mir durch, sodass ich nach solchen Vorkommnissen gleich am nächsten Tag zum Telefon griff, um eine Versöhnung mit dem Betreffenden herbeizuführen. Wie Lulu oder Alexandra oder wie andere aus meiner Bekanntschaft sich wie Elefanten im seelischen Porzellanladen verhalten konnten, verstand ich nicht; es erregte meine Bewunderung, während ich so ein Verhalten doch zugleich immer als verachtenswert empfand.

Ich spürte, dass, wenn ich nun Markus gegenüber das täte, wovon ich wusste, dass es mir guttäte, ich ebenso leiden würde, weil ich spüren würde, wie er litt. Hier mag jemand einwenden, dass ich mich zu wichtig nehme; das mag sein. Aber ich nehme mich nur so wichtig wie ich bin. Da ich weiß, dass ich anderen Menschen wichtig bin und da ich weiß, dass mich andere Menschen lieben, weiß ich auch, dass ich mich ihrer Liebe würdig erweisen muss; wüsste ich nicht, dass ich geliebt werde bzw. fühlte ich es nicht, wäre ich auch mehr dazu imstande, andere zu verletzen, weil ja der menschlich-seelische Zusammenhang, der mich jetzt davon abhält es zu tun, nicht vorhanden wäre.

Ich habe bereits die Stelle aus Montherlant zitiert, wo er sagt, wie sehr das Mitleid einen ruiniert. Das empfand ich bei Markus am eigenen Leibe mit einer Gewalt, die dazu führte, dass ich dann, wenn ich ihn abweisen musste, ohne es zu können, Herzklopfen bekam und das Gefühl, ich müsse innerlich zerspringen. Nun könnte jemand sagen, dass dies – meinen eigenen Worten zufolge – doch ein Beweis dafür sei, dass er mir wichtig geworden wäre; aber das ist falsch. Denn dieses Gefühl der Verantwortung und Feinfühligkeit dehnt sich, wohl oder übel, in meiner Seele auf alle Menschen aus, mit denen ich einen wie auch immer, ob losen oder festeren, Kontakt pflege. Deshalb muss ich viel allein sein: denn wenn ich zu viel unter Menschen bin, empfinde ich die zwischen ihnen sich ausbreitenden seelischen „Schwingungen" so stark, dass mich der Gedanke oder, noch subtiler, die Ahnung einer möglichen Ungereimtheit zum Schwitzen bringt. Meine Freunde schätzen an mir diese zarte Feinfühligkeit. Ich aber empfinde sie als große Belastung. Je älter ich werde, desto besser aber kann ich mit ihr umgehen; etwa dadurch, dass ich mir und den anderen auch klarere Grenzen setze. Während meiner Schul- und Jugendjahre war ich, mangels Einsicht in meine überdies noch unentwickelte Person, noch wenig imstande diese Grenzen zu setzen, wie in der Beziehung mit Julian, was zu den erzählten Episoden führte; und vor Markus hinderte mich die besagte Feinfühligkeit zu entschiedenen Schritten, die aber nötig gewesen wären, um uns beiden Ehrlichkeit und Klarheit zu verschaffen. So fühlte ich mich, ohne mich dagegen stemmen zu können, von Markus bedrängt; gab mir selber daran die Schuld und hatte, das Gefühl, die böse Hexe zu sein.

9

Während Markus immer leidenschaftlicher wurde, wurde ich immer unfähiger, mich gegen seine Annäherungsversuche zu wehren, da diese nicht deutlich genug als solche erkennbar waren. Wie gesagt: er verharmloste sie durch sein Gähnen, das mich glauben ließ, es sei ja nicht so schlimm wie ich befürchtet hatte: wonach ich mich ihm hingab, um aber bald frustriert festzustellen, zu etwas gegen meinen Willen gedrängt worden zu sein; was aber nicht meinen weiblichen Stolz heraufbeschwor, sondern eine Kette an Selbstanklagen und Zweifeln: darüber, warum ich denn so verschlossen, frigid und teilnahmslos sei. Ich zwang mich also geradezu dazu, etwas empfinden zu müssen und je leidenschaftlicher ich versuchte, zwanghaft Empfindungen herbeizulocken, umso mehr verschloss ich mich.

Ein paar Wochen nach jenem Spaziergang im Stadtpark besuchte mich Markus während Claudias Aufenthalt bei ihrer Mutter Marjeta. Gentleman, der er war, ließ er keine zweideutigen Absichten durchblicken; wir aßen gemeinsam, unterhielten uns gesittet und freundlich, sodass in mir wieder die Hoffnung auflebte, in Markus wenigstens einen Freund gewonnen zu haben; denn das hätte mir zu diesem Zeitpunkt gereicht. Gegen eine Freundschaft und einen Gesprächspartner hatte ich nichts einzuwenden; bloß der Gedanke an eine Partnerschaft und alle damit verbundenen Verpflichtungen, Termine und Gefälligkeiten erschreckte mich. Nach dem Essen legte Markus sich auf die Couch in Claudias und meinem Wohnzimmer, während ich in der Küche den Abwasch erledigte. Das ärgerte mich: nicht weil ich der Meinung war, als Frau von „ihrem" Mann schlecht behandelt zu werden, der, während sie putzt, nichts besseres zu tun hat, als alle Viere von sich zu strecken. Nein, es ärgerte mich, weil Markus mit dieser lässigen Geste des Niederlegens zu bekunden schien, dass er in meiner Wohnung schon heimisch geworden sei. Ein Freund, also bloß ein Gesprächspartner, hätte sich so nicht verhalten; er wäre auf dem Sessel sitzen geblieben und hätte gewartet, bis ich mit dem Aufräumen fertig bin. Markus aber verhielt sich – unbewusst und gewiss nicht in bösen, chauvinistischen Absichten – so wie ein Mann sich verhält, der sich seiner Frau nur allzu sicher ist. Das war es, was mich ärgerte; und zwar so sehr, dass ich vor lauter Wut wieder Herzklopfen bekam. Mir wurde schwindlig und ich musste eine Tablette Aspirin schlucken. Markus sah, auf der Couch liegend, aus dem Augenwinkel, dass ich mir eine Tablette in den Mund steckte und fragte mich, was ich denn habe.

„Kopfweh", sagte ich.

„Oh je, meine Arme", sagte er und das versetzte mir den nächsten Stich. Ich empfand in diesem Augenblick eine so überwältigende Wut gegen ihn (vor allem gegen das Wörtchen „meine“), dass ich ihn am liebsten aus der Wohnung geschmissen hätte. Meine Hände begannen zu zittern; wieder hatte ich das Gefühl, wie auf der Parkbank, dass mir der Atem stockte; und deshalb musste ich kurz in mein Zimmer gehen, um mich zu beruhigen.

„Wo gehst du hin?“, rief Markus, immer noch liegend.

„In mein Zimmer. Komme gleich, mich umziehen; hab’ mich angepatzt“, sagte ich. Der Gedanke, dass ich mich ein Zimmer weiter umzöge und also zumindest halb nackt auszöge, dürfte ihn sehr erregt haben, denn als ich – ich war fünf Minuten in meinem Zimmer geblieben, langsam atmend und allmählich zu mir selber kommend – ins Wohnzimmer zurückkam, erwartete er mich stehend an der Couch. Er fasste mich um die Taille, presste seine großen, in meiner Gegenwart immer ganz warmen Hände zuerst fest gegen mich, dann ließ er eine Hand hinten in meine Hose gleiten, während er mit der anderen wieder meine Brüste ansteuerte. Mein Herz, das sich beruhigt hatte, begann erneut zu klopfen. Mir wurde so schwindlig, dass ich aber – meine eigenen Wünsche unterdrückend – kaum zu entscheiden vermochte, ob dies nun eine Erregung oder ein Anfall von Unbehagen war. Markus führte mich behutsam, aber doch bestimmt, in Richtung Couch.

„Nein, bitte, lass das", sagte ich, inständig hoffend, er verstünde mich; aber er verstand nicht und deutete, wie schon auf der Parkbank, meine Zurückhaltung falsch; nämlich als eine subtile Form der Erotik, die es vorzieht, keusch und spielerisch in die Länge gezogen zu werden. Das erregte ihn so sehr, dass er mir meine Bluse beinah vom Leib riss, sodass wir, nach den üblichen Verrichtungen dieser Art, bald ganz auf der Couch lagen, während mir der Atem stockte und Markus in mich eindrang. Es gelang ihm, denn, wie gesagt, ich hatte durchaus so etwas wie Erregung empfunden, sodass er, als er eindrang, gar nicht auf den Gedanken hätte verfallen können, ich wolle mich gegen ihn stemmen und wehren. Diese Idee wäre ihm nicht gekommen, zumal er, von seiner Leidenschaft hingerissen, jede Geste, mit der ich ihm andeuten wollte, doch bitte von mir abzulassen, als ihr Gegenteil auslegte; wobei er meine Andeutungen als Quellen zusätzlicher Erregung auffasste, gerade so, als ob ich absichtlich das keusche, unerfahrene Mädchen spielen wollte, um ihm subtilere Lust zu bereiten. War seine Leidenschaft also schon vor diesem Geschehnis auf der Couch entflammt gewesen, so hatte sie, indem sie meine Zurückhaltung als spezielles Spiel deutete, spätestens nach seinem Eindringen ihren nicht nur körperlichen, sondern auch seelischen Höhepunkt erreicht.

Markus – ich spürte das nur zu deutlich und teils führte es dazu, dass ich ihn in diesem Augenblick hasste, teils verstand ich ihn so sehr, dass ich ihn beinah gern hatte – schwelgte in seiner Befriedigung, die nichts außer sich sah; er musste meinen, auch ich habe nun endlich meinen Höhepunkt erreicht, weshalb er die Kraft hatte, wieder zurückhaltender Gentleman zu sein, als ob er sagen wollte ‚Alles hat sein Maß'. Dass er, was mich betrifft, sein Maß schon längst überschritten hatte, sah und fühlte er nicht, was – wie ich jetzt erst weiß – natürlich auch an mir lag, die ich nicht die Kraft und den Mut aufbrachte, meine Empfindungen klarer zu deuten und auszusprechen, da ich in der Vorstellung lebte, ich hätte die Pflicht, anderen Menschen gegenüber nett und lieb zu sein. So war ich also nett und lieb gewesen, mit der Folge, dass mir der Kopf schmerzte, mein Herz entsetzlich klopfte und mir schwindlig war, aber nicht, weil ich sein Eindringen so sehr genossen hätte. Ich hatte, außer der ersten Erregung, nichts dabei empfunden und nur gehofft, er wäre bald fertig. So lagen wir also auf der Couch, nur halb entkleidet. Markus hielt mich umfasst; ich spürte seine warmen, großen Hände auf meinen Bauch und traute mich kaum zu atmen, weil ich ihm mit jedem Ausatmen näher kam. Ich versuchte die Luft anzuhalten; dadurch wurde mir aber noch schwindliger. Ich wollte aufstehen, etwas essen und ein Glas Wasser trinken, aber ich blieb gefügig und tat so, als wäre auch ich ermattet und vor Glück erledigt.

„Dein Herz hat geklopft", flüsterte Markus.

„Hmm", sagte ich.

„War es wirklich so schön?“, fragte er, bewegte seine Hand über meinen Bauch, führte sie in Richtung der Brüste, legte sie in den Nacken, sodass ich zusammenzuckte. Er deutete, wie er alles verkehrt deutete, auch dieses Zucken verkehrt, sodass er seine Lippen gegen meine presste, seine Zunge in meinen Mund schob und mich küsste.

„Sag, war es wirklich so schön?“, fragte er wieder.

„Ich möchte dein Herz hören“, sagte er, „wie es klopft“. In diesem Augenblick wäre ich wirklich am liebsten aufgesprungen, um ihn anzuschreien und ihn aus meiner Wohnung zu werfen. Wut, unsägliche Wut erfüllte mich; und mein Herz begann wieder zu klopfen. Ich hatte das Gefühl, es schnüre mir jetzt endgültig den Atem ab.

„Da, ich hör's wieder, meine Liebe“, sagte er und presste sein Ohr an meine Brust. Er seufzte verklärt, legte seine rechte Hand auf meine Brust und begann sie zu streicheln, sodass die Brutwarzen, gegen meinen Willen, hart wurden. ‚Und jetzt glaubst du natürlich, ich errege mich aus Liebe‘, spürte ich; aber je mehr der Zorn über mich Gewalt erlangte, desto gelähmter wurde ich. Ich lag da, mir wurde eiskalt und ich hatte das Gefühl, mich selber und meine Kunst schmählich zu verraten. Ich fühlte mich wie ein billiges Flittchen, das sich jedem ersten x-beliebigen Mann in die Arme wirft; ich fühlte mich genauso, wie ich mich nach dem missglückten Oralverkehr mit Julian nie mehr wieder hatte fühlen wollen. Ich wollte, wenn es denn schon sein musste, Liebe haben und Liebe geben; aber ich wollte meinen Körper nicht verkaufen und vor allem wollte ich meine kostbare Zeit nicht vergeuden. Markus lag da, minutenlang; und ich spürte, wie die Zeit verstrich. Plötzlich merkte ich, dass sein Atem – er hatte inzwischen aufgehört, meine Brüste zu streicheln, nachdem meine Hand seine Hand weggeschoben hatte – leise und gleichmäßig ging. Er schien einzuschlafen.

Ich fühlte und dachte nur ‚Scheiße, das auch noch'. Ich bewegte mich, versuchte mich seiner Umklammerung zu entwinden, was mir schließlich gelang.

„Ich muss heute noch arbeiten", sagte ich, sammelte die verstreuten Kleidungsstücke ein und begab mich so rasch wie möglich – um ihm keine Möglichkeit zu geben, mir erregt nachzublicken – ins Badezimmer.

„Was?", murmelte Markus wie verschlafen und vor den Kopf gestoßen, „was denn arbeiten?"

So verlief unser erster Beischlaf. In den nächsten Wochen entzog ich mich mehr und mehr. Ich nahm mir vor, auf seine Anrufe und Textnachrichten nicht mehr zu antworten; aber da sogar seine geschriebenen Nachrichten immer jene beiläufige, gähnende Lässigkeit ausstrahlten, ließ ich mich immer wieder von seinen Worten überreden. Und das geschah stets nach demselben Muster: zuerst also entzog ich mich, dann rief er mich an, ich antwortete nicht; er schrieb mir eine witzige, nette E-Mail, ich schrieb ihm zurück, er antwortete erneut, schlug einen Spaziergang vor; ich sagte aus den oben schon erzählten Gründen zu; dabei hasste ich mich. Dann trafen wir uns. Er war ganz der distanzierte, verständnisvolle Gentleman. Ich hasste mich daraufhin für meine gehässigen Vorurteile und hoffte, dass es bei dieser Distanziertheit bleiben würde; dann nahmen wir auf einer Parkbank Platz. Markus ergriff meine Hand; ich ließ ihn gewähren, weil ich mir einredete, das sei schon nicht so schlimm; und reichte ihm sozusagen den kleinen Finger, sodass er nach der ganzen Hand greifen konnte. Am Abend desselben Tages lagen wir dann wieder im Bett oder, falls das nicht geschah, küssten wir uns endlos lange. Markus, wenn ihn die Leidenschaft überkam, streichelte mein Gesicht und versuchte mit allen Mitteln der erotischen Kunst, seine Hände unter meine Bluse zu zwängen.

„Ich liebe deine schöne, weiche Haut", sagte er dabei immer; und das ärgerte mich sehr, weil eine Aussage wie diese mich auf meine Haut verkleinerte und reduzierte; auf eine Haut, die seinen Fingern schmeichelte, seine Erregung steigerte, seiner Lust diente und die gerade ich nun einmal hatte, sodass ich als ganze Person dran glauben musste, unabhängig davon, ob ich es wollte oder nicht.

‚Liebst du mich oder deine Haut?', hätte ich ihn gern gefragt; aber es kam mir erst nachher, viel zu spät, in den Sinn. In dem „Ich liebe deine Haut" bemerkte ich später dasselbe verharmlosende Gähnen wie in allen anderen Verharmlosungen, deren Markus sich bediente, um sich mir gefahrloser nähern zu können. Er sagte also „ich liebe deine Haut", um nicht das Größere, das Wesentlichere sagen zu müssen, nämlich „Ich liebe dich." Er sprach es nie aus oder zumindest nicht direkt. Aber er ließ diesen Satz nicht deshalb unausgesprochen, weil er mich etwa nicht geliebt hätte (denn das tat er auf seine Art und Weise, die meiner Art zu lieben so fremd war, wohl wirklich), sondern weil er unbewusst Angst hatte, mich mit dieser Aussage zu verschrecken; wofür ich ihm aber, nachdem ich das erkannt hatte, umso böser war, weil er mir wie ein Betrüger erschien, der sich meine Liebe hatte erschleichen wollen anstatt offen und zügellos um sie zu werben. So sagte er Sachen, die mich innerlich auf die Palme brachten wie „Ich liebe deine Haut" oder „Du hast so schöne Grübchen" oder „Du hast einen so schönen Körper"; was ich umso ärgerlicher fand, nicht nur weil es mich auf seine geschlechtlichen Lüste reduzierte, sondern weil ich sehr wohl spürte, was er damit aussagen wollte, nämlich „Ich liebe dich" – und gerade das wollte ich ja von ihm nicht hören. Hätte Julian diesen Satz gesagt, wäre das etwas anderes gewesen; denn ich hätte diesem Satz, wäre er von Julian gekommen, etwas Gleichartiges und ebenso Wertvolles entgegensetzen können. Vor Markus konnte und wollte ich es aber nicht. Ich hätte Markus gern mit einem „Ich dich aber nicht" geantwortet; aber – und das ist der entscheidende Punkt – weil er diesen Satz nie von sich aus aussprach, beraubte er mich der Möglichkeit, meinen Gegensatz auszusprechen; sodass ich den Verdacht nicht loswurde, er wisse sehr genau, dass ich ihn nicht liebte und spräche diesen wunderbaren und so verfänglichen Satz absichtlich nicht aus, um der Wahrheit nicht ins Gesicht blikken zu müssen; wodurch ich den Verdacht hegte, seine Annäherungen seien nichts anderes als eine Zumutung. Markus sprach niemals offen über seine Gefühle; und weil überdies meine Eitelkeit es mir verbot, mich körperlich belästigt zu fühlen, schwieg auch ich. Lieber ertrug ich die unangenehme Situationen, in der Hoffnung, mein vernünftiges Zureden würde ihn allmählich von mir und meinem ihn erregenden Körper abbringen.

So tat ich also zwei Dinge: ich entzog mich ihm von Zeit zu Zeit und suchte das Gespräch mit ihm, in welchem ich ihm deutlich zu machen versuchte, dass er sich meinetwegen keine Hoffnungen machen solle. Aber ganz egal, was ich sagte, Markus deutete es zu seinen und unseren Gunsten.

„Aber du hast mir doch zuerst deine Hand gegeben“, behauptete er etwa, in Anspielung an unseren Spaziergang auf dem Ring, da der Radfahrer an uns vorbeigerauscht war. Ich wusste aber, dass es nicht stimmte; Markus war derjenige, der meine Hand ergriff. Er aber war felsenfest davon überzeugt, dass ich den Anfang gesetzt hätte. Ich merkte bald, dass es sinnlos war, ihm vom Gegenteil zu überzeugen.

„Kannst du dich erinnern, wie mein Herz geklopft hat? Hör zu, das war …“ begann ich ein Gespräch, woraufhin er mich, in seliger Anteilnahme anblickend, sagte: „dein tiefes Gefühl für mich.“ Dann umarmte er mich, presste mich an sich und mir stockte, ebenso wie mir beim ersten Mal im Bett der Atem gestockt war, die Sprache. Ich vermochte nichts mehr herauszubringen und fragte mich, ob Markus vielleicht recht hätte: war's vielleicht doch die Liebe und nicht die Agonie, wie ich geglaubt hatte? Aber immer, wenn wir uns trennten und Markus mit der Tram heimfuhr, geschah etwas Seltsames in meinem Denken: es ordnete sich wieder. Kaum war er fort, wusste ich genau, dass nicht die Liebe mein Herz so aufgeregt hatte, sondern das Unbehagen. Der Ärger über meine Lähmung folgte dem auf dem Fuße. Und so begann ich Markus um seines lähmenden Einflusses willen zu hassen. Ich wurde immer bösartiger und feindseliger ihm gegenüber, ohne aber selber zu verstehen, woher meine Feindseligkeit rührte; das verstehe ich erst heute. Ich spürte bloß, dass, solange wir nicht auf einem Fleck waren, alles gut war; sobald er aber in meiner Nähe war, stieg augenblicklich der Ärger in mir hoch: darüber, dass, egal was ich ihm zu verdeutlichen suchte, er immer alles zu seinen Gunsten auslegte. Hätte ich ihm gesagt „Ich habe nach unserem Beischlaf auf dem ganzen Körper rote, juckende Pickel bekommen“ (was natürlich nicht stimmte), so würde er selig gelächelt und gesagt haben „Oh,

Anna, das ist ein Zeichen der Liebe.“ Kurzum: Markus war von seinem Vorhaben, mich zu erobern, nicht abzubringen. Als ich das instinktiv erkannte, fühlte ich mich wie ein Objekt seiner Liebe; und umso mehr verschloss ich mich und hoffte, er werde bald aus meinem Leben verschwinden. Die Kraft, ihn abzuweisen, hatte ich nicht; und dies, weil ich Angst davor hatte, ihm wehzutun; weil ich fühlte, wie sehr er sich freute, mich zu sehen, wie fröhlich und freundlich er war. Ich stellte mir vor, dass er nach einer Abweisung todtraurig in seiner Wohnung sitzen und an nichts anderes denken würde als daran, Selbstmord zu begehen. Ich musste dabei unweigerlich an Oliver denken und daran, was ich durch meine Unbedachtsamkeit ihm gegenüber beinah verursacht hätte. Ich hatte Angst davor, dass Markus sich meinetwegen etwas antäte. ‚Ja, Lulu hat recht, wo sie recht hat: ich bin einfach viel zu nett‘, ging mir durch den Kopf, vor allem an dem Tag, als mich Markus eines Morgens anrief und ich allein wegen der Uhrzeit, zu der er mich störte, in Wut geriet (weil er dadurch wieder bewies, dass er mich und meine Bedürfnisse nicht ernst nahm und nur daran dachte, was ihm gerade durch den Kopf ging und was er fühlte und was er für richtig hielt), aber trotzdem abhob, um ihm zu sagen, dass ich mir das nicht bieten lasse.

„Aber Schatz, was hast du denn?“, fragte er; im Hintergrund hörte ich Menschenstimmen; er befand sich gerade auf der Mariahilferstraße.

„Wieso rufst du mich um diese Zeit an?", fragte ich.

„Aber Anna, ich dachte …", sagte er, schon stammelnd.

„Genau, du hast dir gar nichts gedacht. Dir selber passt's gerade gut, mich anzurufen, weil du einen freien Vormittag hast. Und da denkst du dir, dass auch ich Zeit habe."

„Du bist unfair", sagte er schmollend.

„Warum unfair?"

„Weil du immer so exakte Zeiten hast, man muss sich immer nach dir richten, Anna."

„Kann ich dich anrufen, wenn du in der Klasse stehst und unterrichtest? Nein, also."

„Ja, aber …"

„Aber was? Bilder malen ist ja keine ernst Sache, da kann die Anna schon abheben, nicht? Das denkst du dir jetzt?", sagte ich.

„Nein, ich verstehe deine Kunst, ich respektiere sie. Denk doch nur an meine Gedichte. Aber …" – Wenn Markus vorgab, mich und meine Kunst zu verstehen, erwähnte er beiläufig, dass ja auch er ab und an Gedichte schreibe.

„Was aber? Wieso rufst du mich dann an?"

„Wieso hebst du ab?" ‚Aha', dachte ich: ‚Angriff ist die beste Verteidigung, typisch Markus.' Wut erfüllte mich.

„Um dir ein für allemal zu sagen, dass du mich um diese Zeit in Ruhe lassen sollst."

„Was ist los mit dir? Ich wollte doch nur kurz mit dir plaudern. Warum bist du so gereizt?“

„Du verstehst scheinbar gar nichts!“, rief ich.

„Nein, das tue ich nicht, weil du mir nichts erklärst“, sagte er.

„Das eben versuche ich gerade, aber du legst sowieso alles so aus, wie's dir passt.“

„Anna, das ist echt unfair von dir.“ Markus wurde, wie ich hörte, allmählich selber wütend. Das wurde er immer, wenn seine Vernunft versagte und er seinen Willen nicht mehr mit Charme erzwingen konnte; dann sattelte er sozusagen auf die Wut um und benahm sich wie ein Kind, dem man ein Spielzeug wegnimmt. Mir war diese Verhaltensweise bereits geläufig, deshalb verwunderte sie mich nicht; was aber nicht heißt, dass sie mich nicht ärgerte.

„Und von dir ist es unfair, dass du nicht zuhören kannst!“, sagte ich.

„Was? Wobei hätte ich zuhören sollen? Sprich nur, ich höre.“

„Was habe ich dir letzte Woche gesagt?“, fragte ich.

„Dass du am Vormittag an deinem Bild arbeiten willst.“

„Genau. Und?“

„Du hast aber abgehoben! Hättest ja nicht müssen.“

„Willst du mich verarschen?“

„Was? Wieso?“, fragte er, ehrlich betroffen.

„Wieso rufst du überhaupt an? Verstehst du, das verstehe ich nicht?“

„Ja, weil, weil … ich dachte …“

„Ja, weil du denkst, dass ich zu deiner freien Verfügung stehe. Aber so ist das nicht. Kapiert?“ Er seufzte, wie ich hörte. Ich wiederholte: „Ich stehe nicht zu deiner freien Verfügung! Wenn ich sage, von dann bis dann nicht erreichbar, dann verstehe ich nicht, warum man sich nicht dran halten kann! Wenn du mich und mein Werk wirklich respektieren würdest, dann würdest du dich dran halten. Weil du es aber nicht tust, sondern nur an dich selber denkst, glaubst du, immer über mich verfügen zu können! Das lasse ich aber nicht mit mir machen.“ Es wurde still auf der andren Seite der Leitung.

„Anna, möchtest du mich heute Abend treffen, wie vereinbart?“ Ich schluckte und fühlte: jetzt ist der Punkt gekommen, wo ich Nein sagen muss. ‚Du musst Nein sagen, sag Nein!‘, flüsterte mir eine Stimme zu; aber meine Angst vor Szenen, vor Selbstmordphantasien meiner Verehrer, kurz, mein Mitgefühl war stärker. Und so sagte ich: „Okay, aber nur, wenn wir miteinander reden. Ich will heute keinen Sex. Verstanden.“

„Warum nicht?“, fragte er. ‚Weil ich dich nicht liebe‘, wollte ich sagen.

Ich sagte stattdessen: „Einfach so. Lass mich jetzt in Ruhe.“

„Anna“, sagte er.

„Was ist jetzt noch?“, fragte ich brüsk.

„Versprichst du mir, dass du mich nicht verlässt?“ Mein Herz begann wieder zu klopfen. Ich erinnerte mich an den verbrannten Gemüsestrudel im Backofen; daran, wie Julian mir das Telefon entrissen hatte, um mit Oliver zu sprechen. Ich sah diese Szene vor meinem geistigen Auge; ich verstand sie nicht, sondern fühlte sie nur; dieses Gefühl äußerte sich in einem so starken Herzklopfen, dass ich es bis in die Schläfen spürte. Meine Hände erkalteten. Ich begann zu zittern.

„Ja, von mir aus“, sagte ich und erstickte dabei fast.

„Meinst du es ernst, Anna?“

„Lass mich in Ruhe.“

„Wirst du mich niemals verlassen, sag, Anna, versprichst du mir …“

„Ich habe gesagt, lass mich jetzt in Ruhe.“

„Anna, ich bitte dich, nur das eine noch: wirst du mich …“

„Es reicht, ich habe zu arbeiten, wir haben schon zehn Minuten vertrödelt.“

„Anna, bitte, sei nicht …“

„Ich lege jetzt auf“, sagte ich.

„Nein, Anna, bitte!“, schrie er plötzlich. Wie gesagt: Markus befand sich mitten in der Mariahilferstraße, einer großen, von Menschen hoch frequentierten Einkaufsstraße. Ich hörte im Hintergrund die Stimmen und das Piepen der Lieferwagen; das Rauschen von Autos, Menschen …

„Anna, sag mir bitte, dass du mich nie verlassen wirst!“, rief er.

„Beherrsch dich doch!“, zischte ich wütend.

„Ich werde mich nicht beherrschen, Anna, um Gottes willen, sag mir, dass du … möchtest du mich heute Abend sehen, ja …ja? Ich möchte es so sehr, sag Anna, bitte …!“ Markus schien von einem Augenblick auf den anderen völlig seine Selbstbeherrschung eingebüßt zu haben.

„Schrei doch nicht so, du bist doch mitten unter Menschen. Lass mich jetzt in Ruhe, wir reden am Abend weiter.“

„Es ist mir egal, was da für Menschen sind! Heißt das, du möchtest mich am Abend sehen, ja? Oh, ich wusste es, du willst es auch! Ich wusste, dass auch du es wolltest!“, sagte er; kurz darauf legten wir auf und ich spürte, wie ich wieder in die Falle geraten war. Das übliche Muster: ich hatte mich entziehen wollen, Markus wurde leidenschaftlich und fordernd und ich sagte zu, in der Angst, er verliere den Verstand, wenn ich absagte.

Wir trafen uns an jenem Abend im selben Café, wo wir zum ersten Mal miteinander gesprochen hatten; und Markus unterbreitete mir, in aller Ernsthaftigkeit, aber untermalt von dem seine vermeintliche Lässigkeit vorspielenden Gähnen, den Vorschlag, mit mir in eine Wohnung ziehen zu wollen. Ich lehnte – zumindest dieses eine Mal ohne zu zögern – vehement ab; während er so tat, als habe er die Frage einfach nur beiläufig gestellt. Über unser

Gespräch am Vormittag verloren wir kein Wort; Markus schien sich wieder in der Gewalt zu haben. Claudia war zu dieser Zeit oft außer Haus; sie hatte gerade Sebastian kennengelernt; mir wäre es tausendmal lieber gewesen, hätte ich sie zuhause angetroffen. Denn kaum hatten wir gegessen, gingen wir zu Fuß in meine Wohnung und Markus zog mich wieder auf die Couch, begann damit, meine Brüste zu streicheln, mich fest umschlungen zu halten und mir ins Ohr zu flüstern, was für einen schönen Körper ich hätte und wie schön ich sei; um wenig später in mich einzudringen. Und wieder verlief alles nach demselben Muster: ich erhob mich, musste Luft schöpfen und hatte das Gefühl, eine böse Hexe zu sein, die frigid ist und sich der Liebe nicht öffnen kann. Nach dem Beischlaf ließ Markus, wie nebenher, den Satz fallen, dass es vielleicht nicht so schlecht sei, „vorerst" getrennt zu leben; das täte unserer Erotik ganz gut. Mein Herz begann zu klopfen, wie wild; ich glaubte, innerlich zu zerplatzen. Das Wörtchen „vorerst" hatte mich ganz aus der Fassung gebracht. Nun hatte ich es sozusagen „schwarz auf weiß": er wollte, mit allem Zwang und unter Aufbietung aller ihm zur Verfügung stehenden menschlichen, erotischen und sonstigen Mittel, mein Lebensgefährte werden. Ich fühlte mich wie in einer Falle gefangen. Die Wohnung, in der ich mich befand, fühlte sich wie ein Käfig an. Ich konnte nicht mehr ruhig sitzen und schlug Markus vor, einen Spaziergang zu machen.

„Aber natürlich, für dich tu ich doch alles", sagte er gönnerhaft und ich hätte ihn dafür wieder erschlagen und ermorden können; als wir bei der Tür standen und ich mir noch die Schuhe anzog, sagte er „Komm, lass uns gehen." Er sagte das in einem Ton, als ob er derjenige gewesen wäre, der den Vorschlag vorgebracht hätte, einen Spaziergang zu machen; und ich – unter dem Einfluss der durch ihn bewirkten Lähmung stehend – glaubte für einen Augenblick wirklich, er habe den Vorschlag ursprünglich gemacht. Ich war verwirrt, fühlte mich traurig und verstand nicht, warum ich plötzlich so entsetzlich schwermütig wurde. Mir war nach Weinen zumute. Markus aber merkte davon nichts; unbefangen und fröhlich plauderte er über seine Familie, über ihr Haus in Tölz, über seine Eltern, die sich eine neue Villa am Comer See zulegen wollten; die behagliche Sorglosigkeit, die er ausstrahlte, stand in so einem Gegensatz zu meinen Gefühlen, dass ich mich doppelt elend fand. Ich wartete nur darauf, wann er an diesem Abend endlich nachhause gehen würde.

Nachdem er gegangen war, legte ich mich ins Bett, wälzte mich, aber konnte nicht einschlafen. Mein Herz klopfte noch immer. Noch immer fühlte sich meine Wohnung wie eine Falle an, die Wände schienen sich auf mich zu stürzen; mir war abwechselnd heiß und kalt. Am nächsten Tag konnte darum keine Rede davon sein, am Bild weiterzumalen. ‚Hätte ich gestern Vormittag nicht abgehoben', fühlte ich und hasste mich für meine

Nettigkeit, Nachgiebigkeit, für meine Unfähigkeit, Nein zu sagen. Ich hätte es gerne gewollt, ja, ich fühlte, dass ich es tun müsste, um nicht verrückt zu werden, um von Markus' Leidenschaft nicht erstickt zu werden; aber noch hinderte mich etwas daran, noch erkannte ich nichts, war blind und verwirrt und lebte von einem Unbehagen zum nächsten, so wie ich mit Julian von einem Liebesrausch zum nächsten gelebt hatte.

10

In dieser Art vergingen die Monate: während ich nach Mitteln und Wegen suchte, Markus zur Vernunft zu bringen, lebte er ganz auf in seiner körperlichen und seelischen Leidenschaft zu mir. Claudia, die mich zu Beginn noch beneidet hatte, entging meine schlechte Laune nicht; sie war aber selber zu eingenommen von ihrer Liebe zu Sebastian und von ihren Hoffnungen, ihn zum Vater ihrer Kinder machen zu können, als dass sie mir mit guten Ratschlägen hätte zur Seite stehen können. Und von ihr konnte ich nur mit ein paar beiläufig hingeworfenen Trostworten rechnen, was aber nicht bloß an Claudias Liebesegoismus lag, sondern natürlich auch daran, dass ich mir einfach noch zu wenig über meine Lage im Klaren war, als dass ich hätte darlegen können, was genau mich kränkte, störte und so unruhig machte. Claudias Rat für alle Fälle lief immer darauf hinaus, mich von Markus zu trennen; auf diesen Gedanken war ich schon nach unserem ersten Treffen im Stadtpark gekommen. Ich hätte eine Erklärung gebraucht dafür, weshalb es mir so schwer fiel, diese Trennung herbeizuführen. Darauf wussten weder Claudia noch ich eine Antwort. Ich meinte, es läge daran, dass ich keine unzweideutigen Worte gefunden hätte, die auch Markus unmissverständlich einleuchten würden; Claudia argwöhnte, ich liebte Markus „im Innersten" wahrscheinlich doch und solle daher lieber zuwarten, wie sich unsere Beziehung entwickle; sie meinte, ich stemme mich vor allem deshalb so vehement gegen eine Beziehung, weil ich „keinen Mann in mein Leben lassen" wolle; womit sie eigentlich auf die Frage, warum die Banane krumm sei, die Antwort gab: weil sie krumm ist.

Ich befand mich also in einer seelischen Sackgasse, denn auch Julian, den ich ab und an traf, erzählte ich ebenso wenig von meinen Schwierigkeiten wie meinen Eltern oder Ferdinand. Meinen mir Nächsten entging nicht, dass ich in den letzten Monaten abgenommen hatte, blass und still geworden war. Meine Mutter fragte mich einmal ziemlich direkt, ob ich denn „privaten Kummer" hätte; und ich meinte, nur „nein, das Übliche": dass ich mit einem meiner Bilder nicht vorwärts komme; was ja auch stimmte. Jenes Bild, an dem ich schon vor Lindas Party gemalt hatte, war immer noch unausgeführt und unfertig; immer wenn ich versuchte, mich ihm anzunähern, entzog es sich. Ich fand keinen Zugang zu ihm; es war, wenn ich vor der Staffelei stand, als ob mir nicht nur mein Bild, sondern meine ganze Kunst gleichgültig geworden wäre. Solche Gedanken erschreckten mich. Sie erinnerten mich an die Zeit kurz nach der Schule, als ich mich weniger aus Lust an meinem Körper als bloß darum, mich und mein Leben zu vergessen, selbst befriedigt hatte. Die Erinnerung an diese nicht gerade schöne Zeit machte mir zusehends Angst und da es Markus war, dem ich die Schuld an diesen Zuständen zuschob, war es für mich eine ausgemachte Sache, mich seiner entledigen zu müssen; bloß, ich steckte in einer „seelischen Sackgasse" und war zu keiner konkreten Entscheidung fähig.

Am besten ging es mir dann, wenn ich nicht an Markus denken musste; kaum aber drängte er sich in meine Gedanken, wurde ich missmutig und schwermütig und fühlte, dass ich – bevor ich noch an die Kunst denken durfte – ein Problem zu lösen hatte. Markus nahm mir, wenn er in mich eindrang – und vor allem wenn er in Bezug auf mich Wörtchen wie „vorerst" verwendete – den Atem; dasselbe tat aber auch allein der Gedanke an ihn. Ich begann stille, feindselige Zwiegespräche mit ihm zu führen, die einem Zuhörer seltsam vorgekommen wären. Man hätte mich zurecht fragen können, warum, wenn ich denn so sehr wünschte, mich von ihm zu trennen, ich mich noch immer mit ihm beschäftigte. Meine Antwort hätte gelautet: Weil er mich ärgert und ich nicht weiß, warum.

Diese Antwort wäre gewiss richtig gewesen; aber sie hätte die Sachlage nur zu einem kleinen Teil erfasst. Denn Markus ärgerte mich nicht, weil ich mich ihm gegenüber aus Liebe verpflichtet fühlte; sondern weil ich dieses Gefühl der Verpflichtung auch ohne alle Liebe empfand. Ich kann mich an ein Gespräch zwischen mir und ihm erinnern, in welchem ich ihm zu erklären versuchte, dass seine schiere Anwesenheit mich manchmal so sehr bedrückte. Er natürlich war der Ansicht, dass das daran läge, dass ich etwas für ihn empfände. Zum ersten Mal aber wagte ich es, ihm darauf zu entgegnen, dass er sich dessen bloß nicht so sicher sein sollte.

„Wie meinst du das?“, fragte Markus betroffen.

„Ich meine das einfach so, dass ich nicht das für dich empfinde, was du für mich empfindest“, sagte ich.

„Ja, aber Anna, das musst du doch gar nicht“, sagte er sanft, mir in die Augen blickend.

„Fass mich jetzt bitte nicht an; ich will das jetzt klären.“

„Okay. Also, wie meinst du das dann?“, sagte er, wieder ein Gähnen ausstoßend und seine Hände, die er schon ausgestreckt hatte, um mich, wie er es gerne tat, um die Taille fassend, in die Hosentasche steckend.

„Ich meine das so, dass du mich liebst; und ich dich nicht.“

„Aber Anna, woher weißt du das denn so genau?“, fragte er, wie immer, entzückt; ich hätte ihm auch direkt ins Gesicht schleudern können, dass ich ihn nicht liebte: er hätte trotzdem nur das herausgehört, was ihm in sein Konzept gepasst hätte, nämlich das Wörtchen „liebe“ ohne das andere Wörtchen: „nicht“.

„Woher weißt denn du, dass du mich liebst?“, fragte ich.

„Weil ich es fühle.“

„Also, da haben wir’s. Ich fühle das nicht in mir. Verstehst du das?“, fragte ich. Markus schwieg; er dachte nach. Dann lächelte er. Ein Lächeln, das ich nur zu gut kannte und das mir seit Neuestem sogar Magenschmerzen verursachte, sodass ich Mittel dagegen schlucken musste.

„Woher weißt du, dass du’s nicht fühlst? Vielleicht ist es so tief in dir drinnen, dass du’s nicht spürst? Vielleicht hast du nur einfach Angst vor deiner großen Liebe?“

„Ich hab gesagt, lass mich bitte los. Wir können sonst nicht normal reden.“

„Natürlich, tut mir leid“, sagte er. ‚Wieder der Gentleman, wie er im Buche steht‘, dachte ich und seufzte, weil ich spürte, wie meine Zweifel sich meldeten und zugleich Markus’ meine vernünftigen Gedanken lähmende Gegenwart die Oberhand erlangte.

„Nein, ich habe nicht Angst vor der Liebe. Wieso verstehst du das nicht? Man liebt oder man liebt nicht. Beides fühlt man. Du fühlst, dass du mich liebst. Ich fühle, dass ich dich nicht liebe.“

„Und warum hast du mir dann deine Hand gegeben? Warum hast du mich geküsst, warum klopft dann dein Herz so?“ Ich sah: es war sinnlos; denn Markus hatte für alle Vorkommnisse schon längst seine eigene Erklärung gefunden. Ich hatte keine Kraft, seine Beobachtungen, die falsch waren, richtigzustellen. Ich hätte es tun können; aber dann hätte er wieder Argumente gefunden, mich vom Gegenteil zu überzeugen. Hätte ich zum Beispiel gesagt: ‚Du hast mich zuerst geküsst', dann hätte er geantwortet: ‚Mag sein, aber du hast mir geantwortet.' Was hätte ich darauf sagen sollen? Etwa so etwas wie ‚Weil du mich so sehr bedrängt hast, dass ich fast erstickt wäre?' Und wenn ich gesagt hätte ‚Ich wollte dich gar nicht treffen', dann hätte er gesagt: ‚Ja, aber als wir telefonierten – du weißt, neulich, als ich auf der Mariahilferstraße war – wolltest du sehr wohl, dass ich dich am Abend besuche.' Wie hätte ich ihm vor Augen führen können, dass er mir diesen Besuch aufgezwungen hatte? Nun, ich hätte es ihm sagen können, etwa so: ‚Du warst derjenige, der solange gebettelt hat, bis ich Ja sagte.' Woraufhin er ruhig geblieben wäre und gemeint hätte: ‚Mag sein. Aber warum hast du dann Ja gesagt?' – Und damit wären wir an den toten Punkt gekommen; an einen Punkt, den auch ich noch nicht genug durchleuchtet und begriffen hatte, um ihm an dieser Stelle furchtlos entgegenzutreten. Warum habe ich Ja gesagt? Unbewusst lagen die Erklärungen auf der Hand: weil ich so lieb und nett bin, wie Lulu meint; weil mir Oliver in den Sinn kam. Weil ich selber weiß, wie sich verschmähte Liebe anfühlt und ich Angst davor habe, in jemandem dasselbe Gefühl zu erwecken; das Mitleid also: hier hatten wir's wieder.

Das erinnerte mich in einem meiner endlosen, ziellosen Gespräche mit Markus an das, was Hermine mir einmal erzählt hatte: Sie hatte meinen Onkel Klaus kurz nach dem Krieg kennengelernt; Klaus hatte sich in sie verliebt; dann hatte er bei einem Arbeitsunfall zwei Finger verloren. Hermine besuchte ihn im Krankenhaus; er tat ihr leid, verstümmelt wie er war. Klaus aber verliebte sich in sie, schickte ihr immer wieder Blumen und Karten; sie heirateten, weil Klaus es so gewollt hatte. Hermine hatte bis zu diesem Zeitpunkt nur ein einziges Mal in ihrem Leben geliebt: ihren Cousin Jakob. Klaus bekam eines Tages, mehr als dreißig Jahre später, Wind davon und wollte sich von Hermine scheiden lassen. Aber seitdem er fromm geworden war, war ihm dieser Schritt verwehrt; und seitdem schwiegen die beiden: Klaus, weil er sich beleidigt und hintergangen fühlte (und dabei hatte Jakob von Hermines mädchenhafter Leidenschaft nicht einmal etwas gewusst); Hermine, weil sie in die Ehe mit einem Menschen eingewilligt hatte, den sie eigentlich gar nicht liebte; der sie zur Ehe gezwungen hatte. „Ich habe den Klaus aus Mitleid geheiratet", pflegte Hermine zu sagen; woraufhin sie schwieg, sich in die Lippen biss, um danach das Thema zu wechseln.

Die ergebnislosen Unterhaltungen mit Markus hatten zur Folge, dass ich mich eine Zeitlang ehrlich fragte, ob er im Recht sei und ich an einer Art Liebesdefekt leide. Zermürbende, selbstquälerische Gedanken wechselten sich in meinem Kopf ab und ich verstand das Naheliegende nicht.

Markus überschüttete mich inzwischen mit Geschenken, von denen ich dunkel ahnte, dass er sie als Mittel verwendete, sich für mich unentbehrlich zu machen.

Eines Tages unterbreitete mir Markus den Vorschlag, das schon längst wacklige Bücherregal in meinem Zimmer auswechseln zu wollen. Ich lehnte das Angebot erst ab; aber er blieb, wie immer, dermaßen beharrlich und fand, wie stets, so viele gute Gründe, die dafür sprachen, das Bücherregal durch ein schöneres zu ersetzen, dass ich schließlich klein beigab. Es war ihm also wieder gelungen, meinen Willen zu brechen.

Am übernächsten Tag hatte ich die Tischler in meiner Wohnung; sie nahmen Maß und mir stockte der Atem.

„Tischler? Aber was das kostet!“, sagte ich zu Markus, der gönnerhaft und lächelnd neben mir stand, um die Abmessungen zu überwachen.

„Für dich ist mir das Beste nicht gut genug, meine Liebe“, sagte er und umfasste mich vor den beiden hemdsärmeligen älteren Herren an der Stelle um die Taille, wo er mich immer gern drückte; dann stellte er sich hinter mich, umfasste mich von hinten und lehnte seinen Kopf auf meine Schulter.

„Das wird schön, du wirst schon sehen, mein Schatz“, flüsterte er mir ins Ohr. Ein Schauer erfasste mich; ich wäre am liebsten davongelaufen; aber er hielt mich fest. Mein Herz begann zu klopfen. Einer der Tischler zwinkerte mir zu.

Zwei Wochen später stand das neue Regal da; es war wirklich schön; aber es fühlte sich an wie eine Fußfessel, die mich jetzt umso mehr an Markus kettete. Nach dem neuen Regal hatte ich das Gefühl, Markus hätte mich gekauft; gerade so, als ob er mir mit dem Regal hätte beweisen wollen, dass er mich liebte und dass mir keine andere Möglichkeit bliebe, als auch ihn wiederzulieben. Das Regal stand da; und ich hasste es. Ich sehnte mich nach meinem alten, wackeligen Regal, das Ferdinand mir vor fünf Jahren aus einem großen Möbelgeschäft billig besorgt hatte.

Bei diesem Regal aber blieb es nicht; Markus versuchte mich in seiner fröhlichen Beharrlichkeit zu Reisen, Ausflügen, zu Partys und Konzerten zu überreden. Zu einem dieser Konzerte begleitete ich ihn schließlich: die Wiener Philharmoniker spielten Mahlersymphonien im Musikvereinssaal. Ich hatte zugesagt, weil ich zum letzten Mal vor acht Jahren im Musikverein gewesen war; kaum aber waren wir ins Taxi gestiegen (denn Markus beharrte darauf, sich im Taxi chauffieren zu lassen), fühlte ich, wie meine Hände zu zittern anfingen; ich bekam keine Luft und begann zu schwitzen. Markus merkte von all dem, wie immer, weil er meine Zustände als Antworten auf seine Liebe auslegte, nichts und fragte nur beiläufig, ob mir heiß sei. Ich bejahte das, ohne Erklärungen, von denen ich ja nun wusste, dass sie bei ihm nicht fruchteten.

„Das kommt von der Vorfreude, Schatz", sagte er, umfasste mich (wir beide saßen auf dem Rücksitz des Taxis), presste seine Hand gegen meinen Bauch, ließ sie wieder Richtung Brüste gleiten und drang mit seiner Zunge so tief in meinen Mund ein, dass ich husten musste. Dann ließ er, die Erregung unterdrückend, ab; als wolle er sie sich für die Nacht aufsparen.

Ich hatte so etwas wie eine Panikattacke bei dem Gedanken, seinen Eltern zu begegnen; diese hatten ein Abonnement für den Musikverein; aber zum Glück waren sie zu diesem Zeitpunkt in Moskau, wo Markus' Vater geschäftlich zu tun hatte. Deshalb klang mein Schweißanfall ab, wodurch Markus sich in seinen Vermutungen über meine Liebe nur bestätigt finden konnte. Ich wollte mich an diesem Konzertabend, nachdem wir – erst zum zweiten Mal – in seine Wohnung gefahren waren, entziehen, aber er warf mich auf seine Couch, riss mir die Kleider vom Leib und befand sich in einem dermaßen entrückten, von der Musik noch umnebelten und seiner Leidenschaft zerwühlten Zustand, dass es beinah lächerlich war; nicht dass mir nach Lachen zumute gewesen wäre, aber unbewusst fühlte ich sehr wohl, dass er sich wie ein dummer Junge benahm, sodass ich mich, wenn auch nur wie am Rande und als außenstehende Beobachterin, von seiner Leidenschaft anstecken ließ; um kurz danach aber umso verärgerter über mich selber zu sein. Wieder erhob ich mich, um meine Kleider zusammenzuraffen.

„Wo gehst du hin?", fragte Markus mich.

„Mich anziehen und nachhause", sagte ich.

„Was, es ist doch fast Mitternacht", sagte er.

„Ich muss heim; ich muss morgen weiterarbeiten", sagte ich.

„Aber kannst du nicht wenigstens eine Nacht bei mir bleiben?", fragte er. Seine Stimme hatte etwas zugleich kindlich Gequältes und neckisch Schmollendes an sich.

„Nein", sagte ich, bemüht, meine Stimme brüsk klingen zu lassen. Da tat er mir wieder leid. Und der Umstand, dass er mir leid tat, verstörte mich wieder. Umso schneller musste ich nachhause; und so ging ich denn.

Im Zuge der vielen Geschenke, die Markus mir machte, wurde mir seine Familiengeschichte nach und nach geläufiger: Markus stammt, wie man unschwer erkennen wird, aus gutem Hause. Jahrelang hat er gegen den Willen seiner Eltern, die in ihm gerne einen Juristen gesehen hätten (sein Vater betreibt eine Anwaltskanzlei im ersten Bezirk), im Studium geschludert, im Glauben, er sei ein geborener Dichter. Markus hatte kurz nach der Matura Dichter werden wollen; hatte aber scheinbar weder genug Talent noch Disziplin gehabt, seine künstlerischen Wünsche in die Tat umzusetzen. Er hat jahrelang vom Geld seiner Eltern gelebt, dies und das studiert, hin und wieder gearbeitet, bis er vor zwei Jahren endlich sein Studium der Geschichte und deutschen Sprache beendet hat; seit einem Jahr arbeitete er an einem Wiener Privatgymnasium als Lehrer, womit er zwar nicht den väterlichen Wünschen entsprach, sich aber immerhin den bürgerlichen Pflichten gebeugt hatte.

Markus hat sich selber aber – und das hat er vor mir nicht nur einmal hervorgehoben – stets als Freigeist gesehen, der seinen zwei älteren Geschwistern insofern überlegen ist, als sich diese ganz und gar dem elterlichen Wunsch unterworfen hatten, mit der Folge freilich, dass seine ältere Schwester sich in psychiatrischer Behandlung befindet; ein Faktum, das er mir erst gegen Ende unserer Bekanntschaft anvertraute. Als Markus und ich uns bei Lindas Feier kennenlernten, schrieb er gerade an seinem zweiten Roman; an einem Werk, das er „groß" nannte und über das er in hohen Tönen sprach; über Linda aber habe ich erfahren, dass dieses Werk erst in Skizzen vorliegt und seit Jahren unausgeführt in Markus' Schublade liegt. Stattdessen schrieb er immer wieder Gedichte im Stile Rilkes, die er in Literaturzeitschriften veröffentlichte. Er zeigte mir einige seiner Publikationen; sie waren nicht schlecht, aber auch nicht gut. Er selber fand, sie gehören zum Besten, was es heutzutage gebe; wenn man ihn kritisch auf seine Gedichte befragte, wurde er boshaft, missmutig oder wechselte das Thema. Markus hatte eine Jugendfreundin gehabt; und während seiner Studienjahre, die sich zum Ärger seiner Eltern über allzu viele Jahre hingezogen hatten, zwei kurzfristige Lebensgefährtinnen. Als ich ihm über den

Weg lief, hatte er erst vor Kurzem sein Leben in Ordnung gebracht, war Lehrer geworden und hatte die Gunst seines Vaters frisch erobert; die Ausgangslage seiner Liebe ähnelte also sehr meiner eigenen zu Julian. Davon wusste ich natürlich lange nichts; das ist mir erst in den letzten Wochen vor Niederschrift dieser Zeilen klargeworden.

Markus war, bei allen artistischen Bestrebungen, die er nur halbherzig verfolgte, also mehr aus Liebhaberei als aus Not und Drang, sehr stolz auf seine Familie und deren bürgerliche, besitzende Solidität. Er wollte mir diesen Stolz vorführen und mich in seine Familie einführen; und so wurde er nicht müde, mich dazu zu überreden, ihn bald einmal nach Tölz in sein „zweites Domizil" zu begleiten, um mir dort auch den Wohnsitz von Thomas Mann zu zeigen, den er, wie er sagte, „heiß verehrte". Ich lehnte aber immer ab, mit der Begründung, dass wir das auch später tun könnten, woraufhin Markus gähnte. Wie schon zuvor, machte mich dieses Gähnen auch jetzt rasend.

Einige Wochen nach dem Konzert überredete er mich, ihn ins Kino zu begleiten. Ich sagte zu, um aber zwei Stunden vorher telefonisch mit der erlogenen Begründung, mir wäre schlecht geworden, abzusagen.

„Willst du, dass ich vorbeikomme und dir eine Medizin bringe?", fragte mich Markus am Telefon. Tatsache war: einen Magentee hätte ich tatsächlich gebraucht, für alle Fälle, denn, wie erzählt, litt ich ja seit Neuestem unter mir unerklärlichen Magenkrämpfen. Also bat ich ihn, mir einen Tee zu bringen. Ich hätte Claudia um einen Tee schicken können; aber sie war leider nicht zuhause. Am Vortag war ihre Mutter erschienen, um wieder den üblichen Streit mit Claudia vom Zaun zu brechen. Es ging um Sebastian; darum, dass Marjeta „diesen Mann" endlich kennenlernen wollte; sie echauffierte sich über Claudias Geheimnistuerei und Claudia echauffierte sich über Marjetas „Kontrollwahn", wie sie es nannte, kurz: die beiden hatten sich wieder einmal angeschrien, die Türen waren auf und zu geflogen, Tränen waren geflossen und dann waren die beiden schließlich doch abgereist, halbwegs miteinander im Reinen.

Markus läutete eine Stunde später, mit dem Tee und einer Sporttasche in der Hand, an. Ich hatte mich inzwischen umgezogen und mir einzureden versucht, ich sei krank; als ich Markus die Tür öffnete, hielt ich mir den Bauch, blickte ihn kränklich an und schlurfte leidend auf die Couch. Er kochte mir inzwischen den Tee auf, servierte ihn mir an die Couch und setzte sich an den Rand.

„Meine arme, kleine Anna", sagte er. Ich lag unter der Decke und fragte mich, wann er wieder nachhause ginge, damit ich weiterarbeiten konnte.

Er legte mir die Hand auf die Stirn und fühlte, ob ich Fieber hätte.

„Fieber hast du nicht", sagte er und legte mir dann seine Hand aufs Gesicht. Ich entwand mich dieser mir lästigen Berührung. Er spielte den Feinfühligen und entzog seine Hand.

„Ich bleib bei dir, bis es dir besser geht", sagte er und machte eine Bewegung, als ob er sich nun endgültig in der Wohnung einrichten wollte.

„Nein, bitte", stieß ich hervor.

„Es wird dir bessergehen, wenn ich da bin, glaub mir", sagte er, zart lächelnd. Er hatte sich inzwischen erhoben.

„Sag, wo sind die Töpfe, ich mach uns was zum Essen!", sagte er.

„Nein, bitte, ich bin so müde, ich ..."

„Keine Angst, ich werde dir nicht lästig fallen. Ich koche uns was und dann leg ich mich auch hin; ich habe meine Sachen extra mitgenommen." ‚Aha', dachte ich, ‚deshalb also die Sporttasche. Scheiße ...'

Der Gedanke, die Nacht mit Markus gemeinsam verbringen zu müssen, trieb mir den Angstschweiß auf die Stirn.

„Nein, ich brauche wirklich Ruhe, bitte. Versteh mich nicht falsch: könntest du bitte gehen?", stammelte ich.

„Anna, du bist mir keine Last, wenn du das meinst", sagte Markus. Es sollte lieb klingen; klang in meinen Ohren aber gönnerhaft. ‚Ach, wie nett von dir, das zu sagen. Du mir aber schon!', wollte ich hervorstoßen, beherrschte mich jedoch und da fühlte ich, wie mich – es war wie eine heiße Welle in der Brust, die mich plötzlich durchströmte – Trauer erfüllte. Ich fühlte mich auf einmal so zerschlagen und traurig, dass ich nichts mehr sagen konnte; es war wie ein Versinken in unendliche Gedanken, in etwas Bodenloses, in etwas, was einfach plötzlich da war und sich vor mir aufgetan hatte. Ich hätte weinen mögen; aber meine Augen blieben ganz trocken.

„Nein, bitte geh“, sagte ich. Es muss sehr ernst geklungen haben, denn Markus näherte sich wieder meinem Bett, setzte sich an den Rand der Couch, legte seine Hand auf meine Schulter, sodass ich das Gefühl hatte, er drücke mich in die Polster hinein; obwohl er mich in Wirklichkeit nur sanft berührte.

„Bist du ganz sicher?“, fragte er. Ich nickte.

„Und wenn dir in der Nacht etwas passiert?“, fragte er.

„Ich will einfach allein sein, dann wird's mir besser gehen“, sagte ich und versuchte, diese Aussage so gut wie möglich auf meine vorgeblichen Schmerzen zu beziehen und nicht auf das, worauf der Satz wirklich anspielte.

„Wenn du das wirklich möchtest …“, begann er.

„Ja, bitte“, sagte ich, voller Hoffnung. Ich merkte, dass ich dabei euphorisch geworden war. Ich merkte es daran, dass Markus sein Kinn einzog und die Augen erstaunt öffnete.

„Äh, ich meine, ja, ich kenne das von früher. Auch wenn die Claudia jetzt da wäre, würde ich sie bitten, mich möglichst nicht zu stören und ganz in Ruhe zu lassen.“ Das schien Markus restlos zu überzeugen.

„Mein armes Mädchen", sagte er, beugte sich zu mir herab und küsste mich auf die Stirn. Meine Krankheit hinderte ihn daran, mich auf den Mund zu küssen. ‚Wäre ich doch immer so krank', fühlte ich und fand mich bei diesen Gedanken ziemlich weinerlich.

Nachdem Markus gegangen war, zählte ich bis dreißig, wobei ich mir vorstellte, dass er so lange brauche, um wieder bei der Haustür zu sein; dann sprang ich aus dem Bett, schloss die Tür zu, atmete ordentlich durch, lüftete, legte die Polster auf der Couch zurecht und warf einen Blick auf die Uhr: zwei Stunden gewonnen, fühlte ich. Jetzt wären wir im Kino angekommen; dann der Film, dann ein Spaziergang. Zwei Stunden und mehr noch! Kostbare Lebenszeit, kostbare Arbeitszeit … Ich wurde tatsächlich euphorisch, führte einen kleinen Tanz auf, belegte ein Brot mit Butter und Käse und öffnete meine gestern Abend liegengelassene Skizzenmappe. ‚Endlich einen Abend einmal Ruhe', fühlte ich voller Freude, aß genüsslich das Brot und spürte: die Trauer, die mich vorhin so plötzlich durchflutet hatte, war schlagartig verflogen.

11

Die seelische Sackgasse, in der ich mich befand, hinderte mich daran, Entscheidungen zu treffen und mich aus einer allmählich unerträglichen Lage zu befreien; nicht nur fühlte ich mich innerlich gehindert, sondern auch äußerlich gebunden, obwohl – und das verwirrte mich am meisten – ich für Markus nicht das empfand, was ich einst für Julian empfunden hatte, nämlich Liebe.

Als ich Markus versuchte zu erklären, dass ich mich an ihn gebunden fühlte und dass gerade dieses Bewusstsein der Bindung mich so sehr bedrückte, erwies er sich, wie schon zuvor, als ein Meister der Verdrehung von Tatsachen, sodass er aus meiner Aussage, ich fühle mich an ihn gebunden, den Schluss zog, ich hätte damit mehr oder weniger unumkehrbar „bewiesen", dass auch ich ihn liebte; was weitere Erklärungen und Gespräche unmöglich machte.

Denn nachdem ich ihm, unbedacht wie ich war und immer auf meine und seine Vernunft hoffend, erzählt hatte, dass ich mich an ihn gebunden fühlte, erkannte ich zu spät, was ich angerichtet hatte: nun lebte er umso unerschütterlicher im Glauben, über mich verfügen zu dürfen und verfügen zu können. Seine Leidenschaft wurde zügelloser; er ließ nach und nach den Gentleman, den er bisher so gekonnt gespielt hatte, bei sich zuhause und benahm sich mir gegenüber wie ein Mann, der glaubt, das verbriefte Recht zu haben, seine Frau nach Belieben behandeln zu dürfen. Dabei ging er sehr geschickt und subtil vor. Dieses widersprüchliche Verhalten äußerte sich in einer Verquickung und Kombination körperlicher Beherrschtheit einerseits und verbaler Entgleisungen andererseits. So konnte es vorkommen, dass wir einander am Esstisch gegenüber saßen, wie zwei gesittete Menschen unser Abendessen verzehrten und Markus plötzlich, ohne dabei auch nur eine Miene zu verziehen, sagte, er wolle meine „Möse streicheln". Oder, ein anderes Beispiel: wir saßen, wieder einmal, im Taxi, um uns zu einem Konzert chauffieren zu lassen; er saß, die Hände im Schoß, neben mir und sprach in einem doppeldeutig-lüsternen Ton von meinen Brüsten und davon, wie er mich gerne einmal nackt fotografieren wolle, um sich das Bild dann in seine Geldbörse stecken zu können; um mich immer bei sich zu haben.

Hatten seine bisherigen Aussagen mich, wenn ich nicht gerade besonders feindselig ihm gegenüber eingestellt war, sogar ein wenig amüsiert (so wie einen Ungezogenheiten kleiner Kinder belustigen), erinnerte mich sein Wunsch, mich nackt zu fotografieren, an seine Schwärmerei über meine angeblich so schöne und glatte Haut. Ebenso wie mich diese Schwärmerei beleidigt hatte, weil ich mich durch sie auf das reduziert sah, was ich für Markus, in den

Höhepunkten seiner Erregung, darstellte, nämlich ein Sexobjekt, ebenso beleidigte mich der Gedanke, nackt in seiner Geldbörse herumgetragen zu werden.

„Ich möchte, dass du dich einmal ganz ausziehst, Anna. Verstehst du: ganz nackt. Kennst du das berühmte Bild von der Monroe, das im Playboy veröffentlicht wurde? Und dass du dich dann so hinlegst und ich fotografiere dich dann von oben, aus der Vogelperspektive. Ich möchte das so gerne, ich möchte dich immer bei mir haben und dich anschauen." Nun verglich er mich also auch zu allem Überfluss mit Marilyn Monroe. Das hatte mir gefehlt.

„Um dir an mir einen runterzuwichsen oder was?", fragte ich, so eindeutig wie möglich. Anstatt den Entrüsteten oder den in seinen unreinen Phantasien Entlarvten zu spielen, blieb Markus ganz Weltmann und sagte, in einer Mischung aus Beiläufigkeit und entwaffnender Offenheit: „Anna, wie kannst du nur, meine Liebe. Ich liebe dich, deshalb möchte ich dich immer bei mir haben; das wirst du doch verstehen. So selten wie wir uns sehen." Sein knabenhafter, unschuldiger Tonfall, in welchem er genauso gut hätte sagen können „Ich hätte so gern ein Stück Kuchen", wirkte zwar entwaffnend; aber da ich immer sein mich reizendes Gähnen vor Augen hatte, war ich gewappnet und vorsichtig und spürte, dass hinter seinem Wunsch etwas andres steckte; was es genau war, wusste ich nicht. Ich wusste nur, dass ich mich zu allem Möglichen schon wider Willen zur Verfügung gestellt hatte; aber bei Nacktbildern, mit denen er dann vor seinen reichen Freunden hausieren gehen könnte (und mir schien schon damals, dass darin seine eigentliche Absicht bestand), war für mich die unüberschreitbare Grenze.

Im Grunde hatte Markus die Grenze längst überschritten. Allein der Umstand, sie weiter und mehr überschreiten zu wollen, ohne dabei meine Gefühle in Rechnung zu stellen, vertiefte meine Feindseligkeit und bestärkte mich mehr und mehr in der Ahnung, die noch kein Entschluss geworden war, dass es bald an der Zeit wäre, ihm für immer den Rücken zu kehren.

Es war wieder Herbst geworden und wir machten einen unserer Spaziergänge, zu denen mich Markus in seiner humorvollen Harmlosigkeit zu überreden wusste. Wir waren mit einem Bus auf den Cobenzl gefahren. Es war ein heller, strahlender Herbsttag, einer dieser Tage, da man weit in die Ferne sieht und alle Häuser und Gegenstände wie ausgeschnitten, scharf konturiert und von der Nachmittagssonne erhellt, in der Landschaft ruhen. Unter unseren Füßen war welkes und feuchtes Laub; wir waren – von ein paar wandernden Pensionisten einmal abgesehen – die einzigen im Wald. Wir waren eine ganze Weile lang schweigend, ohne uns an der Hand zu halten, im Wald herumgegangen, bis Markus seiner Tasche, mit der ihm eigenen gähnenden Unbeteiligtheit, einen Fotoapparat entnahm. Ich erschrak und das erste, was ich sagen konnte, war „Nein, lass das."

„Bitte, tu's für mich", sagte er.

„Nein", sagte ich und ging weiter. ‚Er hat sogar einen eigenen Fotoapparat dafür eingesteckt; das heißt, er muss es geplant haben. Warum sonst nicht mit dem Handy?' – Schon dieser Gedanke reizte meinen Zorn.

Unter meinen Füßen quatschte das Laub; wir waren in eine Lichtung gelangt. Linker Hand standen nur wenige Bäume, hinter denen man, wie in einem Dunstschleier aus Licht, Wien sah. Ich blieb stehen, steckte die Hände in die Hosentaschen und stellte mir vor, was für ein schöner Spaziergang das ohne Markus geworden wäre. Aber ich hatte natürlich, nachgiebig und „lieb und nett", wie ich unverbesserlicherweise war, zugesagt. Ich hätte mir am liebsten in die Haut beißen können. Ich versuchte den in mir aufsteigenden Zorn (deshalb und wegen der eigens mitgenommenen Kamera) durch den Ausblick zu beruhigen. Es gelang mir bis zu einem gewissen Grade, bis ich mich fragte, wo Markus eigentlich geblieben war. Ich wandte mich um. Er stand etwa drei Meter schräg hinter mir.

„Bleib so", sagte er.

„Hast du mich fotografiert?"

„Aber klar doch. Stell dich ein bisschen mehr nach links, dann steht der Baum nicht so direkt hinter dir."

Ich seufzte; dass mein Herz wieder zu klopfen anfing, daran war ich so gewöhnt, dass es mich nicht einmal mehr ärgerte.

„Dauert's noch lang?“, fragte ich genervt und spürte, wie eine Stimmung, die mich vor wenigen Sekunden über meine gutmütige Nachgiebigkeit getröstet hätte, verflogen war. Ich wollte nachhause, heim in meine Wohnung, um mich vors Bild zu stellen. Ich spürte, wie immer in solchen Augenblicken höchsten Unbehagens, wie die Zeit verfloss. Ich empfand die Zeit und ihr Verrinnen so deutlich, als ob eine innere Stimme in Abständen von fünf Minuten gesagt hätte: ‚Es ist jetzt vierzehn Uhr dreißig. – Es ist jetzt vierzehn Uhr fünfunddreißig‘ und so weiter. Unruhe erfüllte mich; meine Hände wurden kalt; ich spürte die Kälte auch an meinen Füßen, und die Trauer, wie ich sie nach dem abgesagten Kinobesuch zum ersten Mal in aller Unzweideutigkeit empfunden hatte, stellte sich ein. Es war, als ob eine Smogwolke über die Stadt gezogen wäre. Mir war nach Weinen zumute und ich wollte nur eines: nachhause und allein sein, um wieder zu mir zu kommen.

„Es dauert so lange, bis wir beide ein gutes Bild haben“, sagte Markus in jovialer Geschäftigkeit, die mich an die Art erinnerte, wie er sich benahm, wenn ihm gerade ein Gedicht einfiel, das er aufschreiben wollte; es war dieselbe unnatürliche, leicht affektierte, zur Schau getragene Beflissenheit, nach welcher er gern den von seiner Inspiration Erschöpften mimte; wobei ich seine Muse darstellen musste, in deren Arme er dann versinken, sprich: die er ficken konnte.

„Was heißt ‚wir'. Du willst ein gutes Bild haben", sagte ich gereizt und stapfte weiter durch das nasse Laub.

„Dreh dich mal um."

„Gehen wir weiter, es wird sonst dunkel. Ich muss nachhause, habe noch was zu arbeiten heute", sagte ich und beschleunigte meinen Gang.

„Ach, Anna, immer du mit deiner Arbeit!", schmollte Markus, aber in fröhlichem Ton. Dieser fröhliche Ton gab mir den Rest. Ich wandte mich um und schrie ihn an: „Ja, ich immer mit meiner Arbeit! Nur weil du das nicht verstehst!"

„Na, warum blaffst du mich so an?", sagte Markus; aber nicht zur Vernunft gebracht, das heißt, immer noch im Glauben, meine schlechte Laune gehöre gleichsam zum fröhlichen Spiel.

„Warum wohl! Keine Ahnung. Lass mich jetzt, ich will heim, ich muss arbeiten."

„Ich verstehe dich schon sehr gut, Anna, da sind wir uns ähnlich, du und ich", sagte Markus. Und ich wollte daraufhin entgegnen: ‚Glaub ja nicht, dass du mir ähnlich bist, du mit deinen lächerlichen Rilke-Gedichten. Glaub ja nicht, dass du dich als Künstler mit mir vergleichen kannst!' Ich – um es platt, aber passend zu sagen – kochte innerlich vor Wut und wurde immer schneller.

„Bleib mal stehen, Anna. Das wäre jetzt ein gutes Motiv." Da rannte ich also vor Markus davon und er dachte wieder an nichts andres als an sich selbst und seine eigenen Pläne. Ich hätte am liebsten einen Schrei ausgestoßen; spürte dabei aber, dass mein Zorn schon seinen Höhepunkt überschritten hatte, sodass er sich allmählich wieder legte, um ganz Lähmung und ein passives ‚Nimm mich' zu werden: um also in jenen Zustand hinüberzugleiten, in dem ich mich meistens befand, wenn Markus mich nahm. Ich wusste von einem Moment auf den nächsten nicht mehr, warum ich mich so geärgert hatte und spürte umso mehr die warmen Wellen der Trauer in meiner Brust aufsteigen. Ich drehte mich also um; Markus – so viel verstand er wohl – las meinem Gesicht die neu gewonnene Ruhe ab und erklärte sie sich auf seine Art.

„Lehn dich einmal da gegen den Baum." Ich tat, was er sagte. Es war jetzt nämlich sowieso alles egal. Ich gehorchte. Die Zeit tickte; aber ‚Scheiß drauf', dachte ich: ‚Ob ich jetzt noch eine halbe Stunde verliere oder nicht. Ich werde in der kommenden Nacht sowieso nicht schlafen können vor lauter Aufregung und Wut.' Ich litt nämlich, zusätzlich zu meinen Magenbeschwerden, in letzter Zeit auch noch an Schlafstörungen.

„Wunderbar, bleib so", sagte er und suchte nach einem geeigneten Winkel. Dann drückte er auf den Auslöser.

„Hmm, bleib bitte so, mein Schatz“, sagte er und warf einen Blick auf die Bilder.

Dann blickte er um sich, trat näher, noch näher, bis er ganz nah vor meinem Gesicht stand.

„Könntest du das oben ausziehen?“, flüsterte er. Ich erstarrte.

„Was?“, zischte ich.

„Bitte, Anna, tu's für mich. Bitte“, flüsterte er, „es wäre so schön, du hast so einen schönen …“ begann er, aber ich wollte es nicht hören; ich wollte nicht diese ewigen Leiern über meine schöne Haut, meine schönen Brüste, meine schöne Figur hören; stattdessen warf ich meine Jacke zu Boden und entblößte meinen Pullover, so wie Markus es gewollt hatte.

„Mach schnell“, sagte ich.

Er stellte sich rasch auf den alten Platz zurück und schoss das Bild.

„Fertig?“, sagte ich und klaubte meine Jacke wieder auf.

„Und jetzt gehen wir“, sagte ich.

„Danke, mein Schatz“, flüsterte er; dabei wollte er mich an der Hand nehmen. Ich entzog sie ihm aber.

„Was ist denn?“, fragte er in aller Seelenruhe, „bist du böse?“

‚Ah, wie klug du bist, dass du jetzt draufkommst!‘, wollte ich ihm an den Kopf werfen; aber ich schwieg, weil reden gar keinen Sinn hatte.

In den folgenden zwei Wochen schützte ich Termine, Arbeit und Verpflichtungen vor, um Markus nicht sehen zu müssen. Stattdessen stellte sich heraus, dass er all seinen Freunden (mit denen mich zu treffen ich mich bisher beharrlich geweigert hatte) bereits von mir erzählt hatte, denn innerhalb dreier Tage erhielt ich vier verschiedene Textnachrichten von vier mir wildfremden Menschen, die sich als Markus' Freunde vorstellten und mich, gemeinsam mit ihm, zu Partys einluden. Er hatte also, um es kurz zu machen, ohne mich zu fragen, meine Telefonnummer seinen Freunden weitergegeben, wie immer im Glauben, er täte es ja nicht über meinen Kopf hinweg.

Ich ließ alle diese Nachrichten unbeantwortet und löschte sie. Solange sie ungelöscht auf meinem Handy waren, beunruhigten sie mich; nachdem ich sie gelöscht hatte, ging es mir wieder etwas besser. Ich erzählte Claudia davon; aber auch sie war nicht weiser geworden und beschränkte ihre Ratschläge auf die mir bereits bekannten Formeln, mit denen sich angeblich alles so einfach lösen lässt. Für sie, für Lulu und Alexandra war es vielleicht so. Für mich jedoch war nichts einfach. Nicht nur steckte ich in einer seelischen Sackgasse, ich fühlte mich darüber hinaus, wie erwähnt, äußerlich gebunden, gegen meinen Willen; und das Unangenehme daran war, dass ich mir nicht erklären konnte, warum. Nach Ablauf der zwei Wochen rief Markus mich an, weil er mich wieder treffen wollte. Er hatte, sagte er,

„solche Sehnsucht“ nach mir gehabt, nach meiner Stimme, meinem Lächeln, meinem …

„Passt schon“, unterbrach ich ihn, denn ich wusste schon, dass er „deinem Körper“ sagen würde und das wollte ich nicht hören.

Er hatte sich gut gemerkt, dass Claudia nach den zwei Wochen wieder bei ihrer Mutter sein würde; er wollte zu mir kommen, mich besuchen, Zeit mit mir verbringen.

„Hast du Zeit?“, fragte er, „ich würde mir gern diesen einen Film anschauen.“

„Nein, das geht nicht“, antwortete ich kurz angebunden.

„Du möchtest mich also nicht sehen?“, fragte Markus.

„So ist es.“

„Ach, Anna, warum bist du denn so trotzig?“, fragte er, diesmal im Tonfall eines Lehrers, der ein ungelehriges Volksschulkind lächelnd zurechtweist. Mit dieser Frage knüpfte er an ein schon vor einem Monat geführtes Gespräch an, in welchem er zum ersten Mal behauptet hatte, ich verschließe mich ihm seelisch bloß deshalb, weil ich trotzig sei, wie ein kleines Kind; wobei er meinte, dass ich ihn sehr wohl liebte; dies aber nicht zugeben wollte, aus Trotz.

Ich hatte ihm damals zu verstehen gegeben, dass ich diese Anschauung nicht nur nicht teilte, sondern als eine Frechheit empfände, weil er mich mit ihr auf ein kleines Kind reduziere, dem man nur einmal gehörig Manieren beibringen müsse: dann würde es schon merken, worin seine Pflicht bestehe und würde diese schon erfüllen: nämlich, Markus aus freiem Willen zu lieben.

„Ich bin, erstens, kein Kind, dass du so mit mir reden kannst und zweitens brauche ich niemanden, der mir sagt, was ich tun soll oder nicht. Das weiß ich selber auch ohne dich", hatte ich gesagt. In ähnlicher Weise antwortete ich ihm auch diesmal.

„Warum bist du immer so gereizt?", fragte Markus.

„Weil du sagst, dass ich trotzig bin. Damit bekundest du ganz deutlich, dass du mich nicht ernst nimmst und niemals ernstgenommen hast. Und jemand, der sich nicht ernstgenommen fühlt, ist nun einmal gereizt. Ist das so schwer zu verstehen?", sagte ich: nun, in gereiztem Tonfall.

„Aber wie kannst du nur, ich … Natürlich nehme ich dich ernst, Anna", sagte er.

„Nein, tust du nicht."

„Doch, Anna, jetzt denk doch einmal nach: wir sind uns sehr ähnlich, deshalb kann ich dich sehr gut verstehen, auch ich brauche meine Ruhe, wenn ich schreibe und dichte und …"

„Hör auf, komm mir nicht mit solchen Beispielen. Wenn du mich wirklich ernstnehmen würdest, hättest du mich an jenem Vormittag nicht angerufen, weißt du noch?"

„Was? Wann habe ich dich am Vormittag angerufen?", fragte er allen Ernstes. Ich dachte, Markus habe nun tatsächlich den Verstand verloren; oder er lüge vorsätzlich.

„Wie du auf der Mariahilferstraße warst. Weißt du das nicht mehr?“

„Ich kann mich nicht erinnern, Anna. Von was redest du?“

„Vergiss es“, sagte ich seufzend. Eine Pause trat ein.

„Anna, du sagst immer“, setzte Markus neu an, „dass du nichts für mich empfindest. Aber warum hebst du dann ab, wenn ich dich anrufe? Du müsstest es ja nicht tun, nicht wahr? Ich glaube, es steckt eine große Liebe in deinem Herzen. Du lässt sie nur nicht raus. Das glaube ich, wenn du mich fragst. Es stimmt nicht, dass du nichts empfinden kannst. Denk an unseren Spaziergang neulich, im Wald. Wir nah wir uns da waren! Wie schön es war. Erinnerst du dich noch? Es war doch schön, mein Schatz, oder? Ich habe die Bilder übrigens entwickelt; ich möchte sie dir zeigen, wenn wir uns dann sehen. Schau, Anna, hätte ich denn etwas empfinden können, wenn du nichts empfunden hättest? Sei ehrlich! Nein! Also. Du kannst nicht behaupten, bei unserem ersten Kuss, mit dem übrigens du angefangen hast, nichts empfunden zu haben. Du sagst immer, dass du mich nicht lieben kannst. In Wirklichkeit willst du bloß nicht. Ich weiß aber, dass du kannst und dass du es lernen könntest. Mit mir, Anna. Mit mir könntest du es lernen. Ich möchte es. Mit dir, mein Schatz.“

Markus brachte mich wahrhaftig auf die Palme. Er wollte mir die Bilder zeigen, wenn wir uns sehen. Wenn! Dass ich nicht lache. Das heißt, er ging einfach davon aus, dass wir uns sehen würden. Er sagte nicht „falls“ und „vielleicht“, sondern er sagte „wenn“, als ob es für ihn eine ausgemachte Sache sei. Und dann die Bilder: nichts konnte mich weniger interessieren; aber er nahm natürlich an, ich brenne nur darauf, seine Kunstwerke zu betrachten und ihn zu loben, so wie ich ihn für seine Gedichte aus Verlegenheit gelobt hatte, um es rasch hinter mich zu bringen, was ihm in seiner maßlosen Eitelkeit aber natürlich nicht aufgefallen war. Er schien den Verstand verloren zu haben: Erst diese Gönnerhaftigkeit, dann seine Vergesslichkeit; dann die Unterstellung, ich müsse die Liebe erst lernen; als ob er mein Meister wäre und ich nur seine Schülerin. Ich hätte jede einzelne Aussage widerlegen können; ich tat es aber nicht, denn ich hatte keine Kraft dazu. Ich war müde, entsetzlich müde all dieser fruchtlosen, sich nun schon über die Monate schwerfällig hinziehenden Gespräche.

„Wir sprechen die ganze Zeit aneinander vorbei, die ganze Zeit. Du willst das eine, ich das andere, wir reden nur aneinander vorbei“, sagte ich seufzend.

„Findest du? Ich finde, unsere Herzen treffen sich, Anna. Sie treffen sich immer mehr. Auch du würdest es fühlen, wenn du nur wolltest“, sagte Markus.

Ich musste dieses Telefongespräch beenden, um nicht meine Beherrschung zu verlieren. Dass mein Herz wieder klopfte, versteht sich von selbst.

Einige Tage später – wir hatten uns inzwischen nicht gesehen, nachdem ich Markus zu verstehen gegeben hatte, dass ich eine „Auszeit" bräuchte (obwohl er an Rilke erinnernde Gedichte schrieb, verstand er mich nur, wenn ich sozusagen Klartext mit ihm redete und dabei überdies abgedroschene Phrasen verwendete wie „Auszeit" oder ähnliches) – stand ich vor dem Waschbecken, nachdem ich Geschirr und Besteck gewaschen hatte und beschäftigte mich damit, wie ich das oft tue, bevor ich ans Malen gehen, Ordnung zu schaffen.

Ich trocknete, an mein Bild denkend, Teller und Löffel, bis mir plötzlich Hermines langes, scharfes Brotmesser in die Hand fiel. Schon wollte ich es, in nachdenklicher Gedankenlosigkeit, mit dem Küchentuch abreiben, als ich plötzlich stockte und merkte, dass dieses Messer einen Holzgriff hatte. Das war mir davor noch nie aufgefallen. Ich wog das Messer in der Hand wie einen wertvollen, bedeutsamen Gegenstand. Es war ein sehr scharfes Messer, das sich im Bestand von Hermines in der Wohnung hinterlassenem Besteck befunden hatte.

Da plötzlich sah ich mich vor meinem geistigen Auge am Boden liegen und schreien; Julian hatte mich gerade davon abgehalten, mir das Messer in die Brust zu rammen. Ich wurde von einer Welle verzweifelter Seligkeit erfüllt: Julian beschützte mich. Ich weinte. Ich liebte ihn. Er hat mich gerettet, er war mein Erlöser.

Da legte ich das noch nasse Messer zur Seite und schlurfte, wie von einer unerwarteten Erkenntnis gerührt, ins Wohnzimmer. Dort nahm ich auf der Couch Platz und starrte ins Leere. Ich hörte, wie draußen ein Auto hupte. Rechter Hand sah ich die Rückseite meiner Staffelei; die hohe Tür, durch die ich soeben getreten war, stand offen. Ich hatte das Gefühl, endlich etwas begriffen zu haben. Meine Gedanken, fühlte ich, befanden sich in einem Zustand bildreicher Beschleunigung.

Gleich musste es also kommen, gleich musste es kommen. Unruhe erfasste mich; ich stand auf und stellte mich ans Fenster. Ich sah aber nicht, was draußen vor sich ging. Autos hupten; anscheinend blockierte jemand die Straße. Die Welt, fühlte ich, hätte um mich herum zusammenstürzen mögen: ich näherte mich einem Gedanken und fühlte, wie ich seinem innersten Kern immer näher und näher kam. Dann geschah etwas Seltsames, aber andererseits sehr Einfaches: ich kam wieder zu mir (es war ähnlich wie das anschwellende und wieder abklingende Ohrensausen damals), ging raschen Schrittes zurück in die Küche und setzte meine Arbeit fort. Ich trocknete das Messer, das wieder ein ganz einfaches Brotmesser war, ab; und machte mich dann an die Teller.

Dabei sah ich mich nach jener Nacht, da Julian und Amélie miteinander geschlafen hatten, ziellos in der Stadt herumgehen. Ich sah mich selber, wie ich mich gesehen hätte, würde jemand mein Herumgehen gefilmt haben. Ich begriff etwas, was ich davor nicht begriffen, ja nicht einmal gedacht hatte. Ich wusste, dass ich dem Problem der Trauer – der Tatsache, dass sie mich in Markus' Gegenwart befiel – ein gutes Stückweit näher gerückt war; und zugleich verstand ich, warum Julian mit Amélie geschlafen hatte, warum er es hatte tun müssen.

12

Hatte ich mich schon vor Monaten Markus immer wieder entzogen, so machte ich mich nach jener, wenn man sie so nennen will, „Erkenntnis" mit dem Messer, noch rarer. Zwar hob ich ab, wenn er anrief, da mich die äußerliche Gebundenheit immer noch nicht verlassen hatte; aber ich ließ seine Nachrichten und Mails unbeantwortet.

Je mehr ich mich entzog, desto häufiger rief Markus mich an, wobei er es nicht verabsäumte, bei ihm wichtigen Themen und Fragen das mir schon vertraute Gähnen auszustoßen, mit dem er alles, was er sagte, zu verschleiern trachtete, um seine Absichten vor sich selber und vor mir zu verhüllen. Vor sich selber konnte er sie wohl verhüllen; ich aber war auf dem besten Wege, ihn zu verstehen und zu durchschauen. Mit jedem Tag kam ich meinem Ziel näher, was dazu führte, dass meine Magenbeschwerden und meine Schlafstörungen allmählich nachließen. Ich spürte, dass ich mich wieder in der Gewalt hatte. Die durch diese vorteilhafte Änderungen bewirkte Stimmung übertrug sich auch auf meine Stimme, sodass, wenn wir miteinander redeten, Markus glauben musste, er könne sich meiner nun wieder sicher sein. Darin aber täuschte er sich; so wie er alle meine Stimmungen bisher falsch gedeutet hatte, weil er sich in seinen Prämissen geirrt hatte und nicht davon abzubringen war, diese zugunsten der Wahrheit zu ändern. Er zog es vor, seinen halb romantischen, halb lüsternen Phantasiebildern, die er sich über mich zurecht gemacht hatte, zu folgen, was wiederum dazu führte, dass wir – wie ich ihm zu verstehen gab – die ganze Zeit aneinander vorbeiredeten. Ich versuchte es ihm so oft wie möglich zu erklären, langsam, behutsam, geduldig; aber er verstand mich nicht und meinte nur, ich verhalte mich so „ambivalent".

„Hör auf mit diesen dummen Bildungsradiowörtern", zischte ich ihn einmal an.

„Aber Anna, du musst doch zugeben, dass du sehr ambivalent bist."

„Ich bin alles andere als ambivalent. Wenn du mich lesen und wirklich verstehen könntest, würdest du es sehen."

„Wer könnte dich besser lesen als ich, sag mir das ganz ehrlich?" Ich seufzte. Da waren wir wieder: Markus war nicht von seiner fixen Idee abzubringen, er sei ein Meister der Psychologie und der Liebe, während ich nur seine gelehrige Schülerin bin, die er gut in der Liebe unterweisen muss, einer Kunst, von der er dachte, er beherrsche sie nicht nur physisch, sondern auch seelisch aufs Meisterlichste. Von unseren Seelen und unserer Seelenverwandtschaft sprach er immer dann, wenn er betonte, wie ähnlich wir uns seien; was mich entsetzlich aufregte, nachdem ich erkannt hatte, dass wir wirklich, schon fast zwei

Jahre lang, nichts andres getan hatten, als wie zwei Verrückte aneinander vorbei zu sprechen; und da war er der Ansicht, wie seien uns ähnlich! Es war zum-auf-den-Mond-Schießen und manchmal wusste ich nicht, ob unsere Gespräche lustig waren oder einfach nur tragisch und dumm; denn egal, was ich sagte, Markus hatte seine von der „Liebe" verklärte Deutung parat und versuchte, diese mit allen ihm zu Gebote stehenden Vernunftargumenten auf mich zu übertragen. Allmählich gewöhnte ich mir daher an, ihn wie einen Patienten zu behandeln und mich wie die Ärztin, die weiß, dass ihr Patient verwirrt ist. Ich sagte ihm dies eines Tages ganz offen.

„Aber Anna, wir beide haben doch keine Psychoanalyse. Das, was zwischen uns beiden ist, ist doch viel tiefer, meinst du nicht?" Tiefe also sah er in einer Beziehung, die für mich in der Flachheit endete, die es uns unmöglich machte, einander zu verstehen. Das also war für ihn die Liebe. Ich gewann den Eindruck – und dieser Eindruck wurde durch meine Erinnerung bei der Betrachtung des Messers bestärkt –, dass eine leidenschaftliche Liebe dieser Art im Grunde nichts anderes ist als eine Liebe zu sich selber, ein rauschhafter Zustand der Verblendung, der, solange er nicht überwunden ist, jede vernünftige Verständigung im Keim erstickt. Seit ich die Angelegenheit aus diesem Blickwinkel sah, wurde ich ruhiger. Das half mir, Markus' penetrante Anrufe zu ertragen. Aber einfacher wurden die Gespräche dadurch nicht; oder doch: ich ertrug sie besser. Das war ein Schritt in die heilsamere Richtung; von wirklicher Befreiung war keine Rede.

„Ich weiß nicht, was du unter Tiefe verstehst“, sagte ich.

„Das, was wir beide füreinander empfinden.“

„Ich habe dir schon hundertmal gesagt, dass ich nicht das empfinde, was du empfindest.“

„Das musst du ja auch nicht, mein Schatz. Aber du empfindest sehr wohl etwas. Du gibst es nur aus Trotz nicht zu.“

„Mir reicht es!“, schrie ich ins Telefon. Markus wusste mittlerweile, wie ich auf die Trotz-Aussage reagierte; er verbesserte sich darum rasch, aus Furcht, das Gespräch ende; nicht aus Überzeugung.

„Anna, es tut mir leid, ich wollte nicht … aber trotzdem …“

„Kein Trotzdem. Wenn du mir mit dem Trotz kommst, lege ich auf. Ich sag’s dir.“

„Und das nennst du nicht trotzig?“, fragte er. Ich spürte, dass er lächelte auf der anderen Seite der Leitung. Das machte mich rasend; ich erinnerte mich aber, dass ich die Ärztin bin und er der Patient. Das beruhigte mich. Ich atmete durch und sagte nichts, hielt das Handy in der Hand und ging in Claudias und meinem Wohnzimmer auf und ab.

„Du hast mich angerufen“, sagte ich, „was wolltest du eigentlich?“

„Ich habe da in meinen Kalender geschaut und gesehen, dass ich kommendes Wochenende Zeit hätte; und da dachte ich, dass …“

„Nein, das geht nicht“, sagte ich.

„Anna, warum tust du das? Ich möchte nicht so von dir behandelt werden. Du tust mir weh, weißt du? Möchtest du das wirklich? Möchtest du mir wehtun?“ ‚Ja!‘, dachte ich, ‚ja!‘, aber ich sagte nichts. Markus seufzte; dann schwieg er eine Weile.

„Du warst früher so voller Leidenschaft, weißt du noch? Kannst du dich an jenen Abend nach dem Mahler erinnern, als wir vom Konzert heimfuhren? Weißt du noch …“

„Ja, ja“, unterbrach ich ihn. Ich wusste, dass er wieder von meinem Körper und meiner Figur und meiner Hingabe anfangen würde; ich konnte das nicht mehr hören. Es machte mich krank. Ich musste ihn unterbrechen, um meine Rolle als ruhige Ärztin aufrechterhalten zu können; eine Rolle, die es mir ermöglichte, die Wucherungen meines Unbehagens zu beschneiden und zu ertragen.

Markus hatte bei diesem Gespräch das Entscheidende unbewusst ausgesprochen. Ich habe oben gesagt, dass weder Claudia noch mir eine Erklärung dafür einleuchtete, warum es mir so schwer fiel, mich von Markus zu lösen. Nun hatte er selber gesagt, was mir Not tat: ich musste ihm wehtun. Ein für allemal wehtun.

Ich musste mich zu etwas überwinden, woran mich mein Mitgefühl und meine allzu überwuchernde Phantasie gehindert hatte; die seelische Sackgasse, in der ich mich befunden hatte, war also gelöst, zumindest theoretisch. Nun wusste ich etwas, was Außenstehenden schon lang augenfällig gewesen war. Lulus Aussage, ich sei zu lieb und nett, lief ja auf nichts anderes hinaus als darauf, dass ich mir durch mein übermäßiges Mitfühlen und Nachgeben ständig selber schade. Was ihr schon vor Jahren sonnenklar war, dämmerte mir erst jetzt.

Ich suchte wieder das Gespräch mit meiner Tante Hermine, aus deren Ehegeschichte mir ja das Wesentliche bekannt war: dass sie wegen ihres Mitleids bei Klaus geblieben war. Nachdem mir meine und Hermines Ähnlichkeit hinsichtlich unserer Mitleidsfähigkeit aufgefallen war, hörte ich ihren Ausführungen über ihre Ehe und die Schwierigkeiten mit Klaus aufmerksamer zu. Ich wollte wissen, wie sie es an der Seite eines Menschen jahrzehntelang ausgehalten hatte; an der Seite eines Mannes, dessen stürmischer Bewerbung sie aus Mitgefühl nachgegeben hatte und der sich ihrer Liebe scheinbar nicht einmal würdig erwiesen hatte. Ich habe es bereits erwähnt: Klaus hatte sich von Hermine scheidenlassen wollen, nachdem er von ihrer keuschen Leidenschaft zu ihrem Cousin erfahren hatte.

Hermine kam eines Tages zu uns in die Wohnung, um neue Vorhänge für Claudias Zimmer vorbeizubringen. Ich zog sie in ein Gespräch über ihre Ehe zu Klaus. Sie wunderte sich über meine Beharrlichkeit, erzählte dann aber das, was sie immer zu erzählen pflegte und was ich früher geflissentlich überhört hatte, weil es mich nicht interessiert und weil ich es nicht verstanden hatte. Oder man müsste eher umgekehrt sagen: es hatte mich nicht interessiert, weil ich es nicht verstanden hatte. Jetzt aber verstand ich und Hermine erschien mir angesichts meiner eigenen Erlebnisse in einem ganz neuen Lichte. Ich stellte mir vor, wie mein Leben in dreißig Jahren aussähe, würde ich jetzt Markus' stürmischen Bewerbungen nachgeben und sogar seine Frau werden: es sähe genauso aus wie das von Hermine und Klaus. Ich habe die beiden einander noch niemals in inniger Umarmung gesehen; ich wusste, dass sie sich so gut wie immer anschwiegen; aber nicht so wie alte Ehepaare, die, in einer Mischung aus Gewohnheit, schamhafter Resignation und Verbitterung schweigen, nachdem sie sich einst aus Liebe geheiratet haben; nicht so, sondern anders. Die beiden schwiegen wie zwei Feinde, die wussten, dass ein einziges klärendes Wort das Fass zur Explosion bringen könnte; das unumkehrbare Fass der Geschichte und ihres eigenen Lebens. Unmöglich, wieder an jenen Punkt zurückzukehren, da Hermine sich entschieden hatte, bei Klaus zu bleiben. Sie haben beide ihr Leben gelebt und nun war es zu spät, zu jenem Augenblick zurückzukehren, da die Entscheidung getroffen worden war. Wenn ich daran dachte, das heißt, wenn ich mich wirklich und aufrichtig in Hermines Lage hineinversetzte, dann schauerte mir. Sie tat mir leid; ich wäre ihr am liebsten um den Hals gefallen und hätte sie am liebsten getröstet. Ich fragte mich nur, ob sie auch verstanden hätte. Das Schweigen gehörte dazu. Der Gedanke, dass aber ich eines Tages so „enden“ würde, wenn ich jetzt Markus nachgäbe, erschreckte mich so sehr, dass er mich in meinem Entschluss bestärkte, mich Markus gegenüber noch weiter zu verschließen.

Mit Claudia darüber zu sprechen, war in jenen Tagen ziemlich sinnlos, denn sie lebte in euphorischer Erwartung, dass Sebastian ihr bald einen Heiratsantrag machen würde. Ihre Mutter hatte den jungen Mann immer noch nicht zu Gesicht bekommen und verabsäumte es nicht, ihre Tochter darüber zu belehren, dass ein Mann, der es bis jetzt nicht der Mühe wert erachtet hatte, sich vor ihr, der Mutter, blicken zu lassen, kein Mann für Claudias Leben sei. Claudia nahm diese meines Erachtens alles andere als falschen Ansagen ihrer ansonsten nicht gerade mit Vernunft gesegneten Mutter sehr persönlich; weil sie sehr gut wusste, dass Marjeta recht hatte. Und wenn ihre Mutter recht hatte, dann musste wohl sie Unrecht haben; was für Claudia angesichts ihrer leidenschaftlichen Verehrung für Sebastian, den auch ich bisher nur einmal zu Gesicht bekommen hatte, eine nicht unbedeutende Katastrophe darstellte. Denn sie hatte sich, ebenso wie Markus sich auf mich versteift hatte, auf Sebastian versteift. Sie sprach von nichts anderem mehr; sie zeigte mir Fotos von ihm, schwärmte von seiner Schönheit, seinem Charme; sie erging sich in Phantasien darüber, wie ihre gemeinsamen Kinder einmal aussehen würden. Sie wollte nämlich unbedingt Kinder haben;

alle in ihrem Freundeskreis (sie selber war ja zweiunddreißig und zu ihrem Freundeskreis gehörten Frauen, die meist älter waren als sie) hatten schon welche und darum fühlte sie sich ihnen unterlegen; all ihre Leidenschaft übertrug sie daher auf Sebastian; sie schwärmte davon, dass er Sport treibe, dass er einen großen Freundeskreis habe, dass er Ausstellungen kuratiere und sogar schon ein Buch geschrieben habe; zwar nur über Finanztransaktionen im Rahmen von „Crowd funding", wovon sie nun wirklich nichts verstand; aber weil Sebastian darüber geschrieben hatte, gehörten dergleichen finanzlogistische Sachprobleme nun ebenso in den Kreis ihrer Schwärmereien. Claudia tat mir leid; denn ich wurde den Verdacht nicht los, dass sie ihre Avancen und Wünsche überstürzte und dadurch ihren Verehrer verschreckte. Sie wartete von Tag zu Tag auf jenen großen Augenblick, da er vor ihr niederknien – sie hatte, was das betraf, eine sehr romantische und üppige Vorstellungskraft – und sie bitten würde, seine Frau zu werden. Dann würden sie mindestens zwei Kinder haben, ein schönes Haus in der Nähe von Wien; sie würde mindestens vier Jahre bei den Kindern bleiben und überhaupt war Sebastian und alles, was mit ihm auch nur im Entferntesten zusammenhing, der Himmel auf Erden. Kurzum: mit ihr über meine Probleme mit Markus zu sprechen, war allein schon ihres eigenen Rauschzustands wegen, in den sich eine nicht zu unterschätzende Angst vor ihrer biologischen Uhr mischte, undenkbar. Ich musste also allein mit Markus fertig werden; denn ich hatte auch zuhause noch kein Wort über ihn fallenlassen. Meine Mutter spürte zwar „dass da was war“, aber sie war und ist, was meine eigenen Lebensentscheidungen betrifft, zu taktvoll (ganz anders etwa als Claudias Mutter, die jede Gelegenheit nutzte, ihrer Tochter die Leviten zu lesen und herumzuschreien, wenn ihr etwas nicht in den Kram passte), um mich auszugfragen. Sie gab mir immerzu zu verstehen, dass, sollte ich mich schlecht fühlen, ich mich ihr gegenüber öffnen solle; wobei sie mich dazu freilich nicht zwingen könne. So machte ich meine Seelendinge also mit mir allein aus; nicht weil ich kein Vertrauen zu anderen Menschen gehabt hätte, sondern weil ich erst einmal selber, ohne emotionale Interpretationen, verstehen wollte, woran ich war. Womöglich liegt diese Schweigsamkeit an meiner künstlerischen Veranlagung; denn ebenso wenig wie ich über meine Bilder spreche oder sie gar herzeige, bevor sie vollendet sind, spreche ich über Sachverhalte, von denen ich nicht weiß, was ich von ihnen halten soll. Schon oft habe ich mich selber aufgrund dieser Notwendigkeit der „Inkubation“, mich zum Beispiel mit Lulus Offenheit und Offenherzigkeit vergleichend, unerträglich gefunden; aber so bin ich nun einmal veranlagt und es wird sich in Zukunft wohl wenig dran ändern.

Markus rief mich eines Tages im Februar an und fragte mich, ob ich Lust hätte, ihn im April zum

Comer See zu begleiten; seine Eltern besaßen seit Neustem eine Villa dort. Er wollte sie mir zeigen und ein paar ruhige Tage dort mit mir verbringen.

„Ich sage dir das jetzt schon, weil ich dich kenne, Anna. Dann hast du Zeit, um nachzudenken und kannst mir dann nicht sagen, ich hätte dich nicht früh genug gewarnt."

„Wie nett von dir, aber im April kann ich nicht", sagte ich.

„War das jetzt sarkastisch?", fragte er, verblüfft und amüsiert zugleich.

„Aber nein, wieso denn?", sagte ich und fragte mich, ob er auch diesen Sarkasmus heraushören würde; aber das tat er nicht und sagte stattdessen:

„Warum kannst du nicht? Woher weißt du das jetzt schon, dass du nicht kannst?"

„Und woher weißt du jetzt schon, dass du im April zum Comer See fahren willst?"

„Weil ich's weiß, weil ich's mit dir machen möchte. Es wird sicher sehr schön. Also, wann würde dir's passen? Ich habe in meinem Kalender nachgeschaut, es …"

„Moment. Was heißt, es ‚wird' und was heißt die Frage, wann ‚würde es passen'? Verstehst du mich nicht? Ich habe ganz deutlich gesagt: ich kann nicht."

„Warum nicht?", fragte Markus, diesmal schon unfreundlicher.

„Weil ich weder kann noch will. Ich muss arbeiten."

„Aha, das sind also deine Prioritäten", sagte er.

„Das sind sie in der Tat und du brauchst dir nicht einbilden, dass es anders wäre."

„Aber ich habe schon André und Erika gesagt, dass du mitkommen wirst; sie würden sich freuen, dich kennenzulernen …"

„Wer sind André und Erika? Die, die mir ihre SMS geschickt haben wegen der Party?"

„Zu der du nicht erschienen bist", sagte Markus.

„Oh, ich habe eine Pflichtkonferenz versäumt", sagte ich, diesmal unüberhörbar sarkastisch.

„Anna, du bist gehässig. Ich möchte mich von dir so nicht behandeln lassen, das habe ich nicht verdient, ich habe dir so viel Gutes getan, ich möchte dir unser Haus zeigen, ich möchte dir André und Erika vorstellen, das sind so nette Menschen, du wirst es sehen, du wirst sie mögen … und vor allem, denk dran: du könntest unten malen, stell dir vor, die Landschaft, wie dich das inspirieren würde, und wir würden dich nicht stören, du hättest ein Zimmer, nur für dich allein, mit Blick auf den See, Anna, da kannst du doch nicht Nein sagen … ich möchte …"

„Immer nur ‚ich möchte, ich möchte', die ganze Zeit, fällt dir das auf? Was ich will, was ich möchte, was meine Bedürfnisse sind, das kommt dir gar nicht in den Sinn!"

„Sage mir, Anna, deine Bedürfnisse und ich werde sie erfüllen!", sagte er, schon in neuer Hoffnung, ich käme bloß deshalb nicht nach Italien mit, weil das angebotene Zimmer nicht nach Osten zeige.

„Es ist zwecklos“, seufzte ich.

„Aber André und Erika möchten dich kennenlernen, Anna, sie würden sich so freuen!“

„Die möchten mich natürlich kennenlernen, nachdem sie das Foto von mir gesehen haben, klar!“

„Was für ein Foto?“, fragte er.

„Was für eine dumme Frage! Das vom Wald!“

„Ach, das!“, sagte er. Da war es wieder, das verharmlosende Gähnen, das mich rasend machte.

„Ja, genau das. Ich lasse mich von dir nicht vor wildfremden Menschen wie ein Stück Fleisch vorführen und dann wollen diese Freunde mich auch noch kennenlernen und schicken mir Nachrichten und Einladungen und … Weißt du eigentlich, wie demütigend das ist?“ Ich redete mich in Wut und verlor den roten Faden; ich hatte ihm etwas sagen wollen; stattdessen redete ich mich in Zorn. Ich hätte die Ärztin bleiben und ihn meinen Patienten sein lassen wollen; aber allein der Gedanke, dass Markus mit meinem Bild vor seinen Freunden renommieren gegangen war, weckte alle übrigen in mir noch schlummernden Feindseligkeiten zum Leben, sodass ich gar nicht auf den Gedanken kam, ihn zu fragen, ob er mein Foto denn wirklich herumgezeigt hatte, oder ob ich mir das in meiner Wut nur einbildete.

„Anna, ich muss mich so nicht von dir behandeln lassen“, unterbrach er mich. Nun wiederholte sich das altbekannte Muster: Markus äußert einen Wunsch, ich lehne diesen ab, er spricht mir gut zu, ich werde böse und er wird ebenfalls böse, im aufrichtigen Glauben, er hätte ein Recht auf meine Gegenwart und Teilnahme an seinen Plänen, die er über meinen Kopf hinweg mit seinen Freunden schon Monate im Voraus geschmiedet hat.

„Ich habe dir so viel Gutes getan, Anna, und du sagst immer nur Nein und Nein und Später und so weiter … ich …“ Ich wusste, worauf er unter anderem mit dem Guten, das er mir getan hätte, anspielte: auf das Regal in meinem Zimmer.

„Ja, du … hast du dir auch nur eine Sekunde lang überlegt, warum ich das sage? Hast du das? Ja, du hast recht: ich sage Nein. Dann vergehen zwei Wochen und du glaubst, alles ist wieder gut. Das ist es aber nicht. Ich habe keine Lust mehr auf unsere Gespräche, wir sprechen wie zwei Verrückte aneinander vorbei. Ich habe keine Kraft mehr, dir etwas zu erklären, weil du es sowieso nicht verstehst!“

„Was möchtest du, dass ich tue? Sag es mir. Ich habe doch gesagt: du hättest in unserem Haus alle Annehmlichkeiten, du könntest malen, du hättest eine wunderschöne Landschaft, die …“

„Landschaften interessieren mich zurzeit einen Scheißdreck. Ich arbeite gerade an Gegenständen, das weißt du genau oder solltest es wissen.“ Das konnte er natürlich nicht wissen; weil er sich für meine Bilder nie aufrichtig interessiert hatte, hatte er doch mich, als eigenständige Person, noch nie wirklich ernstgenommen; folglich konnte er auch mein Werk nicht ernstnehmen. Jetzt verstand ich es. Das war wie eine neue Erleuchtung. Dafür, so schien es mir, hasste ich ihn jetzt am meisten.

„Okay, dann Gegenstände. Wir haben so viele alte Möbel im Haus, Vasen, Krüge, Antiquitäten, du hättest so viele Motive, die du malen könntest, alles würde ich dir zur Verfügung stellen, du müsstest es nur sagen! Ich kenne in der Stadt auch einen alten Antiquar, Amado Pincello, der hat eine wunderbare Sammlung an …"

„Hör auf, das ist doch lächerlich. Du erzählst mir etwas über einen italienischen Antiquar und behauptest zugleich, dass wir nicht aneinander vorbeireden. Ich muss jetzt auflegen, ich habe zu tun."

„Immer hast du zu tun, wenn ich mit dir sprechen will."

„Da haben wir's! Hast du's gehört?"

„Was? Was soll ich gehört haben?", fragte er.

„Du sagtest eben ‚wenn ich mit dir sprechen will': Ich, ich, immer nur ich. Denk einmal an mich. Vielleicht schaffst du auch das noch irgendwann. So. Und jetzt auf Wiedersehen."

„Anna, nein, sag mir nur, ob du mitkommst oder nicht, ich muss André bis morgen bescheid sagen!"

„Aha, na bravo! Bis morgen sogar hat Anna Zeit sich zu entscheiden, wie gnädig, danke dir", sagte ich.

„Also ja, du kommst mit, verstehe ich dich jetzt richtig? Oh, das würde mich freuen! Ich werde André sagen, dass …“

„Du spinnst, du hast deinen Verstand verloren“, schrie ich.

„Was, warum?“, fragte er, ehrlich betroffen.

„Ich lege jetzt auf, ich muss arbeiten“, sagte ich.

„Anna, ja oder nein, du hast doch eben ja gesagt, nicht wahr? Du hast doch gesagt ‚danke dir‘, ja? Ich werde es gleich dem André sagen.“

„Nein und damit basta“, sagte ich und legte auf.

Nachdem ich aufgelegt hatte, fühlte ich mich von einer schweren Last befreit. ‚Er ist wirklich verrückt‘, ging mir durch den Kopf. Keine zehn Sekunden später läutete mein Handy. Ich hob natürlich nicht ab. Im Laufe der nächsten drei Stunden läutete das Telefon zwanzig Mal. Dann folgte eine Kaskade an Textnachrichten. Eine davon lautete (ich werde nicht alle abschreiben): „Warum legst du auf? Weißt du, wie mich das verletzt? Ich möchte uns beiden nur Gutes. Und du verschließt dich. Du sagst, dass du nicht kannst. Ich glaube, du willst nicht. Öffne dich, entdecke deine Liebe, Anna. Mit mir. Mit mir. Dein M.“ Und die letzte Nachricht des Tages, kurz vor Mitternacht: „Ich werde wahnsinnig, Anna. Möchtest du mich vernichten, möchtest du, dass ich deinetwegen sterbe? Mein Herz verzehrt sich vor Feuer nach dir. Und du siehst es nicht. Du möchtest es nicht sehen. Und dabei dieser Glanz des Feuers, diese Wärme! Hast du denn nichts gespürt von dieser Wärme? Ich weiß, dass du sie gespürt hast. Ich will dich, Anna, ich brauche dich. Ich bin das Feuer, sei du meine Luft." Als ich am nächsten Morgen diese Nachricht las, musste ich lachen und mich ärgern in einem. Ich ärgerte mich, weil mich seine Drohung, sterben zu müssen, an Oliver erinnerte; lachen musste ich über die phrasenhafte Seichtigkeit seiner Gefühlsäußerungen, die mich an seine Gedichte erinnerten, von denen er in so hohen Tönen sprach.

Am Nachmittag des nächsten Tages nach dem Telefonat bekam Claudia wieder einmal Besuch von ihrer Mutter. Kaum hatte Marjeta ihre Tasche im Vorzimmer abgelegt, begann sie schon mit den üblichen Keppeleien und Vorhaltungen vor ihrer Tochter. Sie war nie mit etwas zufrieden; Claudias Zimmer war ihr zu unaufgeräumt, unsere Küche, obwohl sie in beinah sterilem Werbeprospektglanz erstrahlte, war ihr zu schmutzig. Die Polster auf unserer Couch waren ihr zu weich und die Semmelknödel, die Claudia und ich gekocht hatten, waren ihr nicht „durch" genug. Marjeta konnte nicht anders als sticheln; sie war das, was man heutzutage wohl am besten als „Karrierefrau" bezeichnet. Sie stand, wie sie selber sagte, ständig „unter Strom" und war dauernd „im Stress". Ihr größtes Leiden bestand darin, dass Claudia nicht in ihre Fußstapfen getreten war, sondern in irgendeinem bedeutungslosen Logistikbüro arbeitete und irgendeinen bedeutungslosen Sebastian liebte, den sie nicht einmal zu Gesicht bekommen hatte.

„Mama, hör auf endlich mit dem Herumjammern“, fuhr Claudia ihre Mutter bei Tisch einmal an. Marjeta machte dabei große Augen und sagte: „Ich? Herumjammern? Wann habe ich jemals in meinem Leben gejammert? Du weißt, mein liebes Kind, nicht was Jammer bedeutet!“, verkündete sie emphatisch, sodass ich mir dachte ‚Na, und du mit deinen Goldschuhen und Silberuhren, Krokodillederhandtaschen und Zigarettenhaltern aus Elfenbein weißt es natürlich, eh klar.‘

Nach dem Essen, das halbwegs glimpflich verlaufen war, tranken wir Kaffee und Marjeta stellte sich ans in den Innenhof sich öffnende Fenster im Vorzimmer, um eine Zigarette zu rauchen; die Eingangstür befand sich in unmittelbarer Nähe. Claudia und ich standen in der Küche und wuschen ab; da läutete die Hausglocke.

„Um Gottes will, hab' ich mich erschrocken!“, seufzte Marjeta.

„Mach auf, Mama!“, rief Claudia aus der Küche.

„Wer ist denn das an einem Samstag?“, fragte sie und stöckelte trotzdem zur Tür. Ich stand, ohne mir etwas zu denken, beim Waschbecken und trocknete das von Claudia gewaschene Geschirr ab, bis Marjeta mit ihrer affektiert schrillen Stimme rief: „Anna, da ist ein Mann, der mit dir reden will!“

„Oh Gott“, flüsterte Claudia. Mein Herz begann zu klopfen. Meine Knie wurden weich. Einem Automaten gleich begab ich mich zur Tür. Markus sah mich und warf sich auf die Knie.

Marjeta, immer noch bei der Tür stehend, sprang zur Seite und stieß ein erschrockenes „Oh um Himmels willen!“ aus.

„Anna, warum tust du mir das an!“, rief Markus, auf den Knien. Seine Augen waren übernächtig, das sah man sofort; er, der ansonsten immer penibel auf seine Kleidung und sein Äußeres achtende Mensch, wirkte zerschlissen und verzweifelt zerrauft. Ich hegte aber den Verdacht, dass er seinem Aussehen absichtlich nachgeholfen hatte; das verlieh seinem ganzen Benehmen etwas lächerlich Scheinartiges und so betrachtete ich ihn so wie man eine Theaterszene betrachtet. Mein Herz hatte sich auch inzwischen bei dem Gedanken beruhigt, dass ich die Ärztin sei, er nur mein Patient.

„Steh auf und geh“, sagte ich zu ihm. Das erinnerte mich an den Satz aus der Bibel, da Jesus zu einem Geheilten spricht: „Nimm dein Bett und geh.“ Ich musste ein Lachen unterdrücken.

„Anna, meine Liebe! Anna!“ seufzte er. In diesem Augenblick hörte ich, wie sich im Treppenhaus eine Tür öffnete. Unsere Nachbarin, die alte Frau Wuschitz, begab sich gerade aus der Wohnung, um die Tauben im Augarten füttern zu gehen, wie immer um diese Zeit am Samstag.

„Jessas!“, hörte ich sie rufen. Markus hatte sich aber inzwischen erhoben, die Haare gerichtet und blickte mich an. Dann, auf der Schwelle stehend, verzerrte sich sein Blick unerwartet zu einer weinerlich-grauenvollen Grimasse; ich hörte, wie er aufzog und schon schoss ein dicker Strahl Spucke an Marjeta vorbei, die laut aufkreischte.

Markus wandte sich in einer theatralischen Geste um, als lasse er einen langen Umhang im Rücken ausschwingen, und ich hörte ihn die Stiegen herablaufen, während die alte Frau Wuschitz erschrocken in unsere Wohnung hinein lugte und fragte, ob denn alles in Ordnung sei oder ob sie lieber die Polizei rufen solle.

13

Nachdem ich mit meinen Aufzeichnungen nun schon so weit gekommen bin, sehe ich, dass die Darstellung und Lösung der Verwicklungen, in die ich mich aus Unerfahrenheit und Nachgiebigkeit verstrickt hatte, zum Greifen nah ist; dabei frage ich mich – und nicht erst seitdem ich dies hier schreibe –, wie man ein Leben für Außenstehende nachvollziehbar machen könnte, dessen eigentliches Problem darin besteht, dass seine Doppeldeutigkeiten nicht gelöst werden zu können, weil es schon zu spät ist für die Erkenntnis und die Befreiung.

Ich habe meine Aufzeichnungen zwar mit großer innerer Teilnahme geschrieben, finde aber – wenn ich an Hermine und Klaus denke – das Dargestellte insofern leichtgewichtig, als ich weiß, dass ich noch Zeit habe: weil ich noch jung bin. Ich kann, nachdem ich vieles falsch gemacht habe, das Wesentliche noch richtigstellen. Wie steht's aber um Menschen, die am Ende eines langen Lebens fühlen, einen falschen Weg eingeschlagen zu haben? Diese Frage beschäftigt mich schon lange; und obwohl ich mich nicht als Schriftstellerin betrachte, frage ich mich, wie ich dieses Problem darstellerisch lösen würde. Was alles müsste man erzählen, welche Episoden müsste man herausstreichen, erwähnen, ausschmücken, seelisch anreichern, um am Ende eines langen Erzählweges in der Seele des Lesers das Gefühl von Tragik hervorzurufen. Das beschäftigt mich aus zwei Gründen: erstens, weil ich meine eigene Geschichte als nicht besonders tragisch empfinde und zweitens, weil ich mir nicht vorstellen kann, wie man das Leiden von Jahrzehnten so beschreiben könnte, dass die zwischen zwei Menschen schwelende Feindseligkeit nicht als bloßes Akzidens, sondern als das eigentliche Moment ihres Daseins empfunden werden kann. Auch ich empfand Markus gegenüber, wenn er mich nicht verstand, diese den ganzen Körper in Aufregung versetzende Feindseligkeit; zugleich wusste ich immer – und dieses Bewusstsein dürfte mich letztlich gerettet haben –, dass meine Feindseligkeit nie und nimmer verglichen werden könne mit den Gefühlen, die Hermine Klaus gegenüber hegte und hegt.

Eine über wenige Monate sich erstreckende Feindseligkeit, die sich noch lösen und auflösen lässt, ist eine Mücke gegen das Gebirge an Feindseligkeiten, das sich zwischen zwei Menschen aufbaut, die, aus Mitleid und Pflichtgefühl, über Jahrzehnte aneinander gekettet sind.

In der Liebe ist darum die Zeit und ihr Vergehen das Erbarmungslose schlechthin: eine einzige Blindheit, eine falsche Entscheidung und man trägt entweder am eigenen Rauschzustand oder am eigenen Mitleid für den Rest seines Lebens. Das weiße Haar zweier Menschen kann darum entweder Trost oder Schmerz sein; Trost für die Liebenden, die sich sagen können: „Solange haben wir glücklich miteinander gelebt.“ Schmerz für jene, die sich sagen müssen: „Jetzt ist es für alles zu spät.“

Wenn ich nach Telefongesprächen wie den oben geschilderten an Hermine und Klaus dachte, hörte ich schlagartig auf, mich selbst zu bemitleiden; zugleich kamen mir mythische Ehepaare wie Philemon und Baucis in den Sinn, die in ihrem hohen Alter einträchtig die Götter empfangen und sogar im Tod noch vereint sind als zwei Bäume, deren Äste sich berühren. Das ist eine schöne, aber auch wehmütig stimmende Sage. Sollte jemand nach meinen nüchtern vorgetragenen Stationen den Eindruck erhalten haben, ich sei, was die Liebe betrifft, zynisch geworden, so wäre das ein Irrtum. Ich glaube, nachdem ich mit Julian den Rausch und mit Markus den Irrtum erlebt habe, umso mehr an die Liebe, die weder das eine noch das andere ist. Wie sie genau beschaffen sein könnte und mit wem ich sie als lebbar empfände, das weiß ich nicht. Ich weiß nur – oder glaube es zumindest zu wissen nach all dem, was mir mit mir selber und mit Markus widerfahren ist –, dass sich mit Menschen, die der Liebe bedürfen, eine liebevolle Beziehung kaum führen lässt. Hier wäre ich nun wieder bei dem zu Beginn dieser Aufzeichnungen zitierten Interview mit der Opernsängerin, das mich nach der Lektüre so aufgeregt hat.

Die Sängerin wird gefragt, was denn ihr Lebenspartner brauche, nachdem er seine eigene Karriere für sie aufgegeben hat; und sie meint, er müsse das Gefühl vermittelt bekommen, dass er für sie wichtig sei. Markus benahm sich mir gegenüber genauso wie diese Sängerin: er glaubte, mir viel zu schenken, wenn er mir seine Liebe schenkte. Dabei fragte er sich kein einziges Mal, ob ich diese Liebe denn überhaupt gewollt hatte; ihm war es nur wichtig, mir so oft wie möglich, in subtilen Anspielungen und durch offene Zurschaustellungen seiner Unentbehrlichkeit für mich (etwa durch die Aufstellung des Regals), zu verdeutlichen, dass er mich brauche; dabei war er sich aber der Tatsache, dass er derjenige war, der mich brauchte, gar nicht bewusst. Seine Eitelkeit gaukelte ihm vor, auch ich brauche ihn; wenn ich ihm aber das glatte Gegenteil davon zu vermitteln versuchte, wusste er das Gegenteil als „ambivalente" Zusage auszulegen. Ich musste – dieses Gefühl vermittelte er mir – wissen, dass er mich brauchte. Ob ich dieses Wissen aber tragen könne, ja wolle, das fragte er sich nie; und er fragte sich das nie, weil er seine eigentlichen Absichten durch sein Gähnen so zu verschleiern verstand, dass auch ich der Täuschung unterlag, er brauche mich in Wirklichkeit gar nicht so dringend; wobei, wie schon erzählt, er diese Täuschung bewusst hervorrief, um sich absichtlich nicht der Tatsache stellen zu müssen, dass ich ihn womöglich gar nicht zu lieben vermochte. Der Täuschung wechselseitiger Bedürftigkeit erliegen Liebende gemeinsam; die Opernsängerin ebenso wie ich ihr einst vor Julian erlegen war. Und obwohl mir dies klargeworden ist, glaube ich an die Liebe; vielleicht sogar (und das mag nach dem bisher Geschilderten sehr paradox erscheinen) umso mehr als vor den Erlebnissen mit Markus. Wenn er mir also weiszumachen versuchte, ich könne die Liebe erst mit ihm richtig lernen, konnte ich gar nicht anders, als ihn für verrückt zu halten; weil eine Aussage wie diese mir bestätigte, dass er von meinem Innenleben nicht das Mindeste begriffen hatte. Ähnlich verhielt es sich während jenes geschilderten Telefonats, als mir ebenso deutlich zu Bewusstsein kam, dass er meine Kunst niemals ernstgenommen hatte: da ist mir der Zusammenhang zur latenten Missachtung meiner Person bei vorgeblicher Liebe zu derselben aufgegangen. Das alles möglichst anschaulich zu schildern und aufzulösen, ist alles andere als einfach. Aber ich musste es machen, um innerlich nicht an den Widersprüchen, die sich im Vergleich zu meiner Liebe zu Julian auftaten, zu zerplatzen. Hier spielt das schon erwähnte Moment der Trauer hinein, die ich in Markus' Gegenwart spürte. Nachdem ich sie zum ersten Mal richtig wahrgenommen hatte, ahnte ich, dass sie etwas mit Julian zu tun haben musste; was aber, verstand ich erst ein bisschen später; und ich werde es im nächsten Abschnitt erwähnen: denn nachdem ich die Herkunft der Trauer begriffen hatte, setzte sich ein Vorgang der Loslösung in Gang, ohne den es mir unmöglich gewesen wäre, aus dem Erkannten auch die richtigen Folgen zu ziehen; sodass mich lange das Bild von Hermine und Klaus als eine Art drohendes Schreckgespenst meines Lebens peinigte.

Während ich mich mit solchen Seelenwursteleien befasste (die sich in Magenschmerzen und Schlafstörungen niederschlugen), ließ sich Alexandra gerade von ihrem Gatten scheiden, der sie mit einer Freundin betrogen hatte, während Lulu sich von ihrem zehnten Freund (in sieben Jahren) trennte. Verglich ich mich vor allem mit Lulu, kam ich mir in meiner nachgiebigen Leidensfähigkeit ziemlich erbärmlich vor. Wenn ich jetzt, rückblikkend, darüber zu schreiben versuche, fühle ich, wie sich die Fäden ebenso verheddern wie sie sich damals seelisch verheddert hatten: ich weiß nicht, wo ich anfangen soll, um nachvollziehbar aufzuzeigen, dass es so kommen musste wie es gekommen war; es entsprach meinem Charakter, von dem ich ja schon gesagt habe, dass er offenbar nicht anders konnte als dem Muster von Anspannung und Kollaps zu folgen. Deshalb habe ich zu Beginn ausführlich über mein jüngeres Ich gesprochen, ohne dessen Verhaltensweisen die Verwicklungen mit Markus, wie ich glaube, gar nicht verständlich wären. Vielleicht irre ich mich bei dieser Annahme; vielleicht wäre es durchaus nachvollziehbar gewesen, sozusagen direkt in die Geschichte einzusteigen, aber: es war mir selber ein persönliches Bedürfnis, mich zu verstehen, und sei es auch nur, um mir nicht eines Tages mit weißen Haaren und in passiv-resignierter Duldung sagen zu müssen „Es ist zu spät“.

Nachdem Markus die Treppen hinuntergelaufen war und die alte Frau Wuschitz gemeint hatte, sie müsse wohl die Polizei rufen, vergingen drei Tage, während denen ich von Markus nichts hörte. Er schickte keine Nachrichten, schrieb keine Mails und rief mich nicht an. Inzwischen aber war Claudia von ihrem Sebastian abgewiesen worden. Ich stand am Dienstag vor meinem Schreibtisch, um die Skizze für ein Bild zu bearbeiten, als ich hörte, wie die Außentür aufgerissen wurde und Claudia heulend in die Wohnung trat. Sie warf, ich hörte es von meinem Zimmer aus, die Handtasche in eine Ecke und weinte glucksend. Ich erhob mich, um zu ihr zu gehen. Sie hatte sich in der Küche neben den Herd auf den Boden gekauert und raufte sich die Haare. Ich trat zu ihr hin und setzte mich ebenso auf den Boden, der kalt war und auf dem ich die von Marjeta entdeckten Fettflecken nun tatsächlich sah.

„Bin ich so hässlich!“, schluchzte sie. Ich antwortete zunächst einmal nichts und umarmte sie nur; sie ließ sich gegen meine Brust fallen und ich spürte, wie ein Schwall warmer Tränen mein T-Shirt durchnässte.

„Bin ich denn so hässlich und fett!“, schluchzte sie wieder und seufzte, während ich sie, umschlungen haltend, hin und her wiegte, wie ein kleines Kind, das am Spielplatz gestürzt ist und von der Mutter getröstet wird.

‚Nein, du bist nicht hässlich und fett, du bist so bedürftig', dachte ich, sprach es aber natürlich nicht aus. In dem Augenblick, da mir dieser Gedanke kam, spürte ich, wie mein Entschluss, mein Verhältnis zu Markus eindeutig und unverrückbar zu klären, immer notwendigere Gestalt annahm; zugleich sah ich vor meinem geistigen Auge Hermine und Klaus in ihrem Wohnzimmer sitzen; ich sah sie beide vorm Fernseher sitzen und schweigen, wie immer. Ich sah, wie Hermine sich erhob, um etwas aus der Küche zu holen und wie Klaus, die Fernbedienung in der schweißnassen Hand, auf den Bildschirm starrte, wie ein Paralytiker, der schon längst seinen Verstand verloren hat. Ich wiegte Claudia hin und her; ihr Tränenstrom ließ allmählich nach, dann sagte sie: „Er hat was geschrieben." Sie sprach es aus wie ein kleines Kind, schluchzend, fiepend, ihrer Stimme nicht mächtig.

„Da, da, ich zeig's dir", sagte sie und sie entnahm ihrer Hosentasche einen zusammengefalteten Zettel. Es war eine Mail, die sie offenbar in ihrem Büro ausgedruckt hatte. Während sie sich wieder gegen meine Brust presste, hielt ich den Zettel in der rechten Hand, um ihn zu überfliegen; der Fußboden war kalt, meine Füße waren dabei einzuschlafen und die rechte Hand tat mir weh. Claudias Heulen hatte inzwischen nachgelassen; sie wischte sich mit einer Hand die Tränen ab. Sebastian schrieb ihr, sinngemäß, dass er sich durch ihre penetranten Forderungen nach einer Beziehung, nach Kindern und dergleichen, allmählich aus der Fassung gebracht sehe; dass es eine ausgemachte Sache sei, dass, wenn ein Mann eine Frau auf diese Art pausenlos bedränge, dies einen strafrechtlichen Tatbestand darstelle; dass aber, seiner Meinung nach, dasselbe für Frauen gelten müsse, die sich Männern gegenüber so verhalten; und nun, da er erkannt habe, dass Claudia sich ihm gegenüber so verhalten habe, wolle er sie nicht mehr sehen. Das nun erklärte freilich, warum Claudia mich gefragt hatte, ob sie denn so hässlich sei. Wie hätte ich ihr nun aber Sebastians Standpunkt, ohne sie zu verletzen, näherbringen sollen? Ich hatte das Gefühl, den Inhalt dieses Briefes, der im Übrigen in einer sachlichen und darum für eine Liebende umso verletzenderen Sprache geschrieben war, gut zu verstehen; das konnte ich Claudia nicht sagen, ohne sie wieder in Verzweiflung zu stürzen; also legte ich den Brief zur Seite und streichelte sie.

„Bin ich so hässlich?", flüsterte sie, diesmal gleichsam weniger überzeugt von der Bedeutung dieser Frage. Ich spürte, wie die nach solchen Aufwallungen einsetzende Umnebelung, in der man nicht mehr versteht, worüber man sich denn eigentlich so aufgeregt hat, von ihr Besitz ergriff. Das war der beste Augenblick, ihr vorzuschlagen, sich zu erfrischen, damit wir gemeinsam etwas essen konnten. Ich versuchte mich zu erheben, so gut es ging; meine Beine fühlten sich ganz taub und kribbelig an; Claudia – ich sah ihr jetzt erst richtig ins Gesicht – hatte ganz verquollene Augen; die Schminke war übers ganze Gesicht verschmiert und das brachte mir die Erinnerung an Markus.

Vorgestern war er vor meiner Tür erschienen und hatte sich wie ein Verrückter verhalten. Wenn ich es jetzt ganz genau bedachte, erschreckte und beruhigte mich diese Verhaltensweise; sie erschreckte mich, weil sie in so großem Gegensatz zu seiner sonstigen Beherrschtheit stand (außer wenn er Lust bekam, mich zu nehmen); und sie beruhigte mich, weil sie mir einen Anlass bot, mir guten Gewissens zu sagen, dass einem Mann, der sich so verhält, ohnedies nicht über den Weg zu trauen wäre: ‚Jetzt spuckt er noch', sagte ich mir, ‚was würde er aber machen, wenn wir wirklich unter einem Dach wohnen würden? Mich schlagen, prügeln?' Kurzum: ich war froh, mich rechtzeitig entzogen zu haben, um die Feindseligkeiten, an denen ich schwer genug getragen hatte, nicht weiter nähren zu müssen.

Am nächsten Tag – ich war schon gegen Mittag wieder zuhause – fand ich in unserem Postkasten einen Brief vor. Der Absender war Markus Ebental. Ich war ruhig, meine Knie zitterten nicht und mein Herz klopfte nicht; ich war, im Gegenteil, sehr neugierig auf den Inhalt; und so zögerte ich das Öffnen des Kuverts ein wenig hinaus. ‚Immerhin lebt er noch', fühlte ich beruhigt, denn es hätte mich geärgert (mehr als das konnte ich an Gefühlen nicht aufbringen, denn ich war nach Monaten der Magenbeschwerden und unruhiger Nächte und quälender Gedanken erschöpft), hätte er sich meinetwegen umgebracht.

Ich kochte mir einen Tee, wusch ab (Claudia hatte in der Früh in ihrer Eile wie immer das ganze Geschirr liegen und stehen gelassen), begab mich dann ins Wohnzimmer, setzte mich auf die Couch, deren Polster Marjeta zu weich gewesen waren (ich fand sie hingegen zu hart) und öffnete das Kuvert. Ich entnahm ihm einen handgeschriebenen Brief und ein zweites Kuvert. Ich legte den Brief auf die Couch und riss das zweite Kuvert auf.

Es war das Foto, das Markus von mir im Wald geschossen hatte: ich stand, mit nacktem Oberkörper, mit der rechten Hand meine Brüste bedekkend, gegen den Baum gelehnt und schaute nach rechts. Jetzt begann mein Herz zu klopfen und die alte Wut stieg in mir auf; sie wurde größer, ja erreichte ihr Höchstmaß, als ich die auf der Rückseite des Bildes hingeworfenen Zeilen las. Da stand: „Für meine Anna. Dieses Bild, dir zur Freude.“ Und darunter stand ein Rilke-Gedicht, der erste Vers aus dem Gedicht „Erinnerung“: „Und du wartest, erwartest das Eine / das dein Leben unendlich vermehrt; / das Mächtige, Ungemeine, / das Erwachen der Steine, / Tiefen, dir zugekehrt.“ Und darunter stand: „Ich, dein dir ewig Zugekehrter: Markus.“ Ich wusste nicht, ob ich darüber lachen oder, meinem Herz vertrauend, aufschreien sollte.

Mein Körper entschied sich für eine Mischung aus beidem; es fühlte sich an wie ein hysterischer Anfall. Da ich diese Zustände aber mittlerweile gut kannte, schloss ich die Augen, atmete ruhig durch, zählte bis dreißig und sagte mir dann laut: „Ich bin die Ärztin, er ist der Patient." Das beruhigte mich tatsächlich, sodass ich jetzt den Brief besonnen lesen konnte. Markus hatte ihn in seiner ausladend schwungvollen Schrift geschrieben; da stand: „Meine Liebste! Ich kann mir das Vorgefallene nicht verzeihen. Ich bin – du kennst mich, denn wir beide sind uns ähnlich – untröstlich! Auch du wärest doch untröstlich in meiner Lage. Du verstehst mich also. Ja? Du verstehst mich. Ich wünsche es, ich hoffe es, ich lebe dafür. Darum erlöse du mich aus meiner Gewissensqual und verzeih mir, denn ich wusste nicht, was ich tat. Sprich nur das eine Wort: ‚Ich verzeihe dir' und meine Seele wird wieder lachen können. Anna, ich hatte gedacht, du würdest mir die Tür öffnen und wir würden einander wieder in die Arme fallen nach dem Missverständnis der diesem Tag vorangehenden schrecklichen, meine Seele in Aufruhr versetzenden Nacht, in der ich kein Auge zutat, weil du geschwiegen hast, Anna. Ich verlor die Beherrschung und litt unsäglich! Ich litt mehr als du, glaube mir. Kannst du mich verstehen, kannst du mir verzeihen, mein Engel? Ich glaube, du kannst, Anna. Ich danke dir. Ich danke dir aus dem Bodenlosen meines Herzens, das sich dir zukehrt in der Reinheit meiner Umarmung, die ich dir schenke, um uns beide zu wärmen. Doch jetzt hör zu, ich möchte dich eines fragen, ich möchte dieses eine sagen: Möchtest du die Verwirrungen unserer Liebe, dein Nein vor meinem Ja, in ein eindeutiges Geleise rücken, furchtlos, freudig vor einer heiteren Zukunft, möchtest du dich mir zukehren? Möchtest du meine Tiefe sein, möchtest du den Stein, der ich bin, durch dein Mächtiges und Ungemeines zum Leben erwecken? Anna, ich frage dich: möchtest du meine Frau werden?"

Hier endete der Brief. Er war nicht unterschrieben. Ich spürte sogleich, wie das Fehlen der Unterschrift nicht Flüchtigkeit, sondern Effekthascherei war und das ärgerte mich mehr als alles andere; während mich zwei Dinge, nach dem Bild, vor allem zur Weißglut trieben: er bezeichnete den Umstand, dass ich seine Anrufe nicht angenommen und seine Textnachrichten nicht beantwortet hatte, als ein „Missverständnis". Damit bekundete er eine unüberbietbare Starrsinnigkeit und Verstockung, bei der ich nichts anderes denken konnte, als dass er nun tatsächlich verrückt geworden sei.

Ich lege auf, hebe nicht ab, knalle die Tür vor seiner Nase zu: was musste ich denn noch tun, um ihn von dem Gedanken abzubringen, ich liebe ihn? Denn dass er glaubte, ich täte das, bewies auch der Text auf der Rückseite meines Fotos; und überhaupt: wenn er wirklich gespürt hätte, dass ich ihn nicht liebe: dann würde er mir das Bild nicht geschickt haben. Er hatte es mir aber geschickt, weil er – immer nur von sich und seinen Gefühlen und seinen Bedürfnissen ausgehend (der beste Beweis: er schrieb in dem Brief „Ich litt mehr als du, glaube mir") – der Meinung war, das, was ihn erfreue, erfreue automatisch und notwendigerweise zugleich auch mich.

Darin bekundete er seine unverbesserliche Besitzsucht, die – als sie mir durch den Brief nun vorlag – mich nun endlich begreifen ließ, warum er mich so liebte: ganz einfach, weil er mich als seinen zukünftigen Besitz betrachtete. Ich habe es im Laufe dieser Aufzeichnungen erwähnt: Markus stammt aus den besten Verhältnissen, seine Eltern besitzen zwei Häuser in Wien und diese Villa in Italien. Wäre es Markus gelungen, mit mir das zu erreichen, was er sich beharrlich in den Kopf gesetzt hatte, so wäre ich neben ihm kein Mensch gewesen, keine eigenständige Person mit eigenständigen Bedürfnissen, Pflichten, Talenten und Träumen; nein, ich wäre nur ein schönes Accessoire mehr gewesen, etwas, das er haben musste, so wie er – entweder auf Befehl seiner Eltern oder weil er selber so empfand, nachdem er die Wertvorstellungen und Anforderungen seiner Eltern und seiner Gesellschaftsschicht verinnerlicht hatte – seine Villen und sonstigen Besitztümer hatte und besaß; und so wie er in zum Glück nicht eintretender Zukunft auch unsere Kinder und mich als Ehefrau besitzen würde.

Und das zweite, was mich ärgerte: dass er noch immer der Meinung war, wir wären uns ähnlich; hier erübrigt sich, denke ich, jede weitere Erklärung.

Jetzt leuchtete mir mit einem Mal ein, warum wir immer wieder aneinander vorbeigeredet hatten: weil er die ganze Zeit, wenn er mich ansprach, wie zu einem ihm verfügbaren Gegenstand geredet hatte, nicht wie zu einem Menschen, der über einen eigenen Willen verfügt. Jetzt endlich begriff ich es. Dass ich so etwas Naheliegendes nicht verstanden hatte: ich musste mir wirklich an den Kopf greifen! Und das dank seinem Brief, der sich in seiner Mischung aus Kitsch, forcierten Gefühlen, hysterischer Pseudorührung und selbstgerechter Weinerlichkeit stilistisch übrigens nicht von seinen anderen Äußerungen unterschied und dem ein übermäßiger Einfluss bildungsbürgerlicher Sprachzukkungen, des Bildungsradios und der Rilkelektüre zu entnehmen war. Ich las den Brief und konnte mir gut vorstellen, wie die Häuser seiner Eltern eingerichtet waren; kein Wunder, dass er einen italienischen Antiquar persönlich kannte.

Ich betrachtete das Foto, das er „mir zur Freude" (dass ich nicht lache!) geschickt hatte, zerriss es in tausend Stücke; dann überflog ich noch einmal den Brief und zerriss ihn ebenso. Ich erhob mich, warf die Papierschnitzel in den Mistkübel, schnappte mir Claudias Einkaufstasche und beschloss einkaufen zu gehen. Ich wollte Schokolade essen und brauchte unbedingt frische Luft. Ich musste diese Mischung aus Wut und Erkenntnis irgendwie auslassen; ich musste mich bewegen. Wäre ich in der Wohnung sitzen geblieben, wäre mir die Decke auf den Kopf gefallen.

14

Jetzt hatte Markus brieflich unmissverständlich ausgesprochen, was er fast zwei Jahre lang durch sein verharmlosendes Verhalten verschleiert hatte; allein dafür hätte ich ihm schon böse sein müssen, wäre nicht mein ganzer zerrütteter Zustand Grund genug gewesen, ihm böse zu sein. Er hätte mich gern zu seiner Ehefrau gemacht; und angesichts seines bürgerlichen, halb sentimentalen, halb arrogant selbsteingenommenen Charakters konnte man sich gut vorstellen, wie er sich die ideale Ehe vorstellte: so wie Männer sie sich immer vorgestellt haben. Ich hätte mich ihm ganz unterwerfen, meine eigenen Pflichten und Interessen aufgeben und überdies, nebst einer gewöhnlichen Arbeit, den Haushalt erledigen sollen; wir hätten sicherlich eine oder zwei Haushälterinnen in einer von Markus' Villen gehabt; aber Eigenständigkeiten zu äußern oder sie gar auszuleben, das hätte er dann, nachdem er meiner sicher gewesen wäre, schon zu unterbinden gewusst.

Allein bei diesem Gedanken wurde meine alte Feindseligkeit erneut rege. Ich wäre bereit gewesen, etwas Eheähnliches mit einem Mann, den ich liebte, einzugehen; das, was ich mit Julian erlebt hatte, entsprach im Großen und Ganzen klassisch ehelichen Strukturen. So hatte ich meine eigene Zeit und

Energie vergeudet (Anspannung und Kollaps, wie gesagt), die ich erst nach der Trennung von Julian in meiner eigenen Arbeit wiedergefunden und mit Zähnen und Klauen zu verteidigen mir vorgenommen hatte.

Und jetzt sollte ich, nachdem ich ganz in meinem Werk und in meiner Kunst zu leben begonnen hatte, mich Markus' Forderungen fügen; und zwar Forderungen eines Menschen, dessen antiquierte Vorstellungen einer Partnerschaft deutlich auf der Hand lagen. Endlich hatte ich seine Absichten durchschaut; und ich war zu dumm gewesen, sie erst anhand seines direkten Wunsches in seinem Brief durchschaut zu haben. So ärgerte mich also nicht nur Markus' picksüßer Brief, sondern auch meine sich über zwei Jahre hinstreckende Nachgiebigkeit, die mich schlaflose Nächte und ihn letztlich ziellos-erfolglose Bemühungen gekostet hatte; hätte ich ihm schon vor einem Jahr gesagt, dass er sich etwas Eheähnliches abschminken könne, würde ich uns beiden Kraft und Zeit erspart haben. Aber Markus, dessen Wunsch nach einer festen Bindung verzweifelt groß war, hatte wohl nicht anders können, als diesen ihm selber nicht ganz geheueren Wunsch systematisch zu verschleiern; nun war mir klar, wer hinter diesem Wunsch stand: nicht etwa Markus selber, sondern seine Familie, seine Eltern und die Gegebenheiten der Gesellschaftsschicht, in der er verkehrte. Jetzt erst fiel mir auf – tatsächlich, als ob mir Schuppen von den Augen fielen –, dass alle seine Freunde, von denen er immer sprach (unter anderem dieser André und Erika), bereits verheiratet waren und Kinder hatten. Er war unter ihnen der einzige, der, nach spätem Studienabschluss und Irrfahrten im Land der Poesie, keine Frau gefunden hatte. Doch: mich.

Also musste er mich mit allen ihm zur Verfügung stehenden Mitteln binden und halten; wobei das bewährteste Mittel die subtile Vertuschung des eigenen Wunsches darstellte, der sich, nach jenem peinlichen, entlarvenden Spuckvorfall, endlich im Rahmen einer Entschuldigung Ausdruck verschaffen konnte.

So gesehen, konnte ich nicht anders, als in meiner wieder aufkeimenden Feindseligkeit, die er durch seine unehrliche, feige Vorgehensweise nährte, Markus zu bemitleiden, weil es so weit hatte kommen müssen, dass ein Mann in den besten Jahren, der nicht einmal hässlich oder anderweitig seltsam war, seine Wünsche verschleiern hatte müssen. Da wurde mir das Ausmaß von Markus' – wie soll ich sagen? – gestörtem Innenleben bewusst. Er hatte mir erzählt, und ich hatte es auch von Linda gehört, dass seine Eltern ihre Kinder (Markus hatte ja zwei ältere Geschwister) zeit ihres Lebens mehr oder weniger gedrillt haben, damit sie den Erwartungen und Anforderungen entsprächen. Markus hatte sich diesem Drill mit aller Gewalt jahrelang tapfer widersetzt und hatte, anstatt seine Pflichten ernst zu nehmen, sich eingebildet, er sei ein Dichter. Erst in den letzten paar Jahren vor der Bekanntschaft mit mir hatte er sein Leben in Ordnung gebracht und dabei scheinbar akzeptiert, dass er nichts anderes war als ein normales „Bürgersöhnchen“, zwar mit Talenten und poetischem Gefühl, aber ohne tiefere Neigungen und wirkliche Probleme, die sich künstlerisch hätten Ausdruck verschaffen müssen. Er schrieb, mehr aus Gewohnheit als aus Notwendigkeit, seine Rilke-Imitationen und fand diese, sowie ein paar Kurzgeschichten, die er mir zu lesen gab, sehr gut; wobei für mich schon nach der Lektüre der ersten Kurzgeschichte feststand, dass aus ihm nie etwas werden würde, zumindest nicht dichterisch; sie war eine in so etwas wie experimentellem Stil verfasste Geschichte, bei der man nicht wusste, wo vorne und hinten ist und von der Markus wünschte, dass ich sie ihm wie das Orakel der Pythia auslegte. Ich tat es mehr aus Mitleid als weil's mich interessiert hätte; in Wirklichkeit fand ich diese Auslegerei lästig und hielt Markus für einen eingebildeten Heuchler, der, anstatt meine vorsichtig geäußerte Kritik als Möglichkeit zur eigenen Weiterentwicklung zu sehen, beleidigt war, als ob er selber sehr gut wüsste, dass seine Geschichten nichts taugten.

Das spürte ich zu diesem Zeitpunkt mehr als dass ich imstande gewesen wäre, es so klar in Worte zu fassen; die Episode mit der Kurzgeschichte ereignete sich einige Monate nach unserem ersten Kuss: man sieht also, dass die Feindseligkeiten, die mir erst in den letzten Monaten körperlich und seelisch zugesetzt hatten, dort begründet waren. Ich hätte es gleich erkennen und mich dagegen stemmen müssen: Markus' verharmlosendes Gähnen und das Verschleiern seiner Absichten ließen mich immer dann, wenn ich ihn loswerden wollte, glauben, ich sei eine böse, liebesunfähige Hexe, die einen netten Burschen seiner verdienten Zärtlichkeiten beraubt. Seine Lebenswünsche deckten sich von Anfang an in keinem einzigen Punkt mit meinen eigenen, was auch daran lag, dass unsere biographischen Ausgangslagen ganz anders beschaffen waren. Seine Behauptung, wir seien uns so ähnlich, stützte sich nur auf seine Einbildung. Tatsachen lagen ihr keine zu Grunde; denn wenn ich meine Eltern mit Markus' vergleiche, sehe ich, was für ein Graben sich auftut: seinen Erzählungen zufolge lebten und leben seine Eltern in jener sorglosen, bürgerlichen Eintracht, die durch langhin geplante gemeinsame Urlaube, Theater- und Opernbesuche und ähnliches genährt wird, während meine Eltern, will man schon klassifizieren, eher einfachen Arbeitern gleichen, die zeit ihres Lebens zwar nicht seelenlos, aber im Vergleich zu Markus' Eltern, doch eintönig vor sich hin gelebt haben; und sei es nur, weil es uns an jenem Rückhalt an Besitz fehlte, der Markus' ganzen eigentlichen Stolz ausmachte; sodass er natürlich, von seinem Blickwinkel aus, nicht anders konnte, als mich nach Italien bringen zu wollen, im Glauben, wenn ich seine Villa sähe, würde ich mich ihm schon zu Füßen werfen. Er glaubte, mich durch Zurschaustellung seines Besitzes in seine Fänge zu bekommen, weil er meinte, auch ich – von der Annahme ausgehend, wir seien uns ähnlich – lasse mich durch Villen und Antiquitäten beeindrucken; sodass sein Wunsch, mich nach Italien zu bringen, mehr der Verzweiflung entsprang: wenn er mich schon auf normalem Wege nicht umgarnen konnte, dann würde ich sicherlich angesichts seines schönen Hauses nicht widerstehen können, seine Frau zu werden; sodass mich die Entdeckung, er wolle mich eigentlich kaufen, beleidigte, was er aber wiederum nicht merkte, ja, nicht merken konnte, weil er selber sich durch solchen Besitz hatte kaufen lassen, und sei es nur dadurch, dass er letztlich den Erwartungen seiner Eltern gefolgt und seine künstlerischen Ambitionen zugunsten eines sicheren Einkommens hatte fallen und fahren lassen. Dabei war er immer noch unerschütterlich der Ansicht, er sei in tiefster Seele ein Künstler und werde es bleiben. Jetzt aber erkannte ich, dass er nur ein ängstlicher Mensch war, der sich nach Sicherheiten sehnte und endlich, wie alle anderen seiner reichen Freunde, auch eine schöne Frau an seiner Seite haben wollte, um durch Vermehrung und Erweiterung seines Besitzes sein sonst unschöpferisches Ego zu vergrößern. Nun, damit konnte ich ihm nicht dienen, weil ich ihn nicht liebte. So einfach, so klar und nach einer Kette von Missverständnissen endlich begriffen.

Im Laufe dieser Aufzeichnungen fällt mir auf, dass ich so über mich und Markus erzählte, als hätte ich daneben kein anderes Leben geführt; der Schein trügt aber, denn Markus nahm, wenn er mir mit seinen Wünschen auch sehr zusetzte, nur einen geringen Teil meines Alltags ein, der bestimmt war vom Abschluss meines Studiums, vom Malen, von der Organisation von Ausstellungen; ebenso davon, alte Freundschaften wiederaufzunehmen und neue zu knüpfen. Ich nahm, nach Jahren wieder, meine Beziehung zu Amélie auf, die nach dem einst Vorgefallenen gedacht hatte, ich würde sie hassen. Sie war sehr glücklich über meinen Wunsch, sie wieder einmal zu treffen; auch mit Jaromir und Julian, die sich beide beruflich in Kanada aufhielten, hielt ich Kontakt: wir schrieben uns immer wieder und schickten ab und zu Bilder hin und her. Nebenher plagte ich mich mit der Beantragung der Ausstellungs- und Förderstipendien und lebte einen ganz gewöhnlichen Alltag, an dem ich jetzt – nach den Aufregungen mit Markus – insofern gern etwas ändern würde, als mir das tägliche Einerlei zu langweilig geworden ist. Ich spüre, dass es wieder an der Zeit wäre, etwas Neues in Angriff zu nehmen; leider spielt das Geld, wie immer, eine hinderliche Rolle; deshalb meinte ich, dass die Sache mit den Kunstförderungen eine Plackerei darstellt. Ich habe vor einem Monat eine kleine Ausstellung gehabt und fünf meiner Bilder verkauft; aber das reicht nicht, um alle mit meinen Vorhaben verbundenen Kosten zu decken. Wie auch immer, was ich sagen wollte: ich habe mich zwar nicht nur monomanisch mit mir selber und Markus befasst, sondern ein ganz gewöhnliches, manchmal zu eintöniges und arbeitsreiches Leben geführt (nicht umsonst bekundete Markus auf meine Arbeit Eifersucht), aber die Beschäftigung mit ihm und den durch seine Anwesenheit verursachten Fragen hat einen beträchtlichen Teil meiner Zeit in Anspruch genommen, womit ab jetzt Schluss sein wird; denn: um nicht in meinem schöpferischen Fortkommen einzurosten und stecken zu bleiben, muss ich mich der Tatsache stellen, dass Zeit für etwas Neues ist. Ferdinands und Lindas Hochzeit in Innsbruck stellte einmal fürs erste eine gute Abwechslung dar; die Feier war bescheidener und familiärer gestaltet als Lindas Party in den Weinbergen. Klaus und Hermine waren auch gekommen; und ich hatte Gelegenheit, die beiden aus dem Augenwinkel zu beobachten. Seitdem mir so manches Muster ihrer langjährigen Beziehung verständlicher war, sah ich die beiden mit anderen Augen. Der Anblick von Klaus – die Art, wie er einmal einen Tortenteller in der Hand hielt, während er mit der Gabel in der Sachertorte herumstocherte – erinnerte mich an meinen ersten Eindruck von Markus' Schuhwerk. Ich hatte ja das Gefühl gehabt, seinen glänzenden Schuhen hafte etwas Vulgäres an, als ob er durch ihren übertriebenen Glanz sagen wollte: ‚Ich rühre keinen Finger, sollen die anderen meine Schuhe putzen.' Jetzt, Klaus betrachtend, schien mir, dass er im Grunde eine sehr ähnliche Weltsicht bekundete; das war mir früher nie aufgefallen. Jetzt sah ich es und spürte dabei, dass ich meinen ersten beiden Fehlern – nämlich dem, Markus angelächelt und dem, ihm geschrieben zu haben – keinen dritten folgen lassen durfte.

Mein Entschluss festigte sich beim Anblick des Torte essenden Gatten meiner Tante. Es war seltsam, wie das Leben einem manchmal in unerwarteten Augenblicken mit Erkenntnissen zur Hilfe kam. Das erinnerte mich an die beim Malen und die, wie mir scheint, grundsätzlich bei der Kunst entwickelte Sehfähigkeit, an der es künstlerisch Ungeübten mangelt, weshalb es so schwierig ist, mit Menschen, die nichts sehen und nichts verstehen wollen, zu reden; kaum macht man sie auf etwas aufmerksam, schon vergessen und verdrängen sie es wieder; eigentlich wie Markus, was für mich wieder einen handfesten Beweis dafür darstellte, dass er mit seiner Dichterei keine aufrichtigen Ziele verfolgte, sondern sie ebenso nur als Schmuck und Accessoire betrachtete wie er mich als seine Frau betrachtet hätte. Das war Bildungsbürgertum in Reinform, schien mir: der Glaube, man sei etwas Besseres unter vollkommener Ignoranz vor den Tatsachen. Hauptsache, man hat genug am Konto, ab und an eine Loge in der Oper; ein paar gut betuchte Freunde, die man zu Gartenfeiern einladen kann und einen schon im Winter davor gebuchten Sommerurlaub mit allem Komfort. Sicherlich ein sehr behagliches Leben; aber eines, das ich mir zu führen noch nicht erlauben konnte, weil ich das Gefühl hatte, als

Künstlerin noch nicht fertig zu sein. Dies Markus zu erklären, wäre verlorene Liebesmüh' gewesen; er hätte es nicht verstanden, weil er, wie alle Egoisten, immer nur von sich selber ausging und von der Wahnidee, wir beide wären uns weiß Gott wie ähnlich.

An einem Sonntag ein paar Wochen nach der Hochzeit besuchte ich seit langem wieder Alexandra; ich war mit Lulu gemeinsam zu Alex nach Baden gefahren, wo sie sich im Stadtteil Weikersdorf, in der Nähe einer Kirche, mit Joachim gemeinsam jenes Haus gekauft hatte, in dem sie nun alleine saß, nachdem sie ihn vor die Tür gesetzt hatte. Lulu war in guter Laune und sprach davon, barfüßig in einem Maserati fahren und in Dubai Austern von einem Goldteller essen zu wollen; ihre Heavy-Metall-Phase war vorbei, sie hatte ihre Drogensucht überwunden und hegte, ähnlich wie ich, neue und übertrieben ausgefallene Pläne fürs Leben. Nachdem wir zu dritt zu Mittag gegessen hatten, machten wir mit Alexandra und ihrem Hund einen Spaziergang. Lulu erzählte uns etwas über ihren letzten Liebhaber und dass sie über ihn einen langen Artikel in ihrem Blog veröffentlicht hatte; sie betrieb nämlich seit einem halben Jahr unter einem Pseudonym einen Blog, in dem sie ihre sexuellen Erlebnisse ausplauderte. Sie hatte innerhalb sehr kurzer Zeit extrem viele Leser gefunden und trug sich jetzt mit dem Gedanken, Videos über ihr Leben zu drehen, um auch diese dann im Netz zu veröffentlichen. Wir waren auf einen Spielplatz gekommen, Alexandras Hund lief frei herum, sie warf das Stöckchen und Lulu sagte: „So ein braves Hundilein und so treu!“

„Ja“, meinte Alexandra, „so einen Mann bräuchte man, der dir treu ist wie ein Hund.“ Lulu musste lachen, ich aber sagte nichts; denn es erinnerte mich an mein eigenes Verhalten und außerdem war ich nachdenklich, denn am Vortag hatte mich Markus angerufen und mir zu verstehen gegeben, er wolle das Regal wiederhaben, das er mir geschenkt hatte. Kurz davor hatte ich ihm geschrieben, dass ich seinen Heiratsantrag zur Kenntnis genommen hatte; ihm aber nicht nachkommen könne.

Ich kann mich nicht an den ganzen Wortlaut unseres Gesprächs erinnern, denn ich war, wieder einmal, zu aufgeregt über diese nur allzu typische Forderung von ihm. Deshalb gebe ich das Gespräch nur in wesentlichen Zügen wider. Er rief also an und ich sagte: „Aha, das ist ja eine interessante Liebe, die Geschenke zurückverlangt.“

„Ich verlange nichts zurück. Du benutzt das Regal ja gar nicht“, versuchte er sich auszureden.

„Doch, tue ich, da stehen meine Bücher drinnen, falls dir das noch nicht aufgefallen sein sollte.“

„Aber es gefällt dir trotzdem nicht, ich weiß es.“

„Das ist richtig“, sagte ich.

„Aha. Und wieso hast du es dann wollen?“, fragte er.

„Ich wollte es gar nicht. Du kamst eines Tages mit den Tischlern, die Maß genommen haben. Ich habe sie nicht bestellt."

„Großartig. Und wieso hast du es mir nicht damals gesagt?", fragte er beleidigt.

„Habe ich sehr wohl, aber du hast es nicht zur Kenntnis genommen."

„Das stimmt nicht; wenn du gesagt hättest, du willst das Regal nicht, hätte ich es dir nicht geschenkt. Es war immerhin nicht gerade billig." Das war typisch für Markus: er hatte viel Geld, verdiente gut, hielt aber über alles genau Buch und war knauserig, als müsse er nur von Suppe und Wurstsemmeln leben.

„Ja, das ist deine Schuld, ich habe es, wie gesagt, nicht gewünscht. Und außerdem stimmt es sehr wohl: ich habe dir deutlich zu verstehen gegeben, dass ich dieses Regal nicht will, aber du hast darauf bestanden und gemeint, es würde ins Zimmer passen."

„Du bist so etwas von undankbar, Anna!", rief er.

„Aha, jetzt soll ich also auch noch dankbar sein für ein Geschenk, das du mir aufgezwungen hast, im Glauben, du tätest mir eine Freude damit." Wie man sieht: ich war ziemlich schonungslos ihm gegenüber, jetzt, da ich wusste, wie es um die Dinge stand. Das schien ihn sehr zu treffen.

„Es hat dich also nicht gefreut?", fragte er tonlos.

„Ja, so ist es."

„Und wieso …?", setzte er an.

„Weil du es mir aufgedrängt hast, ebenso wie du mich dazu gezwungen hast, mich im Wald nackt auszuziehen und ebenso wie du mich dazu gezwungen hast … ach, vergiss es“, seufzte ich.

„Was sagst du da? Dich gezwungen? Ich soll dich gezwungen haben?! Du wolltest es doch! Du selber wolltest es! Sag nicht, dass ich dich gezwungen hätte! Du hast dich freiwillig ausgezogen.“

„Interessant. Jetzt verstehe ich auch, warum du ‚Dir zur Freude‘ auf die Rückseite des Fotos geschrieben hast.“ Schweigen am anderen Ende der Leitung.

„Dein Nein ist also definitiv?“, fragte er in einem Ton, als ob er mir plötzlich recht gäbe damit, dass er mich gezwungen hatte; zumindest beharrte er nicht mehr darauf, dass ich es selber gewollt hätte.

„Und deshalb willst du dein Regal zurückhaben? Aus Rache? Bist du so kleinlich oder was? Du kriegst also nicht das, was du willst und als Antwort nimmst du mir wieder die Geschenke weg, die du mir gemacht hast, wie ein Kleinkind.“

„Anna, du bist grausam“, hörte ich ihn flüstern.

„Ja, weil ich die Wahrheit sage. Aber nein, auch du bist grausam!“, sagte ich.

„Ich? Warum? Was habe ich dir denn getan, Anna?“

„Frag dich das selber“, sagte ich. Wieder das Schweigen.

„Liebst du mich, Anna?“ Ich seufzte. Ich hatte ihm gesagt, dass meine Grausamkeit daher rühre, dass ich die Wahrheit sagte; er aber ging darauf nicht ein; als fürchte er, der Wahrheit zu begegnen; stattdessen leierte er an seiner fixen Idee weiter: „Ja, liebst du mich? Nein oder ja? Bitte, sag es.“

„Was glaubst du?“, fragte ich.

„Ich glaube schon“, sagte er. Ich musste jetzt wirklich den Kopf schütteln; diese unverbesserliche Unerschütterlichkeit, die ihn so sehr glauben macht, dass er geliebt werde: so etwas ist mir bisher auch noch nie begegnet, außer vielleicht in leichten Ansätzen bei Oliver.

„Nein“, sagte ich. Ich atmete aus und schloss die Augen.

„Und warum …?“, stammelte er.

„Warum ich dann getan habe, was ich getan habe?“, fragte ich.

„Ja“, sagte er, trocken, als wolle er weinen, könne aber nicht.

„Weil ich schwach war. Weil ich … weil du angefangen hast; weil ich zu schwach war, weil …“ Ich versuchte, es zu sagen ohne ihn zu verletzen; denn sein ‚Ja‘ hatte zum ersten Mal wirklich ehrlich schmerzerfüllt geklungen. Er tat mir leid; aber ich konnte nicht immer nur meinem Mitleid folgen: das Ergebnis hatte ich bei Klaus und Hermine vor Augen und so wollte ich selber nicht enden.

„Nein, Anna“, sagte er, „du warst nicht schwach, du warst stark, du …“, redete er weiter, „du hast Ja zu mir gesagt. Möchtest du es? Möchtest du meine Frau werden? Ja oder nein?"

„Ich bitte dich", seufzte ich, diesmal fast lachend vor solchem Starrsinn.

„Ich bitte dich: Nein, ich will und ich werde nicht deine Frau werden und wenn du dein Regal wiederhaben willst, dann besorg dir einen Transporter und hol's dir ab. Für mich ist dieses Gespräch beendet."

„Aber warum warst du dann so voller Glut, solcher Leidenschaft?", fragte er, wie aus einem Traum erwacht.

„Heißt das, dass jede Frau, die dir voller Glut begegnet, dich gleich heiraten will? Das wird ja wohl nicht dein Ernst sein?", fragte ich; und dachte mir, ohne es freilich auszusprechen: ‚Was für ein Mann bist du eigentlich?'

„Nein, nein, natürlich nicht", sagte er, diesmal selber vor lauter Schmerz und Verzweiflung fast lachend, so wie man in Augenblicken starker seelischer Erregung sich oft gegenteilig verhält, wie Menschen, die bei Begräbnissen lachen statt weinen müssen.

„Aber wieso warst du …", setzte er fort und verbesserte er sich: „Was hast du empfunden, wenn wir … du weißt schon."

„Ich weiß es nicht", sagte ich und gab damit eine ehrliche Antwort.

„Du wirst doch wohl nicht nichts empfunden haben", sagte er.

‚Doch, vielleicht habe ich nichts empfunden', dachte ich, sprach es aber nicht aus. Ihn vorsätzlich noch tiefer zu verletzen, fand ich nicht notwendig.

„Ich weiß es nicht, woher weiß man denn schon, was man empfindet? Woher weiß man schon was wahr ist und was nur eine Illusion?", sagte ich und dachte daran, wie Julian und ich uns geküsst hatten; ich wurde plötzlich nachdenklich und traurig.

„Ja, sag, spürst du dich denn nicht?", fragte er; das erinnerte mich an seine Aussagen, dass ich ihn in Wirklichkeit sehr wohl liebte, es aber bloß nicht wisse und mit ihm, als seinem Meister gleichsam, lernen könne. Darum machte mich diese Frage wieder unversehens wütend und verdrängte meine Trauer. Das Gespräch erschöpfte mich. Ich seufzte angestrengt.

„Ich spüre mich sehr wohl. Natürlich spüre ich mich, ich bin doch kein Holzklotz, das ist doch alles lächerlich. Lassen wir das jetzt", sagte ich barsch.

„Aber wenn du dich selber spürst, wieso weißt du dann nicht, ob du was empfunden hast?"

„Du, ja, du spürst dich selber nicht", sagte ich plötzlich wütend, „denn sonst hättest du schon längst gespürt, dass ich nichts spüre!" Ich wusste: das war hart und ehrlich, vielleicht zu brutal; aber was sollte ich tun? Er hatte mich wieder auf die Palme gebracht.

„Was? Ich spüre nichts? Weißt du, wie es in meiner Seele jetzt zugeht?", sagte er, unverkennbar pathetisch, aber ehrlich zugleich. Seine italienische

Villa kam mir dabei in den Sinn und sein alter Antiquar.

„Ich, ich, du ewig mit deinem Ich! Immer sagst du: ‚Meine Seele', ‚meine' Wünsche! Ja, ich weiß, dass es dir schlecht geht, ja ich weiß es, aber denkst du auch nur einen Augenblick daran, wie es mir geht? Verstehst du: mir?!"

„Aber ja doch, deshalb möchte ich ja, dass …", sagte er

„Was? Deshalb möchtest du: was? Dass ich deine Frau werde? Deine Frau wie dein Haus wie deine Villa wie dein Hund wie dein Auto?" Ich konnte mich nicht mehr beherrschen. Schweigen auf der anderen Seite der Leitung.

„Gut, ich komme das Regal abholen. Auf Wiederhören", sagte er. Dann legte er auf. Da hatten wir's wieder: der Brief, der aus reiner Effekthascherei keine Unterschrift hatte, typisch. Ich hätte ihm mein Handy am liebsten am Kopf zertrümmert. Mein Herz klopfte wieder. Das war seine Art: er fühlte wohl leise, dass ich im Wesentlichen recht hatte; und anstatt sich der Wahrheit zu stellen, tat er das, was er am besten konnte: den Gekränkten spielen. Auflegen. So tun, als wäre er im Recht; wie wenn man sich kritisch über seine Gedichte äußerte.

Aber zwei Stunden später erhielt ich eine lange Nachricht von ihm: er entschuldigte sich schriftlich bei mir; sagte, das mit dem Regal täte ihm leid; ich könne es ruhig behalten. Er wünsche nur eine definitive, schriftliche Antwort: ob ich nun seine Frau werden wolle oder nicht; denn wenn ich ihm mein Nein ein für allemal schriftlich, unterschrieben gäbe, dann werde er mich nie mehr wieder belästigen und stören. Das war am Samstag; am Sonntag besuchte ich, wie gesagt, Alexandra.

Am Montag kam ich abends spät von einem Töpferkurs heim; es war schon dunkel. Schon im Stiegenhaus hörte ich, dass aus unserer Wohnung laute Musik drang: ich erkannte Lieder von ABBA. Als ich die Tür öffnete, schallte mir die ganze Gewalt der Musik entgegen. Claudia tanzte, nur in einer Unterhose bekleidet, sonst nackt, in unserem Wohnzimmer, dabei eine Bierdose in der Rechten haltend. Sie sang zu dem Lied „Gimme, gimme, gimme a man after midnight!" Sie sang nicht, sie grölte. Sie bemerkte mein Eintreten nicht; ich lief zum CD-Spieler und drehte ihn ab. Da wandte sie sich um und schaute mich an. Ihre Augen waren wieder verquollen. Sie rannte auf mich zu. Sie war, wie ich sofort bemerkte, stockbesoffen.

Sie stieß einen fast lächerlichen Kreisch- und Heullaut aus und warf sich mir, nackt wie sie war, in die Arme.

„Uuu, ululuuuhuu!", winselte sie, wirklich wie ein armer, gedroschener Hund, „Er hat mich verlassen, er hat Schluss gemacht!" Dann plötzlich stieß sie auf, wandte sich rasch von mir ab und so schnell konnten wir beide nicht schauen, erbrach sie sich auf dem Parkettboden.

Eine halbe Stunde später lag sie auf der Couch; ich hatte, effizient wie ich in solchen Augenblicken immer sein kann, rasch aufgeräumt, die Bierdosen weggetragen und eine Suppe gekocht, die Fenster aufgerissen und sogar rasch abgewaschen. Claudia lag auf der Couch und schien wie im Delirium.

Ich saß am Rand der Couch, so wie einst Markus, als ich Magenschmerzen simuliert hatte. Ich erinnerte mich an diese Szene und spürte, dass ein Entschluss in mir reif wurde; zugleich aber hörte ich Claudia zu. Sie war wirklich am Boden zerstört und aufgelöst. Sie sprach nicht, sondern flüsterte nur.

„Ich werde von jetzt ab nichts mehr essen, nichts!“, flüsterte sie, in einer Mischung aus betrunkenem Lallen und Seelenschmerz.

„Nur noch Wasser und Obst“, sagte sie, „da schwör ich auf Gott, Anna, verstehst du, falls es den überhaupt gibt.“ Deshalb war sie nackt in der Wohnung herumgelaufen, jetzt verstand ich: sie hatte sich vor meinem Kommen wohl im Spiegel betrachtet, weil sie ja, seitdem Sebastian sie ablehnte, der Meinung war, sie wäre hässlich und fett, was gar nicht stimmte. Sie hatte, was aber wirklich nur natürlich war, nicht mehr die Formen einer achtzehnjährigen; aber sie hatte sich ganz gut gehalten, war sogar während ihrer Zeit mit Sebastian körperlich aufgeblüht; jetzt zu meinen, sie sei fett und hässlich, war nichts anderes als eine dumme Wahnvorstellung. Sie delirierte noch eine Weile vor sich hin und phantasierte über ein Büchlein, in das sie jeden Tag ihre Kilos eintragen werde, um zum Schluss dünn wie eine Bohnenstange zu werden.

„Und dann werde ich ein Gerippe und krepier", sagte sie so leise, dass ich's kaum mehr hörte.

„Einen Scheiß wirst du ein Gerippe", sagte ich, „du wirst jetzt erst einmal schlafen und dann schauen wir weiter."

„Ja, ja, ein Gerippe, dünn wie ein Gerippe und so schööööön, so schön, dann mag er mich, oh Sebastian, dann mag er mich … wenn ich dünn bin … wie ein … Giraffe … und gehe dann … auf ein Bier … mit … aber … und kotz mich dann an, damit … jedes einzelne Kilo auf die Wage … legen, ich … dann … schlafen", sagte sie, murmelte noch etwas vor sich hin und dämmerte allmählich weg, während ich – mich selber auf der Couch liegen sehend – endlich erkannte, dass jene Trauer, die ich in Markus' Gegenwart empfunden hatte, daher rührte, dass ich mich während seiner Liebesspiele immer nur als Beobachterin, nie als Teilnehmerin empfunden hatte, das heißt: wenn wir Liebe machten, hatte ich stets – und das kam mir jetzt erst zu Bewusstsein – die Szene wie von außen gesehen und einen wenn auch nur unbewussten Zusammenhang zu ähnlichen Szenen mit Julian hergestellt, um schließlich zu fühlen, dass das, worauf ich mich mit Markus einließe, meilenwert entfernt war von dem, was ich seelisch mit Julian erlebt hatte; sodass immer, wenn dieser Vergleich sich einstellte, mit ihm die Trauer auftrat; wie nach jenem Abend im Konzerthaus, da Markus es nicht mehr hatte erwarten können, mich zu lieben. Plötzlich – nachdem mir klargeworden war, warum ich diese Trauer empfunden hatte (wie vorgestern während des Telefonats) – verließ mich auch jene äußere Gebundenheit, die es mir bisher verunmöglicht hatte, konkrete Entschlüsse zu fassen. Hatte ich mich nach jener Erkenntnis mit dem Messer schon ansatzweise frei gefühlt, so empfand ich mich, mich langsam von der Couch erhebend, um Claudia nicht aufzuschrecken, jetzt endgültig befreit.

Zugleich geschah etwas sehr Bemerkenswertes: meine Feindseligkeit Markus gegenüber verwandelte sich in Mitleid; aber – und das ist der wesentliche Unterschied! – nicht in ein Mitleid, das mich schwach und nachgiebig machte, sondern in eines, das mir Kraft gab, das Notwendige zu tun, zu meinem und zu seinem Besten. Ich erhob mich und ging in die Küche; leise schloss ich hinter mir die Tür.

15

Während Claudia auf der Couch schlief, beschloss ich, sowohl die Zeit als auch das anhaltende Gefühl der Klarsicht, die mich überkommen hatte, zu nutzen, lief deshalb euphorisch in mein Zimmer, öffnete meinen Computer und konnte es nicht erwarten, den Brief an Markus zu schreiben. Der Computer öffnete sich, ich ging unruhig auf und ab, schaute in den Innenhof, wo die Blätter der Bäume schon herbstlich bunt waren; ging dann in die Küche, um mir ein Glas Wasser einzuschenken, öffnete dabei behutsam die Tür zum Wohnzimmer: Claudia lag unter der Decke, die ich ihr übergeworfen hatte, und gab ein kaum vernehmliches Schnarchen vor sich. ‚Die Arme' dachte ich; und zugleich befriedigte mich der Gedanke, dass auch Markus bald in Bezug auf mich so empfinden würde. Das war keine Schadenfreude. Ich empfinde keinerlei Freude daran, anderen Menschen Schaden zuzufügen; nein, es war vielmehr die Zuversicht, dass ich mit meinem Brief unser Verhältnis klären könnte, ein für allemal. Claudia fühlte sich heute zwar schrecklich; und vielleicht würde sie sich noch monate- und jahrelang schrecklich fühlen; aber ein Gutes hatte ihr heutiges Delirium: nun wusste sie mit Sicherheit, dass Sebastian keine Beziehung mit ihr führen wollte. Dies war immerhin eine Entscheidung, eine Klarheit und etwas, das ihr neue Wege eröffnen würde. Es war, kurzum, genau das, was ich in meiner Beziehung zu Markus so lange qualvoll vermisst hatte.

Der Anblick meiner leidenden Freundin und der Schluss auf den Mann, der durch mich bald ebenso leiden würde, war wirklich keine Schadenfreude, sondern das Bewusstsein der Notwendigkeit, sich nicht ständig in Halbheiten und Lügen und Unwahrheiten aufhalten zu dürfen. Besser, Sebastian trennte sich jetzt von Claudia, als erst in drei, vier Jahren; denn dann wäre sie schon sechsunddreißig und es stünde noch schlimmer um sie und ihre Panik, kinderlos und einsam zu bleiben. Jetzt hatte sie noch Zeit, sich zu erholen und neue Hoffnungen aufzubauen und neue, für ihr Leben wirklich förderlich Pläne zu schmieden.

So schloss ich also langsam die Tür und setzte mich vor meinen Schreibtisch. Ich war unruhig, nervös, wie zu Beginn dieser Aufzeichnungen hier, mit denen ich unerwarteterweise doch weit gekommen bin und das, obwohl ich davor noch nie ein Buch geschrieben habe. Da saß ich also, stand wieder auf, ging noch eine Runde im Zimmer herum, warf einen Blick auf die Uhr und da überkam's mich dann plötzlich: ich wusste, was ich sagen wollte und legte los. Der Brief, den ich Markus schrieb, lautete Wort für Wort wie folgt:

„Hallo, Markus! Du wolltest, als wir neulich telefonierten, dass ich dir mein Nein schriftlich bestätige und dann unterschreibe. Das möchte ich jetzt tun. Es ist hier kein Platz für Vorwürfe. Das heißt: ich will dir keine Vorwürfe machen und ich will auch keine von dir gemacht bekommen. Entweder wir beide klären die Sache auf Augenhöhe miteinander, wie zwei vernünftige Menschen oder wir lassen's lieber ganz bleiben. Ich will dir also eines sagen: ich will und ich werde nicht deine Frau werden. Ich habe das Foto und deinen Brief zur Kenntnis genommen. Du dürftest ja gespürt haben, dass mich das Bild nicht gefreut hat (ganz im Gegenteil); ich habe versucht, dir am Telefon zu erklären, was mich daran gestört hat, aber du hast es scheinbar nicht verstanden. Wie gesagt: ich habe keine Kraft und keine Lust, dir Vorwürfe zu machen oder lange Erklärungen abzugeben. Wir beide haben zu lange aneinander vorbei geredet und werden es auch in Zukunft tun, solange du mich nicht verstehst. Was ‚die Zukunft' betrifft: es tut mir leid, aber ich kann mir eine solche mit dir nicht vorstellen. Was ich unter ‚Zukunft' dann verstehe? Freundschaft vielleicht: wobei ich jetzt nicht sicher bin, ob du dazu überhaupt imstande bist. Ich glaube nicht. Solange du von deinen eigensinnigen Wünschen und deinem pausenlosen Begehren nicht ablassen kannst – und du kannst und konntest deshalb nicht ablassen, weil du meine Wünsche nicht verstanden, geschweige denn gesehen hast und nur nach deinen eigenen

Wünschen und deinen Phantasien gehandelt hast –, wird es auch keine Freundschaft geben können. Verstehst du? Freundschaft ist unter solchen Voraussetzungen unvorstellbar. Deshalb betrachte diesen Brief als meine definitive Entscheidung, den Kontakt zu dir abzubrechen. Das wird uns beiden gut tun: mir, weil ich keine Kraft mehr habe und dir, weil du dich dann nicht mehr mit der Frage herumplagen musst, ob sie jetzt will oder ob sie nicht will. Denn ich sage dir ganz deutlich: sie will nicht. Ich will nicht. Bitte versteh diesen Satz so wie er gemeint ist und hör auf damit, deine eigenen Deutungen in ihn hineinzulegen, wie du es einmal getan hast: ‚Sie will heute nicht, aber sie will morgen.' Nein, ich will weder heute noch morgen. Du fragst mich immer, warum dem so sei und warum ich dann so offen dir gegenüber gewesen wäre. Hast du dich jemals gefragt, was mein Herzklopfen, was meine Kopfschmerzen usw. wirklich bedeutet haben? Nein, hast du nicht. Nochmals: das ist kein Vorwurf, sondern eine Feststellung.

Du erinnerst dich vielleicht an den Nachmittag, als du mir vorschlugst, dass wir zusammenziehen sollen. Ich sagte Nein. Dann gingen wir zu mir; und dann sagtest du, es wäre ‚vorerst' wohl ohnedies besser für die Erotik, wenn wir getrennt leben. Kannst du dich noch erinnern? Fast bezweifle ich es. Denn du konntest dich ja auch einmal nicht an unser Telefongespräch erinnern: an jenes, als du auf der Mariahilferstraße warst. Aber ich gehe jetzt einmal davon aus, dass du dich erinnern kannst. Weißt du noch, was ich dann getan habe? Ich stand auf und schlug vor, dass wir einen Spaziergang machen. Weißt du, warum ich ins Freie wollte? Weil dein Wörtchen ‚vorerst' mich wahnsinnig aufgeregt hat. Kannst du auch nachvollziehen, warum? Weil du mir damit indirekt sagtest: ‚Jetzt ist es gut so, dass … aber dann.' Genau dieses ‚dann' aber wollte und will ich mit dir nicht leben. Du aber warst immer der Überzeugung, dass ich es wollte. Du warst so sehr davon überzeugt, dass du nicht merktest, wie sehr du mich mit deinem ‚dann' gegen meinen Willen gebunden und vereinnahmt hast; du dachtest, auch für mich gelte dieses ‚dann'. Darin hast du dich aber geirrt. Wie kann ich dir das klarmachen? Vielleicht wirst du es eines Tages von selber verstehen, vielleicht auch niemals. Kann ja auch sein, dass du dich bequem im Gedanken eingenistet hast, dass ich ‚ambivalent' bin und in Wirklichkeit nur ein trotziges Mädchen, das bloß nicht weiß, wie sehr es dich liebt. Wenn du so denken willst, dann kannst du das gerne machen. Aber bitte ohne mich.

Und weißt du noch, was du sagtest, als ich dir vorschlug, dass wir einen Spaziergang machen sollen? Du meintest: ‚Für dich tu ich doch alles.' Jetzt sind wir an den Punkt gelangt, wo ich dich an diese Aussage erinnern muss: wenn du diesen Satz wirklich ernst gemeint hast, dann tu etwas für mich: lass mich in Ruhe. Ja, ich bitte dich: lass mich mit deinen Wünschen, Forderungen und Bitten in Ruhe.

Nicht nur heute, sondern auch morgen und für immer.

Ich möchte, ich will, ich kann sie nicht erfüllen. Weil ich dich nicht liebe. Ich weiß, was du mich jetzt gern fragen würdest: ‚Warum hast du dich mir dann geschenkt?‘ Wenn ich gewusst hätte, wo wir enden, hätte ich schon längst Nein gesagt. Ich wusste es aber nicht. Weil du deine Bitten und Wünsche niemals offen genug ausgesprochen hast. Ich wiederhole mich: das ist kein Vorwurf. Es ist nur eine Feststellung. Ich habe dich nicht früh genug durchschaut, du dich selber auch nicht, weil du verliebt warst; wenn man verliebt ist, durchschaut man weder sich selber noch andere. Wir kennen dieses Gefühl alle. Also nochmal: es ist kein Vorwurf, nur eine Feststellung, und ich bin dir nicht böse. Es war, wie es war und damit ist ab heute Schluss. Wir dürfen uns nicht mehr kaputt machen und uns unsere Nerven ruinieren. Mit meiner Unterschrift bestätige ich dir also mein Nein. Dieses Nein ist definitiv und unverrückbar. Es tut mir leid. Mach's gut. Anna.“

Ich schrieb diesen Brief in kaum einer Viertelstunde. Am nächsten Vormittag – Claudia war inzwischen aus dem Haus gegangen – setzte ich mich wieder vor den Bildschirm und änderte ein paar Sätze um. Vor dem ‚Es tut mir leid‘ saß ich eine ganze halbe Stunde lang. Ich fragte mich, wie Markus diesen Satz auffassen würde: womöglich als subtiles ‚vielleicht doch‘. Ich war unschlüssig, ob ich den Satz streichen oder stehen lassen sollte; dann aber zwang ich mich, meiner Intuition zu vertrauen; vielleicht mischte sich auch eine Spur grausamer Neugier in meinen Entschluss, den Satz stehen zu lassen: denn ich wollte sehen, wie Markus ihn wohl auffassen würde. Mit ihm wie die Katze mit der Maus zu spielen, hatte ich eigentlich keine Lust; aber Markus und sein Verhalten waren mir inzwischen seelisch so entrückt und dadurch rätselhaft geworden, dass ich es mir leisten konnte, ohne grausame Absichten ein wenig grausam zu sein, so wie ein Wissenschaftler, der Schaden zufügt, um damit größeren Schaden zu verhindern. Der Schaden, den ich mit diesem Satz zufügen würde, bestünde darin, dass ich ihm durch meine verständnisvolle Sanftmut neue Hoffnung geben würde; der zu verhindernde Schaden bestand in der unmöglich gewordenen Fortsetzung unserer Beziehung.

Ich druckte den Brief aus, unterschrieb ihn und brachte ihn zur Post. Am übernächsten Tag erhielt ich eine Mail. Sie war von Markus. Er schrieb folgendes:

„Liebe Anna! Ich versuche dich zu verstehen, aber ich kann es nicht. Wieso willst du etwas so Kostbares wie unsere Beziehung zerstören? Woher diese Lust der Destruktion? Welcher Aufruhr schwelt in deinem Herzen? Welche Verwirrung deiner Gefühle? Hast du solche Angst vor der Liebe? Oder ist es nur deshalb, weil ich vor deiner Haustür, in einem unbedachten Augenblick, meine Nerven verlor? Das ist es, ich weiß es. Deshalb willst du mich jetzt bestrafen. Anna, warum bist du so grausam!? Zählen denn all die schönen Momente, die wir gemeinsam erlebten, nicht mehr? Erinner dich an all die schönen Augenblicke, an mein und dein Herzklopfen; daran, wie wir uns an den Händen hielten. Erinner dich an die Abende nach den Konzerten. Anna, sei nicht grausam. Ich bitte dich. Du tust mir weh. Und du tust dir selber weh. Ich weiß es. Warum fügst du dir selber solche Schmerzen zu, indem du dich von mir löst? Warum?! Anna, ich habe deinen Brief bekommen. Können wir uns treffen? Ich möchte das, was du mir schreibst, von dir persönlich hören, dann erst kann ich es glauben. Wenn du mich wirklich loswerden willst, sag es mir ins Gesicht. Ich bin am Boden zerstört. Zerstöre uns nicht. Sei stark, Anna. Ich weiß, dass du es kannst. Ich kann es, ich will es. Ich warte auf eine Antwort, ich hoffe. Dein M."

Ich las diese stilistisch in einer Mischung aus Zuckerguss und neuer Sachlichkeit verfasste Mail und konnte nur den Kopf schütteln: Markus' Beharrlichkeit kannte scheinbar keine Grenzen. Neulich, am Telefon, hatte er gesagt, dass er sich zurückziehen werde, wenn ich ihm einen Brief schriebe; und jetzt, nachdem ich diesen Brief tatsächlich geschrieben hatte, wollte er mich wiedersehen; mit allen ihm zur Verfügung stehenden Mitteln wollte er also mich, die er mich wie einen zu verteidigenden Besitz ansah, erobern, halten, umfassen, so wie ein Mensch, der um sein bedrohtes

Eigentum kämpft, alle Hebel in Bewegung setzt, es zu halten.

Ich spürte, nachdem alle Feindseligkeit von mir abgefallen und stattdessen eine neue Art des Mitgefühls in mir gewachsen war, keine Unruhe mehr angesichts solchen Starrsinns, der mich vor einer Woche noch wahnsinnig gemacht hätte.

Deshalb schrieb ich ihm ein Mail zurück und zwar wie folgt: „Ich bin nicht dein Besitz, den du wie einen Gegenstand halten und verteidigen kannst. Ich bin ein Mensch mit eigenem Willen. Und mein Wille sagt: lass mich in Ruhe. Wir werden uns also nicht treffen. Das ist mein letztes Wort. A." Dann schickte ich diese Nachricht, ohne Anrede, nur mit der Initiale meines Vornamens, ab. Zwei Stunden später läutete mein Handy. Ich stand gerade in der Küche und wusch ab. Ich sah auf den Display: es war Markus. Ich schüttelte nur den Kopf und hob nicht ab. Der Tag verging; am Abend läutete das Handy wieder: Markus. Gegen Mitternacht – ich sah es aber erst am nächsten Tag, denn ich schlief bereits und hatte das Gerät lautlos geschaltet – erreichte mich eine Textnachricht: „Ich werde wahnsinnig. Anna. Ich weiß, dass du noch wach bist, ich weiß, dass du das liest. Bitte, heb ab, rette mich! Ich ersticke."

Am nächsten Morgen löschte ich diese Nachricht, spürte aber, wie wieder so etwas wie ein schlechtes Gewissen sich in mir regte: ‚Was, wenn er jetzt wirklich den Verstand verliert?', fragte ich mich und meine immer sehr blühende Phantasie malte sich alle möglichen schrecklichen Bilder aus: Es ist ein Uhr morgens; Markus steht vorm Fenster seiner Wohnung im dritten Stock. Es ist dunkel und nur eine vereinzelte Straßenlaterne leuchtet schaukelnd im kalten Herbstwind; unten, am Eingangstor zu seinem Haus, stehen ein paar Betrunkene und grölen. Markus öffnet das Fenster, steigt aufs Fensterbrett, schließt seine Augen, breitet seine Arme aus: und wirft sich auf die Straße. Die Betrunkenen springen noch im letzten Augenblick zur Seite. Dann nähern sie sich dem Menschen, der aus dem Fenster gesprungen ist: tot. Blut quillt aus seinem gespaltenen Kopf. Sein Gesicht ist zertrümmert. Und ich bin schuld. Ich bin an allem schuld! Denn der Abschiedsbrief, den er hinterlassen hat, beweist, dass …

Ich ging in der Wohnung auf und ab und spürte, dass sich, gegen meinen Willen und gegen alle Vernunft, mein Herz wieder unruhig in Bewegung setzte. Mein Atem ging schwer, meine Hände wurden kalt, kurz: das übliche ‚Programm', wie ich es bisher in Augenblicken durchlaufen hatte, da ich mich zu etwas gegen meinen Willen gedrängt fühlte; die Phantasien hatten mich einfach so überkommen; ich wollte sie nicht, ich hasste sie. Gegen meinen Willen braute mein Kopf solche Vorstellungen zusammen, während sich die Stimme des Gewissens meldete und mir einzuflüstern versuchte, ich solle doch nicht so lächerlich sein und so eine kindisch-demonstrative Grausamkeit an den Tag legen; mein Gewissen flüsterte mir ein, dass doch nichts dabei sei, Markus anzurufen und ihn zu treffen und ihm alles noch einmal mündlich zu erklären. Meine neu gewonnene Freiheit aber und das Gefühl der Klarsicht sträubten sich dagegen: sie hatten ihre Entscheidung getroffen und verteidigten sie als vernünftig und gut. Ich ging unruhig im Wohnzimmer auf und ab. Als mir Klaus und Hermine ins Bewusstsein traten, beruhigte ich mich ein wenig, denn ich wollte ja nicht so enden wie sie: im Mitleid. ‚Hart bleiben, hart bleiben', sagte ich mir, während meine Phantasie neue Bilder des Grauens heraufbeschwor, in denen Markus sich vergiftete, mit dem Auto absichtlich gegen einen Lastwagen fuhr oder einen am Stromnetz angesteckten Föhn in seine Badewanne warf, während er selber drin badete; da erinnerte ich mich an Oliver. Ich erlebte diese Stunden meiner eigenen Angst und Erbärmlichkeit von Neuem und der Hass, der dabei in mir gegen Markus aufstieg als demjenigen, der mich kraft seiner Aufdringlichkeit so zu leiden nötigte, half mir, Ruhe zu finden. Endlich riss ich das Fenster auf, um nicht zu ersticken. In diesem Moment betrat Claudia die Wohnung; sie hatte sich inzwischen ein wenig gefasst. Zwar bewegte sie sich wie eine Schlafwandlerin und sah müde und mitgenommen aus; aber sie ging wieder zur Arbeit und hatte an jenem Vormittag sogar eine ihrer Cousinen in der Stadt getroffen. Als sie mich im Wohnzimmer stehen sah, sagte sie: „Ich komme gerade aus der Kärntnerstraße, rat einmal, wen ich da in einem Café sitzen sehe, deinen Markus“, sagte sie.

„Das ist nicht mein Markus“, sagte ich und spürte, wie plötzlich die ganze Last meiner Selbstanklage von mir wich. Ich wäre Claudia am liebsten um den Hals gefallen.

„Und, was hat er gemacht, was …?“, fragte ich.

„Na, nichts, gesessen ist er da“, sagte sie.

„Allein oder mit wem anderen?“

„Mit irgendeiner Frau“, sagte sie.

„Mit einer Frau?, fragte ich.

„Ja“, schrie Claudia vorm Vorzimmer aus, wohin sie gegangen war, um die Jacke abzulegen.

Am Abend dieses Tages, nun endlich von meinen übertriebenen Schuldgefühlen befreit, stellte ich mich wieder vor jenes Bild, dessen Ausführung mich so viele Monate gekostet hatte.

Es stellt ein Fensterglas da, auf dem Regentropfen herabrinnen. Die Idee zu diesem Bild hatte ich bei der Betrachtung von Alexandr Gerassimows „Sommerregen am Mittag“. Als es einmal regnete und Tropfen auf den Scheiben der Fenster unseres Wohnzimmers herabflossen, nahm ich ein Foto, vergrößerte es und spürte, dass das genau das richtige Motiv wäre. Ich arbeitete, wie gesagt, schon sehr lange an dem Bild. An diesem Abend – so sagte mir mein Gefühl – wurde es endlich fertig. Jeder weitere Strich hätte es verdorben.

Ich saß – allein in der Wohnung, weil Claudia wieder zu Marjeta gefahren war – auf Hermines altem Ohrensessel vor dem Bild und schaute es ich weiß nicht wie lange an, bis mir schien, die Tropfen würden sich bewegen und die Scheibe herabrinnen. Ich dachte an nichts, sah nur die sich langsam bewegenden Tropfen, fühlte mich dabei seltsam leicht und befriedigt, sodass ich einschlief, irgendwann gegen Mitternacht aufwachte, mich in mein Bett schleppte, hinlegte und, was ich lange nicht mehr getan hatte, mich ordentlich ausschlief.

Ich wachte auf, weil mir die Sonne direkt ins Gesicht schien; sie flimmerte durch die herbstlich bunten Bäume im Innenhof, im Zimmer schwebte der Staub und als ich auf die Uhr schaute, erschrak ich: zehn Uhr. Aber der Gedanke an das endlich vollendete Bild beruhigte mich sofort und ich spürte, wie ich an das nächste Motiv, zu dem die ersten Skizzen in meiner Schublade warteten, zu denken begann.

So lag ich sicherlich noch eine halbe Stunde im Bett, bis ich aufstand, das Fenster zum Innenhof öffnete und spielende Kinder unten hörte. Unter meinen nackten Füßen knarrte der alte Parkettfußboden unserer Altbauwohnung und als ich in die Küche ging, blendete mich der von einem Sonnenstrahl angeschienene Metallkochtopf. Ich rieb mir die Augen und nieste. Und hier sind meine Aufzeichnungen vorläufig – denn wer weiß, was mich in Zukunft noch erwarten wird – beendet.

Von Simon Konttas erschien bisher:

Mit jedem Zug (Erzählungen) – Sisyphus, 2009

Preso Agitato (Sonette) – Sisyphus, 2011

Die Verdunkelung (zwei Novellen) – Sisyphus, 2014

Das letzte Bild (Novelle) – kitab-Verlag, 2016

Bagatellen (Erzählungen) – Sisyphus, 2016

In der Ruhe rauschender Blätter (Gedichte) – Edition Sonnberg, 2016

Versuchte Verführung (Novelle) – Sisyphus, 2017

Die Gelben Quadrate (Roman) – Hollitzer-Verlag, 2018

Grausames Licht (Kurzgeschichten) – Sisyphus, 2020

Arme Leute (Roman) – Sisyphus, 2021

Unter den Birken vielleicht (Gedichte mit Audio-CD) – Verlag Hans D. Smoliner, 2021